戲非戲050

卜王之王

竹林探月 著

第四集 生死謎題

高寶書版集團

戲非戲　DN050

卜王之王

第四集　生死謎題

作　　者：竹林探月
總 編 輯：林秀禎
編　　輯：葉昌明
校　　對：葉昌明、吳怡銘
出 版 者：英屬維京群島商高寶國際有限公司台灣分公司
Global Group Holdings, Ltd.
地　　址：台北市內湖區洲子街88號3樓
網　　址：gobooks.com.tw
電　　話：(02) 27992788
E-mail：readers@gobooks.com.tw（讀者服務部）
pr@gobooks.com.tw（公關諮詢部）
電　　傳：出版部(02) 27990909　行銷部（02）27993088
郵政劃撥：19394552
戶　　名：英屬維京群島商高寶國際有限公司台灣分公司
發　　行：希代多媒體書版股份有限公司/Printed in Taiwan
初版日期：2009年2月

國家圖書館出版品預行編目資料

卜王之王. 4, 生死謎題 / 竹林探月著. -- 初版. -- 臺北市：
高寶國際出版：希代多媒體發行, 2009.02
面；公分. --（戲非戲；DN050）

ISBN 978-986-185-253-9（平裝）

857.83　　97021112

生死謎題

·目　錄·

生死謎題

·目　錄·

第一章　非愛

祝小天的到來絕非偶然。徐沫影知道，一旦這個死黨得知他回來的消息，就會立刻來找他，只是沒想到會來得這麼早。

打開門，祝小天正拎著一把傘站在門外，襯衫濕了一半。一見徐沫影出來開門，他二話不說對著徐沫影的胸口就是一拳。徐沫影不躲不閃，任憑這一拳打在身上，然後輕輕地捂住胸口，忍著痛，把祝小天讓進屋裡。

祝小天狠狠地瞪了他一眼，邁步進門，隨手將雨傘丟在門邊，抬頭正要說話，卻看見柯少雪娉婷地從臥室走出來，不禁一愣，祝小天僵在那，這完全出乎他意料之外。

「沫影，是誰來了？」柯少雪走出來輕輕問道。

「我的朋友，祝小天。」徐沫影強作歡顏地說道，「我們很久沒見了，要多聊一會兒。妳先回去休息吧！待會兒我把仔仔送過去給妳。」

「那好吧！」二人世界被不速之客打破，雖然有點失望，但柯少雪還是微笑著向祝小天點了一下頭，輕盈地邁步出門去了。

徐沫影目送她進了自己家門，回身便把門關上，對祝小天低聲說道：「想不想聽我解釋？」

祝小天沒有回答，只是用快要噴出火的雙眼怒視著他。

忽然，祝小天像狼一樣撲過去，一把抓住徐沫影的兩隻胳臂，向身側一擰，腳下狠狠一絆，徐沫影整個人便「撲通」一聲仰面跌在地上。

「站起來！別給我裝死！」祝小天惡狠狠地對被他摔在地上的徐沫影大吼著。

徐沫影從地上爬起來，一面說道：「小天，你聽我說！」

祝小天哪管他說什麼，再次縱身撲上，抓住他的衣領，回身彎腰，兩臂用力，再次把徐沫影結結實實地摔在硬邦邦的地板上。

「我靠！你他媽的也算個男人！」祝小天踢了徐沫影一腳，「起來！還手啊！」

徐沫影咬著牙，摸著被摔疼的腰從地上爬起來。這次他沒再說話，等祝小天第三次撲上來的時候，他猛地一矮身，借助對方的衝勁將祝小天扛起來，兩手用力一掀他的大腿，祝小天便重重地被摔落在身後。

等他轉過身向地板上的祝小天伸出手去的時候，這位老朋友突然放聲大笑：「哈哈！」

徐沫影眉頭緊皺：「聽我解釋，小天！」

「解釋個屁！」祝小天一骨碌從地上爬起來，拍了拍屁股，「你贏了，就這麼簡單！」

徐沫影皺著眉頭不說話。

祝小天從冰箱裡取出一罐飲料，伸手打開，一屁股坐在沙發上，仰頭咕咚咕咚一口氣喝光了，然後把罐子往地上一扔，抹了一把嘴巴說道：「我恭喜你！」

「恭喜我什麼？」

「你抱得美人歸，這不值得恭喜嗎？」

「小天，我沒騙你，以前跟你說的都是真的，你的命不夠硬，確實不能跟少雪在一起。她自己在臺上也說過，她剋死了很多人，你應該相信我沒有撒謊。」

「什麼都別說。」祝小天對他擺了擺手，「我想明白了，她是你的女人，我祝小天沒福氣，我也配不上她。走吧，陪我去喝酒！」

本來想好好地跟祝小天仔細解釋一番，但見祝小天這個樣子，徐沫影心裡的歉疚反而更多。這幾天一波波的感情衝擊，讓他緊張得喘不過氣來，也很想借酒來緩解一下情緒，便立刻答應了祝小天的邀請。兩個人又像從前一樣勾著肩出門去了。

雨依然在下，只是小了很多，社區裡的積水已經淹過了腳面。兩個人撐著雨傘蹚著積水走出社區，找了一家小店坐進去，簡單地點了幾樣菜，開始大口地喝酒。

不管祝小天嘴上怎麼說，徐沫影還是能看得出，他心裡極度苦悶。若不是當初對柯少雪傾心已久，他也不會找徐沫影幫他想辦法，但是他心目中的佳人如今卻投入了朋友的懷抱。這其中雖然有命運的曲折原因，但要讓祝小天這種直性子的人去接受，還是太勉強了一點。

徐沫影看著他一面大口大口地喝酒，一面大聲說笑，心裡越是愧咎。又想到自己這剪不斷理還亂的情結糾葛，想到碧凝跟柯少雪之間的取捨，更加心煩意亂。於是他拿起酒瓶，給自己滿滿地倒了一杯酒，一仰頭，把那辛辣的液體全都灌進了嘴裡。

沒有多久，徐沫影的腦袋開始發暈，腦袋一發暈，心裡一發熱，便什麼都敢講了。兩個人開始大聲聊天，海闊天空地聊著聊著，漫無邊際的話題就又回歸了愛情。聊到酒酣耳熱處，祝小天突然說道：「老徐啊，我看了報紙，知道喜歡你的美女很多。媽的，有柯少雪這種極品女孩在你身邊，你還四處拈花惹草，也太不知足了吧！」

酒店裡的客人和侍者聽到柯少雪的名字，便都把目光投向兩人。這算是近期演藝圈的大新聞，就算沒看過的報紙，也聽說過柯少雪和徐沫影的事情。

徐沫影也覺察到了這一點，說道：「噓——小點聲！你以為我想這樣嗎？我也是迫不得已！」

「迫不得已？哈哈，真他媽好笑！難道那些女孩都嫁不出去了，哭著叫你娶她們？」

徐沫影酒已經喝得不少，正有滿肚子話憋著難受，便跟祝小天一五一十地全都說了，包括自己跟卓遠煙的戀愛騙局、藍靈的苦戀、蘇淺月的死而復生、柯少雪的由憐轉愛。祝小天聽完之後，瞪著眼睛看了他半天，咕咚咕咚地又喝了不少酒，這才說道：「淺月真的還活著？我怎麼覺得怪力亂神的？你是不是喝醉了胡說八道呢？」

「我騙你幹什麼？」徐沫影頭一仰又喝了一口酒，「雖然沒有確鑿的證據，但我相信她一定沒死！」

祝小天瞪了他一眼：「如果淺月還活著，柯少雪又成了你的戀人，你不是打算都娶回家吧？」

這句話正問到徐沫影的難處。他酒喝了一半，被這話一卡，一下子全吐在了桌子上。

「我不知道。」

徐沫影眼神迷離，精神恍惚，已經喝得太多了。

「我靠！」祝小天一拍桌子，罵了一句，「他媽的自己想清楚，到底喜歡哪一個？」

徐沫影想都沒想，脫口說道：「淺月！」

「這不就得了！」祝小天忽然來了精神，「那你把柯少雪讓給我！」

「讓給你？」

徐沫影聽到這三個字，不禁一愣。正要細問，突然聽到旁邊一個女孩淡漠的聲音傳過來：「沫影，該回家了。」

徐沫影醉了，只覺得這聲音很熟悉，卻聽不出是誰。他轉過頭，循著聲音望過去，卻見一襲黑色的長裙已經無聲地飄近眼前。那女孩伸手一拉他的胳臂，用力拽他起來，淡淡地向一邊目瞪口呆的祝小天說了聲：「他喝多了，你別信他的胡言亂語。」

祝小天酒量稍好，喝得又沒有徐沫影多，雖有醉意卻還算清醒。他眼見一個出塵脫俗的女孩突然出現，立刻便呆住了。一張恬淡的面孔卻美到極致，黑色連衣裙襯出雪玉的肌膚，舉手投足間盡顯高雅的氣質。這女孩並不比他心目中的美女柯少雪差上分毫，甚至還另有一股動人的神秘感。

他驚訝地對女孩點了點頭，眼巴巴地看著女孩攙扶著徐沫影走出酒店，這才想起來要上前幫她的忙，但人已消失在酒店門外，他禁不住捶了一下腦袋，一陣慨歎唏噓。

雨，還在下。

北京的夏夜，第一陣雨送來的是清爽，一旦雨連綿不斷地下起來，這北方的大地，便如同情思纏綿中的北方漢子，多的是苦惱與徹頭徹尾的煩悶憂心。

徐沫影在柳微雲的攙扶下鑽進雨中，涉過馬路邊深深的積水，穿過冷清的街道，走進社區。

他一向對白酒敬而遠之，即使在不得不喝的時候，也只是點到為止。長這麼大，他第一次喝這麼醉。他的腦子裡依稀記得他的兩難抉擇，記得祝小天對他說過的「讓給我」那三個字。在柳微雲艱難的攙扶下，他一腳高一腳低地走在社區院子裡，雨水接連不斷沖刷他的腦袋，偶爾也會有閃電劃破黑色天幕，像一條白蛇躍入他的眼睛。當雷聲隆隆響起，他昏沉沉的腦子裡竟浮上來一個想法。

柳微雲一聲不吭地攙扶著他走進樓門。因為無法打傘，裙子都被雨水澆透了，濕漉漉地貼在身上。她扶著徐沫影一步一步爬上樓梯，眼看快要登上三樓的時候，徐沫影突然一把推開她，一屁股坐在樓梯上，並對她擺了擺手，大著舌頭說道：「妳走吧，回去吧！我不能再欠債啦！」

柳微雲一愣，又默默地去伸手扶他，不料卻再一次被徐沫影用力推開：「我，我欠得太多啦，真的不能再欠妳的了！微雲妳走，妳走吧！我一個人就可以上樓。」

聲控燈熄滅了。柳微雲站在黑暗中，靜靜地看著他，忽然淡淡地說道：「你不欠我的，我們只是朋友。」

「朋友？」徐沫影若有所思地問道。

「朋友。」柳微雲的聲音很平靜，「你覺得欠她們，是因為她們愛你，但我不同，我們只是朋友。」

「呵呵，」徐沫影忽然笑了，「妳一定是喜歡我的，可是妳不敢說，妳怕藍靈知道，對不對？」

一陣靜默之後，柳微雲的聲音再次在黑暗中傳來：「沒有，你醉了。」

徐沫影自言自語似的說道：「其實，我也知道，妳不可能喜歡我的……」

說完，他站起來想繼續往樓上爬，但是一陣頭暈讓他仰身向後跌下去。柳微雲連忙上前一步攙扶住他。劇烈的搖晃之間，徐沫影再也忍不住，一俯身便劇烈地嘔吐起來。

吐乾淨了，稍微覺得舒服些了，徐沫影也不再折騰，任憑柳微雲攙扶著自己往樓上走。上了幾層臺階，徐沫影忽然停下來說道：「我心裡特別的難過，小天他，他也很難過。我現在想到了一個，一個讓大家都不難過的辦法。妳猜猜是什麼。」

柳微雲搖了搖頭：「別亂想了，快上去休息。」

「我，我跟妳說，我一定要跟妳說，說出來免得我忘了。妳幫我記著，我要給少雪改命！」

「什麼？」柳微雲的聲音顯得十分吃驚。

「改命啊！我用化氣把少雪的命改了，讓她不短命了，不會看見鬼了，也不，不愛我了。讓她愛上小天，跟小天，結婚！」

聽完了徐沫影的話，柳微雲怔怔地愣了半晌。或許是這話帶來的衝擊實在太大，她並沒有注意到，樓上有一個白色的身影緩緩退進了一扇門裡。

「你喝醉了。」

柳微雲只能拿這句話做總結。她攙扶著徐沫影一步步走上三樓，從徐沫影的口袋裡掏出鑰匙，把門打開，然後扶著他進門。

徐沫影晃晃悠悠地進了屋子，習慣性地把燈摸亮，一低頭，這才發現柳微雲裙子的前胸竟然全是自己吐出的東西，黏糊糊髒兮兮地散發著酸臭的氣味。他禁不住眉頭大皺，大聲問道：「我全吐到妳身上了，妳，妳怎麼不早說？」

柳微雲一手扶著他，騰出一隻手輕輕撥了一把前額的頭髮，搖了搖頭：「沒什麼，這衣服都濕了，總是要洗的，我扶你去臥室。」

「不用！我自己去！」徐沫影一把推開她，踉踉蹌蹌地跌進了臥室房門，趴在地上一動不動。

柳微雲不再說什麼，只是走過去想把他從地上扶起來，但她的力氣實在有限，再加上這身濕淋淋的衣服，又怎麼讓他上床睡覺？扶也不是，不扶也不是，一時間不知道該如何是好。偏偏此時，徐沫影的口鼻之間飛出陣陣鼾聲。

柳微雲微蹙了一下眉頭，轉身出門，來到柯少雪的門前，伸手輕輕地敲了兩下。她想，自己不方便做的事情，總有人方便做，一個人不能做的事，兩個人或許能做。但是她站在門外等了半天，卻沒有任何回應。她不甘心，又敲了兩下，還是一樣，一點回應都沒有。

也許是睡著了吧？她失望地走回來。化氣復活的小狗仔仔跑過來，在她濕漉漉的裙邊跳來跳去，時不時地伸出小舌頭舔舔她的腳。

走進臥室，怔怔地看著地上沉沉睡去的男人，她心裡一陣矛盾。翻來覆去想了許久之後，她終於向徐沫影俯下身去。

那時她想，命運就是那把圓規，不管怎麼轉，出來的都是圓吧？

第二章　迷城

徐沫影醒過來，已經是第二天的下午。他發現自己正躺在地板上，只是身下鋪了一條厚厚的被褥，身上蓋了一張薄薄的被單。轉頭四下看看，還是自己的房間，但平日扔得亂七八糟的東西卻已被歸整好，收拾得乾乾淨淨。

他一骨碌爬起來，被單從身上褪下，這才發現自己竟然光著身體，只穿了一條內褲。他不禁皺了皺眉頭，仔細回想起昨晚發生的事情。

他恍惚記得自己喝醉了，是柳微雲帶他回家的，之後的事情，他一概不記得了。

他起身在屋子裡轉了一圈尋找自己的衣服，最終發現它們都安靜地掛在陽臺的晾衣架上，已經被洗得乾乾淨淨。夏日午後的陽光曬乾了衣服，暖洋洋地照在身上。徐沫影愣了一下，便伸手把衣服取下來，三兩下迅速地穿戴整齊。

仔仔跑過來，在他腳前腳後跳來跳去，提醒他記起那些惱人的現實。人不可能醉一輩子，事情也不可能永遠逃避。他俯身把小狗抱起來，打算給柯少雪送回去，可是當他打開門，卻發現對面的房門意外地上了鎖。

轉身回來，昨晚醉醺醺的時候擬訂的計畫再次浮現腦海，想到要為柯少雪改命，他心裡禁不住隱隱作痛，但這似乎是唯一完美的主意。淺月沒死，他必然要想辦法幫她找回記憶讓她回到自己身邊，那麼柯少雪就會無奈地處在一個尷尬地位。為她改命，讓她愛上祝小天，那麼三個人的苦惱就全部解決了。尤其對於柯少雪，明明白白地拋棄實在過於殘忍，讓她慢慢地移情別戀則是再好不過。可是，這個看似完美的計畫，卻帶給徐沫影深深的痛苦和矛盾。

雖然相處日短，但兩人之間卻很有一種莫名的親密感。本來徐沫影的歸來會是一段完美愛情和全新生活的開始，但此刻卻讓兩人深陷感情漩渦。

戀愛的珍貴，在給予了人們對未來的憧憬和希望，在賦予人們愛心和生活的信心。當你開始精心設想兩個人的生活，那麼另一方的離去，無疑地會將這一切都化作泡影。失戀的痛苦，根源於希望的破滅。

透過改變人體的五行氣息來改變人的命運，影響人的一切，這是化氣的精髓所在，也是徐沫影一直渴望做到的事情。雖然這種變化只發生在人的靈體之上，卻也可以暗中對人的意識施加影響。每個人的喜好和性格都與八字組合有關，戀愛對象的選擇標準，實際上在八字中間也已記錄在案。異性之間的感情吸引，往往根源於八字中的五行需求，比如水多而「用神」為「火」的男性八字，與火多而「用神」為「水」的女性八字就有互相吸引的傾向，這樣的兩個人，若有機會相識相處，往往很容易來電。當然，要結下姻緣，八字之間還得需其他方的配合。

儘管已經擁有了改變命運的能力，徐沫影也不想隨意干涉別人，偷偷改變柯少雪的命運這絕對有違他的本性。而且行動之前，他必須重新為她擬定一個八字，要保持她的美貌，才華、財富、名聲，這一切一切美好的東西，去除她的苦惱，去除她跟自己的姻緣，另外，還要延長她的壽命。

既然要做，為什麼不做得完美一點呢？他對她的短暫壽命一直耿耿於懷，即使不能改變別的，他也要想辦法補足這一點。

不過，他懷疑這樣完美的八字是否存在。

大自然的造物，從來便沒有完美，人命也是如此。五行陰陽的生剋永遠存在，矛盾亙古永恆，再完美的命運也終有缺憾，徐沫影的設想根本就行不通。他躊躇不決的，只是要把柯少雪的八字缺陷設在哪一方面。

仔細考量了整整一下午，始終無法敲定該用什麼八字。當然，在他內心深處，也不想這麼早就決定下來。他腦子很亂，越想越混沌，迫不及待地想要見一見碧凝，於是他推門走出去。

北京城再次披上了夜的紗衣，在華燈之下露出她神秘的微笑。

徐沫影一出樓門，便看到了花壇對面的柳微雲。柳微雲如夜色中靜靜綻放的黑蓮，恬然自若地站在那裡，如同徐沫影搬過來第一晚見到的那樣，仰望著天空。他緊走幾步上前去，打了一個招呼：「微雲！」

聽到他的聲音，柳微雲緩緩轉過頭看了看他：「沫影，你醒了？」

徐沫影有些不好意思地說道：「醒了。昨晚的事，真是麻煩妳了，妳還幫我收拾了房間，洗了衣服……。」

「那都不是我做的，」柳微雲忽然打斷了他的話，「我只是把你扶回來罷了。」

徐沫影不禁一愣：「那是誰做的？」

「柯少雪。」

「哦。」如果柯少雪做這些，倒不奇怪，一股愧疚感自徐沫影心底油然升起。

柳微雲淡淡地問道：「你又要去找碧凝嗎？」

「對。我總覺得心裡惴惴不安的，想再去見一見她，把事情搞清楚。」

柳微雲看了他一眼，轉身輕輕走向樓門，一面說道：「那你去吧，我也要上樓去休息了。」

徐沫影急著去找碧凝，也不再說什麼，便匆匆忙忙地出了社區，招了計程車，向碧凝的住處趕過去。

上次並不知道碧凝的實際住址，因此才會在計算她住址的時候受到別人的迷惑，而這次，他卻是直接衝向碧凝的家。天這麼晚了，碧凝家裡應該有人吧？他祈禱自己遭遇的不再是那扇冰冷的鐵門。然而坐在計程車裡，除了些許躁動和緊張，他心裡竟越發感到不安。他側頭望向窗外飛逝而過的琉璃燈火，突然覺得一切都變得恍恍惚惚。

他不禁皺了皺眉，轉頭去看那司機，卻見那位計程車司機正伸手拭去額上的汗水，面色間充滿了焦灼。

「怎麼了，司機先生？」徐沫影詫異地問道。

一見他發問，司機便猛踩剎車，把車停在了路邊，歎了一口氣，說道：「我不收錢了，你下車吧！」

「為什麼？」

「說出來不怕你笑話，我迷路了。」司機一臉的尷尬，「在北京城跑了二十年，這是第二次迷路。第一次是在西直門橋那裡，那橋設計得大有問題，可是這海澱區的路是沒問題的，不知道怎麼回事，突然就不知道該往哪裡走了。」

徐沫影心想，或許是司機年紀大了，有了些健忘吧。他笑了笑說道：「司機先生您儘管開車，我來幫您指路，這路我很熟的！」

要說對這條路的熟悉程度，徐沫影無論如何比不過一個老司機，但是多多少少他總還認識。其實從他住的地方到阜成門，路程很短，也不複雜。

司機樂得他這樣說，到手的生意不做白不做，他一踩油門，車便再次在若明若暗的大街上開始飛馳。

徐沫影仔細地注視著窗外的一切，街上的路燈把路邊的指示牌照得一清二楚，薊門橋、明光橋、西直門橋，整條路直來直去，對北京稍有瞭解的人就知道，一直往前走便是阜成門了。他很納悶司機為什麼會迷路，向前面伸手一指，說道：「順著路一直往前開吧！」

往前開。窗外，一座座高樓飛快地從眼底掠過，徐沫影卻覺得越來越不對勁。車又開了十幾分鐘，目的地卻遲遲不到。他側頭望瞭望窗外，那路牌上的字讓他禁不住大吃一驚：那上面竟清清楚楚地寫著，薊門橋，前方兩百公尺！

向前開了半天，竟然又回來了！這無疑是司機的噩夢。司機也發現了這一點，折騰了半天，竟然只是在原地打轉，他洩氣地把車停在路邊，臉上滿是訝異和沮喪：「我想我是遇到鬼了，鬼打牆開不出這條街。你還是下去吧！先生。」

徐沫影覺得這一定是某種幻覺，有人在迷惑他們，說不定就是碧凝的師父，這是為了阻止他去看碧凝所施的手段。可是他為什麼要阻止自己呢？徐沫影想不出什麼可信的理由，他渴望見到碧凝的心反而越來越熾烈。

既然對方用幻覺迷惑自己的眼睛，那就不再用眼睛。徐沫影再次催促司機說道：「開車吧！這次我保證能把路指對。」

司機無奈地搖了搖頭：「我們說好了，這次再找不到路，走到哪你就從哪下去，我不想再載你了。」

常有些鬼故事，說人遇到鬼搭車的，想來是這位司機真的對徐沫影產生了懷疑。

徐沫影沒有心思多想，他仰身靠在椅子背上，閉上眼睛，腦中開始閃過一幅幅八卦圖。指路的人做閉目養神狀，開車的人自然既驚訝又氣憤。就在司機開口質疑之前，徐沫影忽然說道：「左拐！」

司機極不情願地猛打方向盤，一面問道：「先生你可別玩我啊，閉著眼睛指路，我還是第一次看到！」

徐沫影睜開眼睛，向司機淡然一笑：「您就相信我吧，沒問題的。前面兩百公尺向右拐！」

其實，徐沫影連自己都有點不相信自己，車行駛的時間越長，他的信心便越小。五分鐘後他已經相信，自己最終算到的目的地不可能是碧凝所在的社區，是哪裡，只有天知道。但好奇心讓他很想知道潛伏在暗中的高人，到底要把自己引向什麼地方，因此他仍然不斷地指路。

望著窗外漸漸模糊的一切，司機終於對徐沫影完全失去了信任。他把車停在路邊，死活不再載他向前行駛一步。徐沫影無奈，掏出一張五十元的鈔票遞給他，推門下了車。

他這才發現，難怪司機不敢再走，因為這地方漆黑一片，他不知道這究竟是到了哪裡。除了天上投下來的點點微弱的星光，便再也沒了光亮。周圍靜謐而詭異，他很想要求司機再帶他回去，但是一轉身間，那車便已經迅速地開走，在黑暗中消失不見。

徐沫影這才發現對手過於強大，而自己又過於固執和自信。上次被牽引到廢樓，還有些許莽撞和衝動在裡面，而這次，則多是由於自己的剛愎自用。這鬼地方，說不定已經是荒郊野外了。

徐沫影定了定心神，開始打量周圍的情況。暗淡的星光下面，睜大眼睛努力地察看，還是可以看到些什麼的，而他模模糊糊看到了半面斷裂的牆壁。

他愣了愣，向那斷壁走過去，腳下似乎被什麼東西絆了一下，一個踉蹌差點摔倒。他猜測這極可能是一片坍塌的建築。他小心翼翼地看著腳下，從障礙物上邁過去，再往前走，發現腳下崎嶇不平，全是雜亂的瓦礫。好不容易繞過那面斷壁，他抬起頭向對面望了一眼，竟然發現遠處有一盞微弱的燈火。

他分辨得出磷火和燈火的區別，那紅黃的光亮，一定是人住的地方。他不禁大喜，向著那光亮緊走了兩步，卻不料竟一頭撞在了什麼硬物上，撞得他一陣頭暈。呆呆地站在那好久才緩過神來，定睛一看，原來前面是半堵矮牆，跟自己身高差不多。他不禁低低地咒罵了一句。

他話音剛落，忽然便聽到不遠處傳來一陣啜泣聲，好像是一個女孩的聲音。這聲音在靜夜中響起，格外使人心寒。但是附近有人，這對徐沫影來說，無疑又是個好消息。他抬起頭大聲問道：「誰在那兒？」

哭聲應聲而止，四下重歸寂靜。徐沫影屏息靜氣地仔細聽了聽，見對方不再有任何動靜，便摸索著涉過瓦礫堆，艱難地向剛才聲音的來處走過去。

也不知道走了多久，自始至終，他都沒再聽到任何聲響，除了自己的腳步聲和呼吸聲，而他也沒有能夠走出這片瓦礫堆。抬起頭，那盞微弱的燈火還在遠處閃動。

「誰在那兒？」徐沫影忍不住又問了一聲，「能告訴我這裡是哪裡嗎？」

女孩的啜泣聲忽又在黑暗中響起，低低的，纖細而微弱，在像遊走在靜夜中的淒涼的靈魂，讓聽者禁不住毛骨悚然，而徐沫影更多的卻是驚喜。不信鬼神，恐懼便少了很多，只是黑暗卻不放過任何人心底的陰影，它會張牙舞爪地吞噬人的膽量。

在這陌生的抽咽聲裡，徐沫影再次鼓足了勇氣，向那聲音的來源摸索過去。腳下一步一坎，也不知道跌倒了多少次，但每次當他爬起來傾聽，那氣若游絲的聲音卻都在自己數步之外，無論自己怎麼走，總是到不了近前。

他懷疑自己一直在原地打轉，在他把燈火和聲音當做路標的時候，已經在被牽著鼻子轉圈了。

徐沫影想到這，便氣喘吁吁地停下來，一屁股坐在瓦礫堆上，一面休息一面思考對策。

但他剛剛坐下來，便感覺有什麼東西在舔舐著自己的臉，同時，一陣「嗡嗡」的聲音不期然鑽進了他的耳朵。

第三章 決斷

黑暗中，聽到毒蛇吐信的聲音，徐沫影嚇了一跳，他一面站起身一面慌亂地向聲音方向抓了一把，似乎抓到一個滑溜溜的東西，馬上，他的手觸電般地一抖，把東西狠命地甩了出去。

他驚魂未定，嚇得心還在怦怦直跳，天知道這是什麼鬼地方，竟然還有蛇。他越想越是心驚，在黑暗遮掩下，不知道有多少蜈蚣蠍子正躲在瓦礫堆裡，虎視眈眈地望著他。這不是可以安然度過夜晚的地方，他必須馬上離開這裡，馬上！

徐沫影睜大眼睛，四下裡望瞭望，借著星光仔細辨認出進來時候看到的那半堵牆壁。他想，從那堵牆繞過去，就可以走出這片廢墟。他於是向牆壁緩緩走去，但是剛剛走了兩步，便聽到那低聲哭泣的小女孩突然發出了一聲驚恐的尖叫，那尖叫讓他禁不住打了一個哆嗦。緊跟著，低聲的抽咽變成了放聲痛哭，迴盪在這片星光下的廢墟之上。

徐沫影皺了皺眉，停下腳步回過頭。他看不到小女孩藏在哪裡，但他現在幾乎可以斷定那小女孩跟他一樣，也是一個普通人，她留在這裡過夜，只怕真會成了蟲蟻的美食。他想了想，又嘗試地問道：「小妹妹，妳在哪裡？」

小女孩似乎聽到了他的話，雖然沒有回答，但哭泣的聲音卻逐漸低了下去。

「我不是壞人，妳可以出來！」徐沫影又說道，「妳是不是迷路了？我可以帶妳回家。」

沒想到他剛說完，那小女孩的哭聲便再次由低而高，似乎是被挑動了心事，再也壓抑不住悲傷的情緒，只好大放悲聲。

徐沫影不知道該如何是好，但要他在小女孩的哭聲中離開是不可能的，他的良心要求他必須留下來，找到小女孩，弄清楚到底怎麼回事。至少，他留在這裡可以陪著她，讓她不至於太害怕。

徐沫影想了想，又向哭聲傳來的方向大聲問道：「小妹妹不要害怕，有哥哥在這呢，什麼都別怕。」

小女孩的痛哭變成了斷斷續續的抽噎。徐沫影一見自己的話起了效果，便又柔聲說道：「我來給妳講個故事聽，怎麼樣？」

小女孩仍然沒有做出任何回應，但她的哭聲漸漸止住，對徐沫影來說，這就是一定的回答。於是他一面在原地來回邁著步子，一面開始講小時候爺爺講給他的那些童話故事。為了防止蛇蟲的侵犯，他不敢再坐下來。

小女孩的哭聲終於徹底地止住了，四周又恢復了一片安靜，只有徐沫影柔和的聲音緩緩地飄來蕩去。徐沫影一度懷疑自己的聽眾已經跑掉了，因此他中途停下來問了兩句：「小妹妹，妳還在嗎？」小女孩的沉默讓他很鬱悶，但頓了一下，他還是繼續講了下來，直到講到逗趣的地方，他聽到一聲山泉般清澈的笑聲，這才放了心。

故事一個接一個，就這樣，一直講到天亮。等講完最後一個故事，他也已經借著明亮的天光看清楚了周圍的情況。

這根本就不是什麼郊外。周圍都是住宅，那盞燈光便來自於其中的一個窗，而他腳下的廢墟，是一大片拆了一半的舊樓房。大概是資金不夠，因此拆得七零八落之後便停了工，只剩下一堆的殘垣斷壁。這座舊樓房地影響了這一帶的風水，因此這裡住的人不多。

能把徐沫影困在這廢墟一夜，除了那位高人的算計之外，還有那位小女孩的功勞。徐沫影放眼廢墟之上，很快便發現不遠處的一堵殘壁後面露出一點嫩綠的衣角。他邁開大步走過去，繞過殘壁，才發現那後面果然坐著一個小女孩。

那小女孩不過七、八歲大，穿一身嫩綠色的小小連衣裙，又破又髒，一張清秀的小臉塗得好像焦炭一樣，只是被淚水沖花了臉。猛一見徐沫影過來，驚嚇地睜大眼睛，抬起頭望著他，一雙髒兮兮的小手護住面前地上的一個破碗，透過指縫，能看到碗裡有兩枚閃光的一角錢硬幣。她另一隻小手握著半塊饅頭，迅速地藏到了身後。

徐沫影怔怔地看了小女孩半晌，禁不住一陣心酸，差點掉下淚來。他彎下腰溫柔地問道：「妳聽我的聲音，知道我是誰嗎？」

小女孩靜靜地望著他，點了點頭。她應該知道，這就是那個整晚講故事給她聽的人。

徐沫影笑著蹲下身體，認真地對小女孩說道：「快告訴哥哥，妳家在哪裡，我可以送妳回家。」

小女孩輕輕地搖了搖頭，眼睛裡又開始噙滿了淚水。

「沒有家嗎？」徐沫影會意地問道，「妳怎麼來到這裡的？以前跟著誰？」

小女孩不說話，低下頭，眼淚啪嗒啪嗒地掉下來，一滴滴掉到地上。

徐沫影歎了口氣，從地上站起來。小女孩見他起身，似乎以為他要離開，急忙抬起頭說道：「哥哥，帶我一起走吧！」

這聲音清脆悅耳，稚嫩中帶著叮咚的水音。徐沫影不禁一愣，低頭看著她。

「帶我去個安全的地方。」小女孩怕徐沫影不答應，乞求似的說道，「我不會拖累你，不花你的錢，我可以自己討飯，你看，這就是我討來的！」

說著，她那隻背在身後的手拿到前面，蓋住破碗的手拿開，把手中的饅頭和碗裡的硬幣給徐沫影看。

徐沫影看著她，緩緩地向她伸出右手。小女孩怯怯地望望他的眼睛，又望望他的手，終於也慢慢地向他伸手出來，但是那隻小手剛要觸及徐沫影的大手，卻又突然縮了回去。

「我的手髒。」小女孩低低地說道。

徐沫影不禁笑了，彎下腰，伸手拉住小女孩的手，把她輕輕地從地上拉起來。那小女孩站起來，卻立刻回頭想去撿那地上的碗。徐沫影說道：「別去撿了，以後哥哥不會讓妳再討飯吃啦！」

小女孩似乎不明所以，忽閃著一對大眼睛默默地看著他。

「告訴哥哥，妳叫什麼名字？」

「小蝶。」

徐沫影沒再多說，也沒多問，拉著她的手，一步步小心翼翼地走出了這片廢墟。

上了計程車，徐沫影帶著小蝶直奔碧凝的家。他不知道那位跟自己作對的高人是出於什麼心思，總不至於特意引自己過去收留這個小女孩吧？冥冥中，他覺得昨晚一定是碧凝發生了什麼事情。

徐沫影拉著小女孩的手，迎著上班的人流奔進社區大門，也不管別人投來怎樣詫異的目光。這樣一個乾乾淨淨的年輕人，領著一個髒兮兮的小孩橫衝直撞，顯得分外惹人注意。

徐沫影鑽進樓門，很快爬上了三層，氣喘吁吁地停下來一看，不禁喜出望外，這次301房間的門並沒有鎖。他趕緊走上前按響了門鈴，大概過了幾分鐘，便聽到門內有人走動，而後門被打開一條縫，一個穿著睡衣的青年男子探頭出來，瞇著惺松的睡眼看了兩人一眼，問道：「你們找誰？」

徐沫影一見出來的是個男人，還以為走錯了門，側頭又瞥了一眼門牌號，沒有錯，就是301。他遲疑地問道：「請問，碧凝小姐在嗎？」

「碧凝？」那男人搖了搖頭，又似乎想到了什麼，說道，「你是說之前住在這裡的兩個漂亮女孩吧？她們昨晚剛剛搬走，我們也是昨晚剛剛搬進來。」

那人說完，作勢便要關門回屋。徐沫影急忙叫了一聲：「等等！」

「還有什麼事？」那人不耐煩地問道。

徐沫影問道：「您說這裡之前住的是兩個女孩，確定嗎？」

「確定啊，我們過來的時候她們正好搬走。」

「那她們搬到哪去了，您知道嗎？」

那人搖了搖頭，再不說話，直接「砰」的一聲關上了門。

徐沫影心裡大致想明白了是怎麼一回事。碧凝跟一個女孩住在一起，那女孩很可能就是自己見到的穿白裙子的女孩，根據碧凝之前的說法，那女孩就是她的師父。碧凝不想見自己，因此讓她師父想辦法把自己引入廢墟困了一夜，借此機會她們搬家離開，永遠地避開自己。

徐沫影又吃驚又失落。驚的是，碧凝口中的師父，易學造詣遠在自己之上的那個人竟會是一個年輕女孩；失落的是，碧凝對自己的成見竟然這麼深，連見她一面的機會都不肯給了。

他呆呆站在門口發愣。小蝶仰起臉看著他，禁不住問道：「哥哥，你是不是喜歡那個女孩？」

小女孩稚嫩的聲音把徐沫影喚醒了。他淡淡地一笑，拉著她的手一面向樓下走去，一面說道：「我們回家。」

徐沫影帶著小蝶進了一家商場，給她買了幾件衣服，也為自己買了一支手機。這期間，徐沫影思前想後，終於咬牙做出一個決斷。既然已經認定碧凝就是淺月，他實在不應該再拖延了，到了該快刀斬亂麻結束這一切的時候。

他把小蝶直接帶到了柳微雲那裡。讓一個小女孩跟自己同住畢竟不太方便，而既然已經下決心離開柯少雪，更不能把小蝶交給她。柳微雲對這一切並不感到意外，欣然把小女孩收留下來，但在徐沫影轉身出門的那一刻，她突然說道：「你不要再做讓自己後悔的事了。」

徐沫影不知道她說的是不是給柯少雪改命的事。讓自己後悔的事情他已經做得太多了，也不在乎多這一件。為淺月為碧凝，他必須這麼做，斬斷一切愛恨糾葛，只有這樣，他才能期望碧凝原諒自己，期望她重新回到自己身邊。

上樓的時候，他想念起淺月對自己的千般好處，越發覺得自己對不起她，越發覺得應該儘快了斷這一切一切，但是，在二樓通往三樓的樓梯上，當聽到激揚的旋律衝破柯少雪的房門衝進自己的耳朵，他的心一下子又軟了下來。

也許他真的不愛柯少雪，他欽服她的才氣，他可憐她的遭遇和短命，他愛的，只是她身上那一點點淺月的影子吧？他有萬千種理由回到淺月身邊，卻找不到一點點理由傷害柯少雪。她受的傷害實在已經夠多了。

琴聲裡，他在樓梯上坐下來，閉上眼睛思量了很久，一直等那激揚的旋律慢慢平靜下去。他可以想像柯少雪彈奏鋼琴的樣子，她那狂風暴雨般的指法終於變成和風細雨的輕柔。

然後，就在他起身準備去敲柯少雪房門的時候，樓下傳來一聲熟悉的呼喚：「沫影，你下來！」

徐沫影轉頭順著樓梯往下看，卻見卓遠煙正背著寶劍站在那裡，她額頭上那顆鮮紅的美人痣大而明顯。

「什麼事？」他一面問著，一面急急忙忙地下了樓。

「沒事，找你玩！」卓遠煙大大咧咧地一笑，拍了拍他的胸脯。

「妳爸媽那邊，交代好了嗎？」

「呵，他們的火都被我給澆熄了，你放心吧！」

徐沫影見她又恢復了以前那副嘻嘻哈哈的樣子，便知道她說的應該不假，兩位老大人的怒火總算給撲滅了。他心裡也輕鬆了不少。

「今天有個寺裡的長老來我家裡做客，我就問他，佛怎麼看待算命。結果，你猜他怎麼說？」卓遠煙問道。

「哦？」徐沫影疑惑地問道，「不會又說卜卦算命是妳們佛家的邪命食吧？」

「是邪命食沒錯，但精於佛道的不妨學易，精於易道的人也應該學佛，要知道命運不是恒定的，持戒修福學佛就能改變命運。我來主要是為了告訴你這個，之前我說的佛易相斥是不對的，只是佛不提倡卜卦為生而已。」

「學佛能改變命運？」徐沫影不禁皺起了眉頭，「我不承認命運可以通過學佛改變。兩年前，一個當紅女星得了絕症，皈依佛門潛修，沒過多久卻還是在命理預示的死亡時間去世了。佛怎麼解釋？」

卓遠煙辯解道：「她信的是邪教，不是真佛！」

徐沫影搖了搖頭：「度化女星的那位大師佛學精深，地位不低，以前也沒見有人說過他不好，女星死了以後各種毀謗便接踵而來。為了維持佛的聲譽，為了繼續招攬信徒，佛門自然不在乎犧牲一個大師。」

卓遠煙似乎找不到可以辯解的話，只好氣呼呼地問道：「你為什麼對佛有這麼大偏見呢？」

徐沫影不禁一怔：「我不瞭解佛，只是從常理分析。」

「所以才是偏見！麻煩你先去看幾本佛教經典再來評頭品足好不好？」卓遠煙老大不高興地說道，「我好心過來告訴你佛易的關係，你卻一點都不肯聽，真是對牛彈琴。對了，再跟你說一下，據說，唐代易學大師，李淳風的師兄袁天罡也是信佛的！」

徐沫影不可置信地搖了搖頭：「不可能的，要說他是道士還差不多。」

卓遠煙雙臂交疊抱在胸前，一雙大眼睛瞪了他半天，歎了口氣說道：「算啦，懶得跟你這個笨蛋計較，我要回去了。」

徐沫影沒再挽留。他有急著要解決的事情，沒多少心情陪遠煙玩，只是默默地跟在後面把她送了出去。上車之前，卓遠煙回頭看了徐沫影一眼，問道：「看你心情不好，我帶你兜個風去，上來吧，別老板著臉！」

徐沫影淡淡地一笑：「我沒什麼事，還是算了。」

卓遠煙白了他一眼：「還是為報紙上那檔子事吧？說吧，有什麼要我幫忙的沒有？只要你沒做錯，我都可以盡力幫你。」

徐沫影想了想，忽然說道：「妳幫我查一個人的戶籍資料吧！」

「誰？」

「碧凝！」

卓遠煙不禁一怔：「為什麼？」

「妳先查一查，盡可能詳細一點，回頭我會告訴你原因。」

「好吧，查清楚我會馬上過來找你！」卓遠煙乾脆地答應下來，之後便開著車衝出了社區大門，消失在徐沫影的視野。

徐沫影轉身上樓，回自己房間抱了那隻小狗出來，敲響了柯少雪的房門。

第四章　逆天

柯少雪打開門，一見是徐沫影，臉上紅雲含羞，驚喜不勝，趕緊閃身把他讓進屋裡。徐沫影把小黃狗放在地上，那小東西便繞著柯少雪腳下轉來轉去，跳著叫著，甚是歡快。

柯少雪也十分喜愛這隻小狗，俯身把牠抱起來，一面逗弄一面向徐沫影問道：「這是你買的狗狗嗎？我家的仔仔去了哪裡，怎麼不帶牠過來？」

徐沫影笑道：「這不就是妳的仔仔嗎？」

柯少雪一愣，低頭翻來覆去地看了那小狗幾遍，搖頭道：「不，牠不是仔仔。」頓了頓，她似乎忽然明白了什麼，收斂了笑容問道，「你是不是沒有能夠復活牠，所以，重新買來這隻小狗逗我開心？」

「怎麼會呢？」徐沫影笑著搖了搖頭，「牠真的是仔仔，只不過復活以後靈體有了變化，所以，樣子也變了。」

「靈體？那是什麼？」

「承載生命體命運的東西，狗有靈體，人也有靈體，高等生命都有靈體。」

為了讓柯少雪明白這隻小狗的確就是仔仔，徐沫影簡單地把靈體和命理的關係向她做了一下介紹。柯少雪似乎對此很感興趣，繼續問道：「改變靈體，就能改變人的命運嗎？」

「對，」徐沫影點了點頭，「靈體影響人的命運、性格、面貌、能力，總之，改變靈體就是改變八字，就能改變人的各方面。」

柯少雪眼底閃過一絲憂鬱，遲疑地問道：「那靈體改變以後，是不是就會不再喜歡以前喜歡的人了？」

「那要看靈體具體做了哪些改變。」這句話問到了徐沫影的心裡，他略微感到有些不安，於是說道：「我們不談這些了，這種易學知識妳也理解不了。」

「不，我偏喜歡聽。」出乎意料的，柯少雪第一次在徐沫影面前耍起了小女孩脾氣，眼圈一紅，竟然怔怔地落下淚來。

徐沫影見她落淚，以為是因為自己不講易理給她聽而傷心難過，趕緊握住她的手，順勢把她輕輕摟在懷裡，輕輕說道：「既然妳喜歡聽，那我就給妳講，我先講幾個易學故事給妳聽吧！」

「嗯。」柯少雪重重地點了點頭，俯身把小狗放在地上，揚起臉，已經滿面緋紅燦若桃花，羞澀地向徐沫影低聲說道：「抱我去臥室。」

徐沫影一怔，看著她紅豔豔無比動人的臉，感到自己的心跳在逐漸加速。猶豫了一下，他終於還是抱起了她香軟的身體，向臥室裡緩緩走去。

柯少雪像一隻小兔子把頭埋在徐沫影懷裡，乖乖地閉上眼睛，嘴角露出一絲微笑。

這是上午，陽光從臥室敞開的窗子照進來，白花花地投在窗前的地板上。

徐沫影把柯少雪輕輕放在床上，拿過枕頭給她枕在頭下。柯少雪仰面躺在那兒，拉過他的手，輕輕地說道：「你也上來，跟我躺在一起。」

徐沫影不禁一愣，就怕自己真的犯了錯誤，詫異地問道：「為什麼？」

柯少雪羞澀地說道：「我想躺在你身邊聽你講故事。小時候，媽媽就是這樣一直講故事給我聽，我聽著聽著就會睡過去，睡得很香。」

原來她是想媽媽了。徐沫影心裡輕鬆了許多，暗暗咒罵自己淨起些不乾淨的心思。他慢慢脫下鞋子，爬上床，在柯少雪身邊輕輕躺下來。他的頭剛剛碰到枕頭，柯少雪溫柔的雙臂便略含羞澀地摟上了他的脖子。他剛想掙脫，卻聽柯少雪輕輕地在耳邊說道：「別動。」

他沒動。他不知道一反常態的柯少雪究竟要幹什麼。女人心，海底針，他一點也摸不透。

柯少雪也沒再動。她只是微微地閉上眼睛，囈語似的說道：「你講吧，沫影，我要聽你的易學故事。」

柯少雪的呼吸近在咫尺，那麼輕柔香膩。徐沫影不用側頭去看，也能感受到柯少雪身體對自己的極大誘惑。他緊緊閉上眼睛，努力使自己沉浸到古書上的易學故事中去，心這才稍稍平靜一些，開口講道：

「這個故事發生在北宋。當時有個叫邵康節的易學大師，他特別喜歡梅花，在他的房舍外面，就有一個很大的梅園，一到冬天，花開得非常燦爛。有一天他正在園子裡看梅花，忽然聽到梅樹上有兩隻麻雀在唧唧喳喳地叫，好像是在吵架一樣。他覺得很奇怪，就根據麻雀吵架的事推演了一卦，於是斷定第二天晚上會有女子來園子裡偷折梅花，預言那女子會摔斷腿。到了第二天晚上，果然，有個年輕女子偷偷地潛進了梅園，見那花開得漂亮，便爬上樹去摘梅花，結果，偏偏被園丁發現，那園丁大叫了一聲，女子一慌，便從樹上掉下來摔斷了腿。」

柯少雪輕輕地問道：「那後來呢？」

「沒有了。這個故事就到這裡，講的是一個易學術數分支『梅花易數』的來歷。」

「嗯，」也不知道她聽明白沒有，只聽她喃喃地說道，「再講。」

於是，徐沫影又講了一個有關李淳風和袁天罡的傳說故事：

「李世民下令要李淳風去找一處風水寶地，以便建造百年之後可以棲身的龍穴。李淳風找了九九八十一天，來到了小梁山，在山上他認為風水最佳的地方埋下一枚銅錢，用來標記他找到的龍穴。接著，李世民又下令讓袁天罡也去給他找龍穴，袁天罡跋涉了七七四十九天，也來到了小梁山，在山上的一處地方插下一根銀釵。於是李世民說，你們既然點出的龍穴都在一座山，那就看看誰找得更準確吧！結果請人扒開土層一看，發現袁天罡的銀釵正好插在李淳風銅錢的眼裡。」

徐沫影講述完畢，靜靜地等了一會兒，卻沒聽到柯少雪發出任何回應。他覺得有些奇怪，睜開眼睛側過頭，才發現柯少雪已經沉沉地睡去了，正在他身邊發出均勻的呼吸。她桃花般粉嫩光潔的臉蛋、紅豔誘人的嘴唇，距離自己的臉不超過一個手指的距離。

他的心跳開始劇烈加速，慢慢地將頭挪近柯少雪的臉，就吻上了她濕潤的唇。

那一秒鐘的甘甜，好比一生一世的眷戀。

一吻之後。他強忍住內心的衝動，仰面看著天花板，做了幾次深呼吸。他知道，時間到了，為柯少雪改命，這是個再好不過的機會。他在心裡默默地說了幾遍「對不起」，接著，便開始運起書上的化氣之法。

室內的五行氣息流動如水，緩緩地與柯少雪靈體中的氣息進行交換。金木水火土，光焰繽紛，錯亂縱橫，一個女孩的命運正在按照徐沫影的設定發生著變化。

一切都很平靜，包括照進室內的陽光，和柯少雪眼角偷偷溢出的淚水。

利用易法對靈體中的五行氣息進行微調，可以調節出各種實際並不存在的八字。徐沫影對柯少雪八字的重設相當於讓她獲得了一次重生，雖然依然保有美貌和才華，但陰陽眼已經去除，壽命也加長了很多，把她和祝小天的緣分盡可能調到最大，讓兩個人的生命節拍完全重合，這樣，就會促成一對天長地久的婚姻。

半個小時並不算久，但徐沫影做完這一切，卻已經精疲力竭。昨晚一夜沒睡，加上化氣過程中巨大的腦力消耗，讓他的腦子疲憊到了極點。他側頭看了一眼柯少雪，八字的調節保留了她的容貌，使她外表看上去基本上沒什麼變化，但實際上，她那雙眼睛會比以前更具神采。

徐沫影對自己的成果很滿意，滿意到看她一眼便會覺得椎心刺骨的痛。他側過頭不敢再看，閉上眼睛，昏沉沉的大腦迅速地將他帶進了一場噩夢。

這個夏日的中午，陽光正好，有誰悄悄地起身，有誰在他額上印下輕輕一吻，有誰的眼淚無聲滴落在床前地板上，有誰背上行囊掩門而去？

徐沫影一覺睡到天黑。晚飯時間，他終於悠悠醒來，屋裡的天色一片朦朧。轉頭看看，身邊的人已經不見，繞在他脖子上的手臂也已經消失。屋子裡一片空落落的寂靜，那一刻，他的心也突然空了。

他一個翻身從床上坐起來，拖著鞋子走出臥室走進客廳，一眼便發現客廳的茶几上放著一張條子。他打開電燈，快步走過去把條子拿起來，上面是幾行娟秀的小字，正是柯少雪的筆跡：

「沫影，我要參加巡迴演出，馬上就走了，我想，這種辭別方式也許最適合我現在的心情。報紙上的消息我看過，我不在乎，我願意用整顆心來信任你，但我無法想像你會用自己特有的方式把我送給你的朋友。可是我的生命是你救的，做一天你的戀人，那整個人便也是你的，我將尊重你的決定。

「很想試試跟你睡在一起的感覺，於是我大膽地試過了，摟著你睡覺，很舒服。很想把自己完完整整地交給你，但你終於不肯要。這讓我更加離不開你。只是不知道再次見面，我還會不會愛你。也許真的如你所說，人的喜好也是由八字決定的，我心中的愛意將會慢慢淡化，從你身上慢慢轉移，去交給另一個陌生的男人。

「我在想，當我轉過身，愛上另一個人，投入另一個男人的懷抱，你究竟會不會為我難過？我的乞求不算多，只要你一滴淚，一滴就好，也證明我們曾經愛過。

「我真希望你能改變的不只是命運，還有記憶。」

落款是：雪。

看完留言，徐沫影頹然坐在沙發上，忍不住一陣陣心痛。從開始有替柯少雪改命的念頭到實施計畫，不過一天時間，他以為自己做得乾淨俐落不留痕跡，以為可以讓少雪慢慢喜歡上別人離開自己，不會帶給她任何傷害，但是巨大的傷害還是產生了。他想不起那天醉酒之後自己到底說了什麼，以至於柯少雪會對他所做的一切瞭若指掌。

他又做了一件蠢事，又傷害了一顆溫柔善良的心。他抱住腦袋倒在沙發上，想像柯少雪如何痛苦地離開自己，後悔與悲傷的情緒再次衝擊著他，讓他禁不住淚流滿面。

當黑夜完全降臨，徐沫影依然倒在沙發上一動不動，直到手機發出長長的鳴叫，他才勉強把手機從口袋裡掏出來，看也不看便接通了電話。

「沫影嗎？」是卓遠煙的聲音。

「嗯，是我。」徐沫影低沉地應了一聲。

「我查到碧凝的資訊了，很詳細，要我念給你聽嗎？」

「是嗎？」徐沫影稍稍有了幾分精神，「那快念吧！」

「嗯好，你聽著。碧凝，生日是一九八六年七月十三日，出生於山東省濟南市，父親是——。」

「等等，」徐沫影聽到這裡，翻身從沙發上坐了起來，顫抖著聲音問道：「妳這些資料，從哪裡弄到的？」

「放心吧，都是千真萬確的資訊，是我託老媽從政府部門的戶籍資料中調出來的。」

「叫這名字的應該很多吧?妳是不是查錯了人？」

「對，叫碧凝的還有別人，但是這個資料中顯示，她七月初在北京阜成門某社區辦了暫住證，應該就是我們認識的碧凝。而且，在長松山曾聽她說起過，她生日確實是七月十三日。」

徐沫影沉默了，拿著手機的手在不住地顫抖。

「沫影，你說話，要我繼續念嗎？要不明天我拿給你看吧！」

「不用了，我都知道了。」

徐沫影有氣無力地說完兩句話，便掛斷了電話。他向後倚在沙發上，心裡翻上翻下，像煮開了的水，亂作一團。

淺月的生日是三月份，碧凝生日卻是七月；淺月出生在河北省農村，而碧凝分明是山東省濟南市人。這資料完全對不上，碧凝又怎麼會是淺月？只怕這都是他自己一相情願的設想罷了。

他被卓遠煙送來的消息搞得暈頭轉向，才失去了少雪，接著便失去了淺月。他的世界忽然變得一片荒蕪，不知道該怎麼辦才好。

不知過了多久，徐沫影才從沙發上爬起來，關燈鎖門離開了柯少雪的家，一步步摸黑下樓。

星光慘澹，月色昏暗。一座座高樓都像猙獰的巨人，他們靜靜地俯視著他，無聲地嘲笑著他。

徐沫影在花壇前面呆立了好久，抬頭看了看對面樓上的窗子。有那麼一扇窗子，直到如許的深夜，依然點著明亮的燈火，讓他覺得像是找到了一點安慰。他像個幽靈一樣悄悄繞過花壇，一頭鑽進那黑洞洞的樓門。

每一層樓梯都上得如此艱難，最後，他拖著沉重的雙腿來到柳微雲門前。他聽到裡面傳來柳微雲的聲音：「好了，乖乖回屋睡覺！」

「姊姊，那妳睡不睡？」是小蝶的聲音。

「妳先睡，我待會就來。」

「那好吧，我去屋裡等著姊姊。」

徐沫影聽著這簡單的對話，突然覺得又是一陣心酸。他現在什麼都沒有了，藍靈、柯少雪、蘇淺月、碧凝，所有愛自己的女孩子都被自己弄丟了。剛才他的世界還是熱熱鬧鬧的，一轉身間，竟然變得孤單，冷清得可怕。

當他想說說心裡話的時候，大概只有柳微雲一個人可以聆聽。

他抬手正要敲門，門卻忽然開了。

第五章　天書

柳微雲開了門，默默地把徐沫影讓進屋子，然後切了一塊西瓜給他。徐沫影接過西瓜，轉身去沙發上坐下，全無意識地咬了一口，忽然抬起頭來說了聲「謝謝」。

柳微雲站在他身前，黑色的裙擺下露出雪白蔥嫩的腳趾，低頭默默地看著他，半晌，忽然問道：「你吃過晚飯了嗎？」

徐沫影搖了搖頭。

「我去煮碗麵。」柳微雲說著，轉身便向廚房走去。

徐沫影抬起頭叫道：「等一下！」

柳微雲停下腳步，轉針身望著他。

「妳幫我出個主意吧。」徐沫影歎息一聲，「我是個笨蛋，只會接二連三地做蠢事，少雪走了，遠煙又幫我查了戶籍資料，碧凝根本不是淺月。妳說，我該怎麼辦？」

柳微雲淡淡地說道：「不要這麼早下定論，戶籍資料也可以作假的。妳為什麼不去蘇淺月和碧凝的老家查一下？見見她們的父母，把事情問清楚。」

徐沫影聽完，臉上不禁浮現些許驚喜的神色，猛拍了一下大腿：「對！妳說得對！我是該去見一下淺月的父母。看我，最近總是昏頭漲腦的，什麼都想不清楚。」

「你是被感情攪亂了心。」柳微雲說完，轉身下了廚房，「我去煮碗麵吧，你該餓了。」

昏茫之間重又看到希望，徐沫影再也坐不安穩，站起身在客廳裡走了兩圈，便站到了廚房門口，望著裡面柳微雲忙碌的身影，說道：「我也不知道為什麼，一想到感情的事情，腦袋就整個亂掉了，心思煩亂，怎麼也靜不下來。恐懼中我可以冷靜，生死間我能保持沉著，但唯獨遇到感情的紛擾，思維就會立刻停掉。」

柳微雲一邊向鍋裡下麵，一邊輕輕說道：「你有你的弱點，這沒什麼錯。」

徐沫影不禁苦笑道：「這個弱點還真是致命的。」

「弱點本身沒什麼，怕的是敵人抓住它不放。」

徐沫影不禁一愣，吃驚地問道：「妳都知道了些什麼？」

柳微雲搖了搖頭：「我只是猜測，隨便說說。」

兩個人都靜默著不再說話。

柳微雲煮好了麵端上來給徐沫影，徐沫影一天沒吃飯，早就餓了，便坐在桌邊開始狼吞虎嚥，吃著吃著，忽然想起了什麼，抬起頭問道：「小蝶是什麼來歷，妳問清楚了嗎？」

柳微雲坐在他對面，靜靜地看著他吃飯，見他發問，便點了點頭：「她是個孤兒，被人領養過來的。領養人同時還領養了幾個小孩，帶著他們四處討飯，小蝶找機會逃了出來。她躲在一片廢墟裡的時候，就遇到了你。」

「原來是這樣，這孩子也挺可憐的。」

「你打算怎麼安置她？」

「收養她，無父無母的孩子，難道還要她回領養人那裡去受罪？」

柳微雲靜靜地望了他一會兒，說道：「把她交給我吧，我很喜歡她。」

徐沫影點了點頭。自己帶著小女孩一定不方便，柳微雲能這麼說自然是最好不過。

吃完飯已經是凌晨一點多，徐沫影不便多留，便告辭出門。柳微雲默默地送他下了樓，臨別時又問道：「你打算什麼時候去蘇淺月老家？」

「明天一早就動身。」

「要不要我跟你一起去？」柳微雲輕輕地說道，「如果她真的復活了，她父母知道你們倆的關係，對你未必肯說實話。」

徐沫影遲疑地問道：「我們倆，方便嗎？」

星光下看不清柳微雲的表情，只是她沒再說話，轉過身默默地上樓去了。

徐沫影越發搞不清柳微雲的心思，他呆呆地站了一會兒便轉身往家走，邊走邊想，倘若真的要一個人陪自己去淺月老家，那這個人最好是卓遠煙，但兩個人的假戀愛已經被揭穿，只怕她父母不會再准許他們倆在一起。

這一夜沒怎麼睡覺，他思量了好久，天色濛濛的時候他起來收拾東西，並給柳微雲發了一則簡訊。他想，柳微雲心思最清明，自己根本沒有思前想後的必要。

就這樣，為了查實淺月的生死，徐沫影第二次踏上了前往淺月老家的旅程。

有了第一次，第二次便熟門熟路，中午時分，徐柳兩人便趕到了小縣城，但是尋找去南河子村的車輛仍舊是個問題。兩人在大街上一邊走邊打聽，尋找可以搭乘的便車。一位在樹下乘涼的老人聽到他們的問話，熱心地搭訕道：「南河子太偏闢了，那個地方，很少有車過去。你們這麼找也不是個辦法，我給你們出個主意，從這條街過去，再往南走一段，有一條小胡同，那條胡同人稱『算命一條街』，有幾個算卦先生很靈，他們長年在那擺攤。你們不如找他們算算，看什麼時候去哪能搭到車。」

兩人聽了，向老人道了聲謝謝便轉身走開。徐沫影心想，如果要算，自己就可以算了，何必去找別人？只是這「算命一條街」的稱呼讓他產生了幾分興趣。若不是趕著去找淺月父母，他會很樂意去那條街上看看。

柳微雲對這種湊熱鬧的事情毫無興趣，只是一言不發地跟在徐沫影身邊。這種北方的小城景象她還是第一次見到，烏煙瘴氣塵土飛揚的大街讓她直皺眉頭。偏偏天氣又十分燥熱，毒辣的陽光照在路邊的小販身上，很多老闆便袒胸露腹，一面吆喝著賣西瓜、賣水果，一面拿著扇子搖來搖去，見倒了柳微雲這種鄉下地方見不到的漂亮女孩，自然要瞠目結舌地多瞧上幾眼。

「快走吧！」柳微雲催促徐沫影道，「我算過了，去問前面那輛車。」

柳微雲抬手一指，透過煙氣繚繞的馬路，能看到對面停著一輛拖拉機。徐沫影點了點頭，正要穿馬路到對面去，忽然一個聲音自身後傳來：「這就是《卜易天書》？真的假的？」

另一個聲音馬上說道：「當然是真的。賣書人的老爸就是當年買過天書的四個人之一，他本人算命也很靈的。」

「那我也去看看。在哪買的?」

「算命一條街啊,要買快去,限量出售,還剩下不到十本了。」

徐沫影和柳微雲禁不住都停下腳步,對望一眼,轉頭向聲音傳來的方向望去。只見幾步之外站了兩個中年男人,其中一個頗有幾分書生氣,手裡捧著一本薄薄的書冊,正在拿給另一個人看。根據兩人對話的內容判斷,那無疑就是傳說中的《卜易天書》了。

柳微雲和徐沫影都是見過天書真本的人,自遠處看那本書的樣子,倒真的跟天書有幾分相像,兩人臉上都不禁現出驚訝的神色,對望示意之後,便雙雙走上前去。

「先生,冒昧地問一下,能把這本書借給我們看一眼嗎?」徐沫影很有禮貌地問道。

兩個中年人見有人搭訕,便轉過頭打量徐柳兩人。一個皮膚黝黑的小夥子,還有一個漂亮得有些不同尋常的女孩,穿得乾乾淨淨,似乎都是外地人。

拿書的人遲疑地問道:「你們是外地人吧?我這書很難得,說實話,不放心給你們看。你們要看的話,就去那邊的小胡同找找,賣書的人應該還在。」

徐沫影淡淡地笑了笑,說道:「是這樣,我們也是學易的,之前見過《卜易天書》,我們懷疑你這書是假的,所以,想幫你鑑別一下真偽。」

拿書的人見徐沫影一臉坦誠,不像是奸詐小人,便有了幾分猶豫,另一個中年人卻一把把那人往旁邊一拉,說道:「別相信這些人的鬼話,誰知道他們是誰啊?我們走,找個地方去喝兩杯!」

說著，兩人轉身就要走開，這時一直靜靜站在徐沫影身後的柳微雲突然開口說道：「等等！」

兩個中年人都停下腳步，望向那雙冰雪伶俐的眼睛。

「先生，您不用把書交到我們手裡，只要在我們面前翻兩頁就行。」柳微雲說著，向前走了一步，「我們確實只想分辨這書的真假。」

拿書人愣了愣，這不存在什麼危險性，而且漂亮女孩的請求也不好拒絕，於是他點了點頭，兩手捧書向著柳微雲翻開了第一頁，在柳微雲點頭示意之後又翻到了第二頁。這樣連續翻了幾頁之後柳微雲淡淡地說了聲謝謝，然後說道：「這書前兩頁是真的，後面全是假的。」

一句話出口，三個人全都愣住了。

徐沫影料定這書是假的，卻沒想到書的前兩頁竟是真的。那兩人則完全不信柳微雲所說的話，把書收起來皺著眉問道：「我們為什麼要相信妳？」

柳微雲一點試圖解釋的意思都沒有，只是轉過頭對徐沫影說道：「我們去那個胡同看看。」

徐沫影點了點頭，跟柳微雲一起往先前老人所指的方向走去，走了兩步，他忽然又停下來，回頭對那拿書的中年人說道：「不相信我們沒關係，但是我想提醒您一下，一刻鐘之內，注意不要親近綠色的東西，否則您的頭可能會受傷。」

說完，也不管那兩人在身後說些什麼，快步走過去追上柳微雲。

「妳確定那書前面是真的？」徐沫影邊走邊問道。

「嗯，前面兩頁總綱大體上是對的，後面就全是雅閒居士《陰陽聖經》中的內容。」

「那看來賣書的人確實看過《卜易天書》，說不定是哪個隱藏在民間的高人前輩，我們快去看看。」

兩個人穿過一條胡同進入另一條大街，順著大街走了幾步之後，果然看到一個小胡同。那胡同兩側全是一般住宅，寬窄大概剛剛容得下一輛汽車。正因為狹窄，更顯得熱鬧，一眼望去，胡同裡全是人，擠擠挨挨的。靠近胡同的一邊，並排坐著不少擺地攤算命的人，從胡同這頭一直排到胡同那頭。許多人在卦攤前面轉來轉去，尋找算命靈驗的卦師。也有一些人正坐在卦攤前面，聽卦師們解說自己的命運。

除了胡同狹窄一點，看這熱鬧景象，倒頗有些「算命一條街」的景象。

徐柳兩人快步走進胡同，尋找賣《卜易天書》的人，卻見人群中間有個十分顯眼的中年女人，穿著鮮豔的衣裙，抹著濃濃的唇彩，遊走在各個卦攤之間，不住地罵那些卦師們徒有虛名。只是罵完了，卻又不捨得離去，似乎總想找一個能算出自己命運的人，因此仍舊扭擺著腰肢在胡同裡穿來穿去。

兩人順著人流走到胡同中間，果然便看到了一個擺攤的賣書人。那人看上去三十多歲，身材瘦高，有幾分猥瑣，並不像是有什麼真才實學的人。在他面前擺著幾十本命理書，有古人傳下來的，也有今人撰寫的，他手裡正拿著兩本薄薄的小冊子在大聲叫賣：

「廣大易學愛好者們，想要學到易學精髓的卦師們，大家注意了啊！最後的兩本《卜易天書》，便宜賣每本五十塊錢，要的抓緊，晚了可就沒了！最後的兩本！什麼？您不知道《卜易天書》是什麼？這可是三十年前限量出版的易學奇書，最後只有四個人買到，流傳下來的也只有四本！我老爹呢有幸是這四個人之一，買了寶書不敢私藏，特意多印了幾本來方便大家學習！今天最後的兩本，要買的要快了！」

那書販吆喝得十分起勁，蠻像那麼一回事。徐沫影和柳微雲對望了一眼，便走過去打算跟書販打聽一下書的來歷，但他們開口剛要說話，便聽到身後一個尖細的女人的聲音喊道：「借過借過，讓路讓路！」

徐柳兩人一愣，回過頭去一看，卻發現說話的正是那個在卦攤之間遊竄的妖豔女人。那女人分開眾人，直奔賣書的小販走過來，人還沒到近前，先尖聲細氣地問道：「聽起來你爹倒很神氣，那你一定也差不了，不如先給我算一卦吧，算得準了，你這書不用吆喝就能立刻賣光，要是算不準，趁早收拾攤子走人，少在這吹牛騙人！這裡有名的大師也全都是騙子，連我的八字都批不準，什麼算命一條街，明明就是個騙子一條街！」

第六章　孽緣

那女人說著，撥開徐沫影和柳微雲兩人擠到書攤前面，俯身問道：「怎麼樣啊？師傅，幫我算算吧！只要能算準，錢我付你雙倍！」

那賣書人正要答話，卻聽後面又有人喊道：「各位讓一下，我給趙師傅送匾來了！」

徐沫影回頭一看，發現有個中年人扛著一塊大匾，艱難地往這邊擠過來。那匾做得很是精緻，黑漆的底，上面是金光閃閃的四個大字：妙算天機。那人扛著匾，一路喊著「借過」一路走過來，熱情地向賣書人問道：「趙師傅，您還記得我嗎？」

賣書人疑惑地搖了搖頭：「我不認識你啊，你買過我的書？」

「您真是貴人多忘事啊！」那人把匾放在地上，笑呵呵地說道，「我姓馬，一年以前，也是在這裡，您給我算過命！」

賣書人想了想，似乎一下子記起了什麼，恍然大悟地說道：「對對，我想起來了，你是九里店的馬長城！我算到你大兒子今年七月十八日有車禍，弄不好有性命之憂，這個我記得清楚！現在十八日已經過了，你兒子現在怎麼樣啊？」

那馬長城一臉虔誠地說道：「我就是為這事來的。您可是真是神算，我兒子真被車給撞了，就在您算出來的那個時間，一分都不差。多虧您算準了，我們事先有了防備，我兒子才沒出什麼大事，只有一點擦傷，已經沒事了！這不，為了表示對您的感謝，我今天特意給您送了塊匾來，請您一定得收下！」

馬長城說著，便雙手捧著匾額，恭恭敬敬地遞給賣書的人。

因為馬長城嗓門大，那匾額又過於顯眼，周圍人的目光全都集中在馬趙兩人身上。趙先生在眾人矚目之下得意揚揚地接了匾，嘴裡不住地說道：「不過是掐指一算，區區小事，何足掛齒啊？不過您既然送過來了，我深感盛情難卻，就先收下了！」

「喲，看起來您還真挺靈的！」那中年女人看完這一幕，忍不住再次插嘴，「快給我算算吧？」

徐沫影覺得這馬長城十有八九就是個騙子，雖然兩人戲演得不錯，卻暴露了一個致命的常識性錯誤。如果馬長城的兒子真會遭遇一場危及性命的車禍，光憑普通人的所謂「防備」是不會起到任何作用的。他原以為那女人也是個騙子，但是聽她話音裡十足地透著不屑，又覺得不像，便繼續一言不發地看下去。

柳微雲也是同樣的想法，站在一旁冷靜地看著。

送匾的馬長城聽到女人說話，上前一步說道：「這位大姊，我這次給趙師傅送匾過來，順便想給我兒子算一卦，不如讓我先算，怎麼樣？」

那位趙先生也搖頭晃腦地說道：「老馬是我的老主顧，他兒子又受傷，就先給他算！不過我有個規矩，每天只算一卦。」

「慢著！」那女人一伸手，攔在馬長城身前，「我說趙師傅，凡事總有個先來後到吧？老主顧怎麼了？是他付錢比我多還是怎麼樣？不會你們是串通好了來騙人的吧？」

「這位大姊說的什麼話？憑趙師傅的技術還用得著找同夥嗎？」馬長城不自然地笑著。「技術？要真有好技術怎麼會在這裡出攤賣書？我看你們這裡就沒一個有真本事的，騙人倒是都有一套！算啦，老娘我也不算了，回家回家！」

那女人嗓門高聲音細，說話又十分尖刻，引得周圍人紛紛聚攏過來。那位賣書的趙先生見騙局被揭穿，卻絲毫不以為意，只是悠悠然地說道：「我賣書是為了傳播真正的易學，來這算命一條街也只為湊個熱鬧圖個人氣，這裡學易的高人不少，有識貨的你們不妨過來看看我這《卜易天書》是真是假！」

徐沫影見他這樣說，便上前應了一聲：「正好我懂一點易學，把書拿給我看看吧！」

那趙先生向徐沫影一笑，起身正要把書遞給徐沫影，卻聽那女人又說道：「呵，你這人真有意思，騙子還不止一個！花這麼大價錢你得賣多少書才收得回來啊？」

徐沫影不禁一愣，沒想到這位大姊怨氣還真大，把自己也當成跟趙先生一夥，他忍不住辯解了一句：「我不是什麼騙子，我也不認識趙先生。」

「切，騙子當然不會承認自己是騙子啦！騙子，你們全是騙子！」

那女人似乎不屑多說，轉身便要走開，但剛巧有個人從人群外面擠進來，跟女人迎面撞個滿懷。男人忙不迭地道歉，女人便又開始不住口地罵：「走路不長眼睛啊？沒看見老娘在這嗎？這麼橫衝直撞地趕著去吃奶嗎？要不要老娘我餵你點？」

見那女人罵得如此不堪，圍觀的人們便發出一陣陣哄笑。徐沫影沒想到一到這裡就遇到這麼潑辣的鄉下女人，禁不住大皺眉頭，他回頭看了一眼柳微雲，發現柳微雲也是眉頭微魘。

那男人被罵得一臉尷尬，一面道歉，一雙眼睛卻一面往四周圍左瞧右看，好像是找什麼人，很快地，他的眼光便停在徐沫影身上，不禁面露驚喜，脫開那女人的糾纏徑直向徐沫影走過來說道：「謝天謝地啊，可算找到您啦！」

徐沫影一愣，仔細打量那人，這才認出他就是剛才跟買了假《卜易天書》的中年人在一起的那個人。他們不是去喝酒了嗎？回來找自己幹什麼？徐沫影一頭霧水，訥訥地問道：「先生，您找我有事嗎？」

「有事有事！請您務必去我家裡做客，遇到您這樣的高人不容易，我們不能就這麼放您離開。我和我那位朋友對易學都很感興趣，請您一定要留下來指點一下啊！」

這人說話很急，周圍人不明內情，都聽得糊塗。徐沫影一想便知道了這人來找自己的原因，十有八九是因為自己那句預言，便問道：「你那位朋友出事了？」

「是啊，您算得真是太準了！您和這位女孩走了之後，我們倆去小酒館喝酒，結果不出一刻鐘，旁邊桌上的一夥年輕人就打起來了，有個小夥子可能是喝醉了，拎起一個啤酒瓶子就砸在我朋友的頭上，砸了個頭破血流。我剛剛送他去了附近的診所，他說怕以後見不到您了，就叫我過來找您，務必把您請回去！」

這次圍觀的人們可都聽清楚了怎麼回事，不禁向徐沫影投來或欣羨或疑惑的目光，那位潑辣的中年女人卻似乎生怕被人忘記似的嚷道：「又來一個騙子！這種花招玩太多就沒意思了。」

那男人剛才被罵得體無完膚都沒計較，現在見女人說自己是騙子，終於忍不住大聲問道：「你憑什麼說我是騙子？」

那女人雙手叉腰，不甘示弱地回敬道：「憑什麼？就憑你這副狗樣子！」

男人氣憤地說道：「這年頭算命騙子多，高人少，妳懂什麼？」

「高人？」女人看了徐沫影一眼，哼了一聲，「騙子我見多了，還沒見過你們這種當騙子還理直氣壯的！我倒巴不得他是個高人呢，可惜啊，這裡幾十個大師都說自己是高人，都被捧上天的，可是就是算不出我的命！」

女人話音剛落，便聽到一個低沉的聲音說道：「把八字報給我吧！」

徐沫影終於忍不住開口向那女人要八字。本來他只是過來找賣書人，卻不想遇到這種尷尬事，為了解圍，只好站出來答應幫女人算一次。

柳微雲默默地在他旁邊看著，表情淡然，似乎對這些事情毫不關心。

那女人見徐沫影管自己要八字，撇了撇嘴說道：「丙午，辛卯，丙戌，辛卯。這就是我的八字，你算吧，算得準我馬上給你一百塊！」

徐沫影沒有答話，心裡默默地分析著這女人的八字，不禁皺緊了雙眉。

如果這女人懂一點術數知識，恐怕不敢把這個八字在這麼多人面前報出來，因為這八字處處透出一個「淫」字。

女命最忌天干地支的合化，多合者多情多欲而主淫蕩，而此八字天干丙辛兩對相合，地支卯戌又爭合兩次，何況卯又是桃花，桃花遇合，自然是深陷慾海無法自拔。另外，年柱丙與日柱丙爭合月柱辛，有與他人爭夫之象，而月柱辛與時柱辛又爭合日柱丙，又是自己腳踏兩條或多條船的徵兆。這女人的感情必然是坎坷多難，錯綜複雜。

徐沫影略一思量，對這女人的命運便已經把握了一個大概，只是不知道該怎麼跟她說。這麼多雙耳朵都在聽，說出來只怕讓女人羞愧尷尬。

那女人見他皺眉，以為他算不出，便不屑地問道：「怎麼？算不出來就直說，別磨磨蹭蹭地耽誤老娘時間！」

徐沫影迫不得已，只好說道：「我知道妳心中有個難題，是關於感情方面的。」

那女人聽了不禁一愣，表情馬上便有所收斂：「說說看，是什麼？」

徐沫影本以為女人會叫他去個隱蔽地方說，沒想到她竟然在這種場合繼續發問，只好答道：「妳愛上了自己的一個晚輩，這個晚輩跟妳的關係非常近。」

徐沫影話一出口，圍觀的人們便開始議論紛紛，望向這女人的眼光便有了異樣。愛上自己的晚輩，這基本上就可以視為亂倫了，無論古今中外，這種畸戀都是不容於世的。

那女人剎那間便面如死灰，顯然是被徐沫影的話說中了。她緊張地看了看四周圍的人，向徐沫影走近一步，低聲說道：「師傅，能不能找個僻靜地方細說？」

徐沫影點了點頭，回頭對柳微雲眼神示意了一下。柳微雲自然明白他的意思，便依然站在原地等他，目光緩緩滑落到賣書人的臉上。那賣書人蹲在地上仰頭看著眼前發生的一切，略略有點發呆，見一個漂亮女孩正低頭瞧著自己，便也嬉皮笑臉地向對方點了一下頭。

來請徐沫影的中年男人見徐沫影要跟那女人走，禁不住焦急地問道：「先生，您這是要去哪裡？」

「我很快就回來，你可以在這裡等我。」

徐沫影丟下這句話之後，便跟著中年女人擠出了人群。

兩人出了胡同，找了一處沒人的小茶館坐在角落裡。女人回頭看看沒有別人跟來，這才低聲問道：「師傅，您說的沒錯，我確實愛上了一個晚輩，這真是讓我很痛苦，但我又擺脫不開，所以想找真正的大師開導一下，算算我這段孽緣能持續多久。可是我找了這麼多算命的，只有您算得最準。您繼續算算，我喜歡的這個晚輩，到底是誰？」

徐沫影歎了一口氣，把聲音壓到最低，說道：「他不是別人，正是妳兒子。」

女人點了點頭，神情很是痛苦：「對，您算得沒錯，就是我兒子。」

「妳年輕的時候離過一次婚，丈夫被別的女人搶走了，這從妳的八字裡面能看出來。後來妳跟現在的丈夫結婚，但他滿足不了妳的生理需求。四年前，十五歲的兒子上了妳的床，於是妳背上了這段孽緣。」

「對，您算得都對。」女人喃喃地說道，「我也不知道是不是上輩子造了什麼孽，這輩子竟然能做出這種事，更可怕的是，有了第一次就有第二次第三次，我在精神和肉體上都開始依戀他，這種關係一直持續到現在。兒子去年有了對象，是個年輕漂亮的女孩，結果來我家住了幾天，發現了我跟兒子的關係，就跟他分手了。今年他又有了對象，便開始冷落我，我們已經很久沒在一起了。這讓我心裡很痛苦，很難過，不知道該怎麼辦。師傅，您說我這種女人，是不是很下賤？」

徐沬影搖了搖頭，安慰她說道：「妳沒什麼錯，只是命不好。造成這種局面，感情雙方都負有責任，而女人似乎永遠都是被動的一方。正常人都有需求，有依賴感，從哪方面來說妳都沒什麼錯，只是儘量不要影響兒子的婚姻，不要再傷害另一個無辜的女孩了。」

女人聽徐沬影這麼說，鼻子一酸，便開始吧嗒吧嗒地掉眼淚：「是，您說得對，我也是這麼考慮的，兒子大了，總要結婚，不能因為我們倆的關係絆住了他。可是我心裡就是不甘心哪，我總是在想，自己再年輕十歲多好。我就是解不開這個心結，矛盾啊，痛苦啊，我都有點神經不正常了。」

「我很理解妳這種心態，但妳要儘量克制自己。妳放心，妳們的感情還沒有結束，還可以再持續十年，到妳五十四歲的時候，這段感情就走到盡頭了。不過在這段時間裡，千萬不能太縱容自己，不然難免會出人命。」

徐沬影已經料到了一個必將發生的悲劇。四年之後，一個年輕的女孩發現自己的婆婆與丈夫有染，一時無法接受，竟然上吊自殺。這齣悲劇的主導人物之一就在眼前。他知道，說出來也不會阻止事情的發生，因此只是給出一個警告。

他很想為這女人改命，但這中間涉及三個人，命運必須一起改變，改變一個是沒有用的。徐沬影自問現在還沒有那個能力，或許等幾年之後，他可以來阻止悲劇的發生吧！

然而世上悲劇何止萬千，自己能全部改得過來嗎？

他又勸說了那女人一會兒，那女人心情才好些了，對徐沬影千恩萬謝，問了徐沬影的名字。女人聽了他名字之後呆呆地發了一會兒愣，說道：「這名字怎麼這麼熟呢？我好像聽人說起過。」

徐沫影一笑：「我是個無名之輩，怎麼會有人說起過我呢？我想妳是記錯了。」

又聊了幾句，徐沫影藉口朋友還在等他，便辭別了那女人，出茶館前往算命一條街，剛剛走進胡同口，便聽到一陣吵鬧和喧嘩的聲響。遠遠望去，人們一層層緊密地圍在胡同中間，那位置，正好是柳微雲等待徐沫影的地方。徐沫影不知道出了什麼事，趕緊快走幾步用力往人群中擠：「借過！這位大哥，請讓一下好嗎？」

第七章　死神

徐沫影擠進了人群，先尋找柳微雲的身影，發現她還在書攤前面靜靜地站著，這才放了心。在她旁邊，站著那個中年男人，正在與書攤老闆面紅耳赤地大聲爭執。

「我說你這書就是假的！我雖然水準不怎樣，可好歹也學易二十多年了，看過不少易學著作。我朋友買了你的書，我回去一翻就發現這後面的內容眼熟，仔細一回想，這不就是《陰陽聖經》裡的東西嗎？」

賣書的那位趙先生也在地上蹲不住了，站起來毫不示弱地嚷道：「你這純粹是污蔑！我爹當年買過《卜易天書》，這在我們鄉里的人都知道。現在我把這書翻印了拿出來賣，這會有假嗎？易學書講的都是陰陽五行，隨便一翻似乎內容都差不多，乍看起來跟別的書有類似之處這也在情理之中。你看過《卜易天書》嗎？沒看過就不要來污蔑我的書！我看你就是找碴，想搞砸我的生意！」

兩人爭吵的聲音很大，你一言我一語互不相讓，怪不得整條胡同裡的人都被吸引了來。柳微雲站得最近，卻顯得最悠閒，臉色永遠都是那麼平靜，淡淡地看著身邊發生的一切。

那中年男人見賣書人死不承認，便側身用手一指柳微雲，說道：「又不是我一個人說你騙人！吶，這位小姐也翻過這本書，她也說這書是假的！」

趙先生立刻向柳微雲投去詢問的目光，圍觀的人們也把目光集中在這個安靜的女孩身上，卻見柳微雲不點頭不搖頭，也不肯說一句話，只把雪亮雪亮的眼神投向剛剛擠進人群的徐沫影。

徐沫影向柳微雲微微點了一下頭，突然高聲說道：「都別吵了，這書是真的！」話一出口，那中年男子不禁愕然，看著徐沫影，似乎一時想不明白他為什麼這麼說。

「還是這位先生有眼光。」趙先生揚揚自得，白了自己的對手一眼。

「呵呵，」徐沫影笑著走到書攤前面，「我想請您喝幾杯，怎麼樣，先生，賞個光吧？」

趙先生一愣，有點疑惑地看著徐沫影。

「是這樣，」徐沫影解釋道，「我想跟您訂一批書，回去帶給朋友們，所以，想跟您細談一下。」

趙先生一看來了生意，高興得不得了，急忙問道：「不知道您想訂多少本？」

「一百本吧！」

「好！」趙先生眉開眼笑，「我可以給您算個批發價，每本八十，怎麼樣？」剛才叫賣的時候還是五十塊錢一本，現在見有冤大頭上門，竟然把批發價都提到了八十。

徐沫影笑道：「我們找個地方喝個小酒，也好商量商量價錢和交貨日期，你看好不好？」

趙先生略一思量，心想送上門的生意不做白不做，便爽快地應道：「好！」

那中年男子悄悄地拉了拉徐沫影的衣角，低聲說道：「可這書是假的，您不要上當啊！」

徐沫影低低地對他說道：「我知道。」

「知道還買？而且還一次性買那麼多？」那男人不解地說道：「我不明白您這是什麼意思。」

「呵呵，先生貴姓？」

「姓陳。」

「那請陳先生先回診所那邊去吧，等這邊的事情一結束，我們馬上就去診所找你們。」

「那好！您可是一定要來啊，我正有點事情，想求您給幫個忙。」

「好的，沒問題。」

陳先生自行離去。眾人見沒熱鬧可看，便都各自散去，問卜的問卜，算命的算命，閒逛的繼續閒逛。

趙先生也沒多少書，好歹一收拾，全裝在一個麻袋裡面，往背上一背，便向徐沫影問道：「您說去哪裡就去哪裡。」

「我對這裡不太熟悉，您找個地方吧，去哪裡都可以，我請客。」徐沫影笑呵呵地說道。

趙先生一聽來了精神，大手一揮道：「那好，跟我來！」

於是趙先生在前面走，徐柳二人跟在後面，三人穿出算命胡同，直奔附近一家酒店。這酒店三層小樓，裝潢也比較氣派，跟旁邊的小飯館一比，明顯有一種鶴立雞群之感，想必這已經是小縣城裡最高級的酒店。

趙先生大咧咧地走進了門，本想隨便找個地方坐下，哪知徐沫影卻問服務員有沒有雅房，於是在服務小姐的引領下，三個人上樓進了一間足以裝下十幾個人的大包廂。

趙先生心裡美滋滋的，心想今天遇到財神了，可得好好地宰他們一頓。

點了菜要了酒，趙先生便開始狼吞虎嚥，好像上輩子是餓死鬼這輩子要做撐死鬼一樣，沒命地狼吞虎嚥。

柳微雲隨便吃了一點東西，便放下了筷子。大概被這位先生凶惡的吃相嚇住了，只是坐在對面靜靜地看著他。

徐沫影笑了笑，忽然說道：「趙先生，我們談談書的事情吧！」

「好好！」嘴裡塞著半隻雞腿，這位趙先生含含糊糊地說道，「你也知道，這書是絕本，很珍貴的，也就是我能賣給你們，換了別的地方你們買不到，所以呢，一百八十塊錢一本，絕不能再低了。」

這一頓飯工夫，又漲了一百塊。

徐沫影跟柳微雲兩人對望了一眼，一直靜默的柳微雲忽然開口說道：「你的書我們看了，前面總綱是真的，後面是假的。」

趙先生正大口啃著雞腿，一聽柳微雲的話，頓時差點噎住，趕緊端起杯子喝了一口水，把嗓子眼裡的東西咽下去，拍了拍前胸這才說道：「小姐，您別開玩笑了，這書怎麼會是假的呢？您要是見過《卜易天書》真本，再說這書是假的，那我沒話說。可是……。」

柳微雲冷冷地打斷了他的話，說道：「我確實見過天書真本。」

趙先生登時一愣，看了看徐沫影，又看了看柳微雲，突然捶胸頓足地笑道：「哈哈，玩笑可不是這麼開的！兩位，你們絕對不可能見過天書真本！」

「為什麼這麼肯定？」

「因為……總之呢，我這就是唯一的天書真本，除了這個版本，你們不會再看到別的啦！」

徐沫影覺得這人一定知道什麼內情，於是很嚴肅地說道：「書雖然是假的，但我們照樣會買一百本，每本付你三百塊。你看怎麼樣？」

趙先生頓時目瞪口呆：「三百一本？不是開玩笑？」

「當然不是。不過我有個條件，我希望你能把自己知道的有關天書的事情都告訴我們。」

聽了徐沫影的條件，趙先生先是一愣，而後低頭默默地吃那條雞腿，吃完之後扯過餐巾紙擦了擦嘴巴，從椅子上站了起來：「對不起啊，我什麼都不知道。我只是個賣書的，想買書你們找我沒錯，可是要問別的事情，我一概不知。」

趙先生說完，轉身便想離開，這時卻聽徐沫影在身後叫了一聲：「十萬！」

趙先生停下腳步，回過頭愕然地問道：「十萬什麼？」

「告訴我們你知道的事情，我們給你十萬。」

趙先生面有難色，似乎在考慮要不要說。柳微雲見他猶豫不決，接過去淡淡地說道：「再添五萬。」

趙先生嘴巴張得大大的，一臉驚訝地望著柳微雲，終於緩緩地重新坐下來，定了定神，一本正經地對兩人說道：「不是我不想告訴你們，而是這事情實在太玄了，說了你們也未必相信。再者，萬一給你們帶來什麼災難，你們可別把帳算在我頭上。」

「好，我們相信你。」徐沫影見他終於肯說了，趕緊爽快地答應下來，「你就儘管說吧！」

「行，那我可就說了。」趙先生收起那副嬉皮笑臉的樣子，他舉起杯子，喝了一口茶，用低沉的聲音說道：「三十年前，屍靈子的原稿被送到某地的一家出版社，三個月後出版，當時我爹就在那裡做生意，在一起的還有兩個老鄉。書被印出來以後，送到當地新華書店銷售，很多人嫌書價格高，只有我爹翻了幾頁之後覺得那是本奇書，價值連城，就慷慨地把書買了下來。在我爹的慫恿下，跟他一起做生意的那兩個叔叔，也都各買了一本。哪知道他們買完以後，馬上就進來一個老爺子，把剩下的四十七本一股腦全都買走了。

「買了書之後他們馬上回了老家。我爹把自己關在書房裡看了半天書，中午才出來吃飯。我那時候不到十歲，很愛吃，老覺得我爹帶了好吃的回來藏起來不給我吃，於是我借這個機會就溜進房間裡去看，結果一進門就發現書桌上攤開著那本書，而書上竟然趴著一隻黑貓。那黑貓見我進去，轉過頭用一種詭異的眼神看著我。」

聽到這裡，徐沫影心裡不禁一顫：又是黑貓！

「我覺得很奇怪，我們家可是從來就不養貓的，而且那黑貓看見我，竟然一點都不害怕，還有幾分凶惡的樣子。正午的陽光從紗窗裡照進來，桌子上投下那隻貓黑糊糊的影子。我驚奇地發現，桌子下面的地板上也有一個影子，一個很苗條的女人的影子。我當時還以為是我表姊在屋裡，就大聲地問了一句『是表姊嗎？』

「沒有人應聲，屋子裡靜得嚇人。只有那只貓『喵嗚』叫了一聲，嚇了我一跳。我偷偷地看那影子，發現它一動不動。我在屋子裡上上下下地找，找了好久卻沒找到人，也沒找到吃的，就掩上門退出來了。本來我想問問我媽那貓是怎麼回事，後來一想，萬一被我爹知道我偷偷進屋找東西就不好了，因此我什麼都沒說。

「飯後我爹回屋看書，我在院子裡玩，忽然聽到爹屋裡傳出來一聲驚叫，覺得奇怪，就跑過去趴在窗戶上面看，結果一眼看到屋子裡飄著一團黑糊糊的東西，正想仔細看看到底是什麼，這時就聽到屋子裡又傳出一聲慘叫，嚇得我從窗臺上滑下來，一屁股跌坐在地上，當時屁股也疼心裡也害怕，張開嘴巴就大聲哭起來。

「我媽聽到有聲響，就跑過來問是怎麼回事。我哭著指著爹的窗戶，我媽趕緊跑進去看，結果發現我爹仰身躺在椅子上，兩眼翻白，面色驚恐，已經斷氣了。在我爹身上，根本找不到任何傷口。我爹那時候身強力壯，也沒有心臟病，你們說他死得是不是很蹊蹺？」

徐沫影跟柳微雲對望了一眼，默默地點了點頭。

「我覺得我爹的死一定跟那個影子有關。怎麼會有人肉眼看不見只能看到一個影子呢？還有那隻黑貓，非常古怪。在我爹出殯的時候，那隻貓突然又在我爹遺照前出現過一次，但從那以後就再也沒有看到過。」

徐沫影忽然問道：「你確定你在那屋裡看到的是一個女人的影子？」

「對，我確定。」趙先生認真地點了點頭，「那一定是個女人，而且身材很好。」

徐沫影點了點頭，繼續問道：「那麼那本《卜易天書》呢？」

趙先生不好意思地笑了笑：「實話說，我爹一死，那本天書就找不到了。後來我在我爹的筆記裡發現了他摘抄的一段，應該是天書的開頭。至於我賣的書，很明顯是假的，除了開頭，後面都是胡亂拼湊的。喂，我跟你們說了實話，你們不會食言不付我錢吧？」

「放心，錢是一定會給你的。」徐沫影說道，「不過我還有個問題，你為什麼說我們絕不可能見過天書真本呢？」

「很簡單，」趙先生淒然地一笑，「因為見過天書真本的人都已經死了。」

徐沫影萬分驚訝，不禁失聲問道：「怎麼會？」

說完，他轉頭看了一下柳微雲，見她眼底也是一片迷惘和驚愕。

「跟我爹一起買了天書的那兩個叔叔，都在我爹死去的那天下午死了，死時的樣子幾乎一模一樣，天書也都失蹤了。後來我們打聽到，那家出版社的稿子也丟了，當時負責這本書審稿和校訂的幾個人也全都死了。唯一不知是死是活的就是最後那個買書的老爺子，但是我估計，他也只有死路一條。」

「為什麼這麼說？」

「凡是跟書有關的人都死了，為什麼他會倖免？最重要的是……」趙先生停了一下，神秘兮兮地說道，「我懷疑那天我在窗子裡所看到黑糊糊的東西是從書裡鑽出來的死神，或者索命的怨靈之類。」

徐沫影對他的猜想不置可否，只是繼續問道：「還有別的嗎？」

趙先生搖了搖頭：「沒了。」

「好吧，謝謝你給我們講了這麼多。我們走吧，我們去取錢給你。」

趙先生連忙拍手稱好，跟著從椅子上站起來。三人結了賬，從酒店出去，找了家銀行給趙先生取了錢。趙先生把一麻袋書全倒在垃圾堆裡，把錢裝進麻袋，背著錢揚長而去。望著他遠去的背影，徐沫影輕輕地向柳微雲問道：「妳哪來的五萬塊錢給他？」

柳微雲淡淡地一笑：「藍靈有張卡在我手裡。」

「呵呵，拿別人的錢送人，妳倒是蠻大方。」

「你比我大方，十萬塊是你僅有的積蓄吧？」

「我能吃飽飯就行，沒更多的物質要求，所以，錢對我沒什麼用處。」徐沫影淡淡地說道，「另外，我覺得十萬塊抓住了一條詛咒的線索，非常值得。」

「什麼線索？」

徐沫影轉過身，臉色肅然地看著柳微雲，低聲問道：「坦白說吧，妳師父到底是誰？」

第八章　韁繩

熏風陣陣，塵土飛揚，車馬喧囂。柳微雲像一個翩然出塵的仙子俏立在風中。她望著徐沫影，一如既往的安靜。

徐沫影微微地怔了怔，繼續說道：「我一直很奇怪，為什麼當年買天書的四個人當中只有童天遠出了名，而其他三個人都杳無蹤跡，原來他們早就死了。那麼唯一活下來的童天遠就是妳師父，對不對？」

柳微雲輕輕搖了搖頭，轉身走進風裡。

「不是他？難道持有《卜易天書》的還有別人？」徐沫影緊走幾步追上去，「不可能啊！」

柳微雲不答話，好像在想什麼心事，只是不停地向前走。徐沫影雖然滿腹狐疑，但是見她如此，也不好再問，只得默默跟在她身後。穿過一條大街，柳微雲卻忽然停下來，轉過頭望著他。徐沫影也跟著停下來，疑惑地看著柳微雲。

「好吧，我告訴你到底是怎麼回事。」柳微雲忽而開口輕輕說道，「但你一定要保密。」

徐沫影鄭重地點了點頭。

「當年拿到天書的，其實有五個人，不是四個。」

「五個？不是四個嗎？」徐沫影驚訝地問道。

「買書的是四個，可是從屍靈子墳墓裡把書取出來的另有一個人。」

「我知道，藍靈跟我說起過這個人，他根本不懂易學，不知道那本書的價值，於是第二天就把稿子交到了出版社。」

「沒錯，他第二天確實把書交到了出版社，但他並不是不懂易學。其實，那個人是屍靈子的一個朋友。你試想一下，去開棺的人必定是關心屍靈子生死的人，只有他的好友或者親人才會這麼做。那些人即便不懂易學，也一定知道那書的珍貴價值，怎麼可能隨便交出去？」

「對啊！」徐沫影恍然大悟地說道，「照這麼說，他交出去的稿子是假的？」

「不，稿子是真的，但在交出去之前，他連夜趕抄了一份。」柳微雲淡淡說道，「他知道那書很珍貴，但更知道它是燙手的山芋，很可能由此引來殺身之禍。開棺取書的事情人人知道，他瞞不過去，於是他連夜抄寫了一冊，之後公然把書交給出版社。」

「原來是這樣。」徐沫影若有所思地點了點頭，「這人就是妳師父？」

「對，他就是我師父。」

「那我果然是誤會了。」徐沫影微微皺著眉，靜靜思索了一會兒，又向柳微雲問道：「還記得在長松山那夜屍靈子說過的話嗎？」

「記得。」柳微雲答道。

「撕毀天書的時候，他曾說，他用那本書殺過不少人。我當時一直想不明白那句話是什麼意思，現在想想，他指的應該就是這一系列與書有關的死亡事件。」

「你懷疑人是他殺的嗎？」

「不。」徐沫影搖了搖頭，「那個女人的影子，倒讓我想起跟碧凝同住的女人，很可能她就是碧凝的師父。她一樣會使用化氣，那說明她也有天書。跟趙先生講的事情聯繫起來，只可能是她奪走了那三本書！而且，她的殺人手段跟所謂『詛咒』殺人實在太像了，詛咒的根源也應該會在她身上！」

柳微雲思索了一下，抬頭問道：「一個年輕女人，三十年前她才多大？她會是什麼樣子？」

徐沫影不禁一下子愣住了。

是啊，看那女人的年紀也不過三十來歲，三十年前出生沒都很難說，更不用說跑去行凶殺人了。但是有一點是確定的，碧凝的師父必定跟童天遠或者殺人者有關。

徐沫影隱隱覺得，詛咒的關鍵線索，牽在碧凝身上。

不管她是不是淺月，他都必須要找到她。

徐沫影暗暗打定了主意，便跟柳微雲一路打聽著前往陳先生二人所在的小診所。這個時候是下午兩點多鐘，太陽正毒，氣溫正高，行人正少。遠遠地，兩人就望見診所門口站在兩個人，正在焦急地東張西望，其中一位先生頭上纏著白色的繃帶，顯然是腦袋受了傷。徐沫影一望便知是陳先生和他的朋友。

徐沫影還沒走到近前，兩人便熱情地迎了上來。「繃帶」先生一把握住徐沫影的手不放，叫道：「小夥子，真看不出來，你年紀輕輕這麼大本事！先自我介紹一下，敝姓梁，他姓陳，我們倆都是附近中學的老師，平時沒事就喜歡看看周易。這次算是遇到高人了，可不能輕易放你們走了，這樣吧，先到我家坐坐！」

陳先生也附和道：「對對，我們先去學校裡，再慢慢聊！」

徐沫影連忙擺手說道：「我不是什麼高人，只是對易學略知一二罷了。有機會能跟二位砌磋我很高興，但是不巧的是，我們有點急事，趕著要走。能不能等我們把事情忙完我們再好好聊聊？」

陳梁兩位先生面面相覷，陳先生有些失望地說道：「既然您有急事，那就先忙您的吧！不過這偏遠地方車不好找，不知道你們去什麼地方，要不要我們幫您找輛車？」

梁先生附和道：「對，有什麼需要幫忙的您儘管說。」

徐沫影正愁沒車，一聽他們這樣說便笑笑說道：「我們要去的村子叫南河子，交通確實不太方便。」

梁先生跟陳先生不禁再次對望一眼。陳先生一臉興奮地說道：「您要去南河子？那可真是太巧了！我家就住在北河子，正好順路！我本來家裡有點事想請您幫個忙呢，可是村子太偏遠我不好意思開口，沒想到您要去那邊，這回正好，我找輛車，跟你們一起回去。」

徐沫影一聽，也樂得如此。若他們倆幫了忙，自己就這麼走了，倒覺得欠下一個很大的人情。既然有事情可以讓自己幫一把，這再好不過。

四個人商議定了，便由陳先生打電話聯繫車輛，沒多久便搞定了。四人說說笑笑，只等那車來接。就在這個時候，冷不防地從旁邊胡同躥出來一群人，男男女女老老少少，幾十雙眼睛四下裡一掃，就看到了徐沫影四個人，只聽其中有人喊了一嗓子：「就是他！」

那群人便氣勢洶洶地直奔徐沫影衝過來。

徐沫影四個人面面相覷，不知道出了什麼事。等到那群人衝到近前，便聽一個女人尖著嗓子叫道：「這個年輕的男人就是新任卜王，徐沫影！」

話音剛落，這群人便一窩蜂似的圍上來，把四個人團團圍在中心。

陳、梁兩位先生整個傻在那了，他們搞不懂這群人究竟來做什麼，只聽到有人說身邊這位小兄弟是新任卜王，禁不住有點頭暈。卜王，全國第一的占卜高手，竟然就是這麼一個年輕人，說出來誰也不敢相信。

柳微雲依然淡定從容，只是面對騷亂的人群，她下意識地向徐沫影靠近了兩步。

徐沫影聽見那女人的聲音，一眼便瞄見那中年女人打扮得過於妖豔的臉，頓時明白了怎麼回事。很可能是那女人覺得自己名字很熟，想來想去想到了報紙上的緋聞報導，知道了自己的真實身分。他沒想到柯少雪的緋聞傳得如此之快，更沒想到自己借著那緋聞的名聲也是一路狂飆。以前人們眼裡只有演藝明星，現在大多數人，不管認同不認同占卜，都知道這世界上還有個卜王，而現任卜王的名字就叫徐沫影。

徐沫影太低估媒體的影響力了，他最怕的就是這種場面，心裡不禁暗暗叫苦。

「徐卜王，聽說您算命特別靈，這次您無論如何得給我們算一卦！」

「對，也給我算一卦！」

「還有我！」

「我！」

人群裡一片喧嘩，叫聲此起彼落，亂成一團。大街上的行人，周圍店鋪裡的商人，附近打工的夥計，大家全都爭先恐後地趕來看熱鬧，於是人越聚越多，裡外三層圍了個水泄不通。

人少點的話還可能滿足這些人的要求，但是現在這種場面，徐沫影應接不暇，根本來不及說話。陳、梁兩位先生目瞪口呆地看著周圍發生的一切，側過臉向徐沫影問道：「你真的是卜王？」

徐沫影無奈，只得點了點頭。

這時，人群中突然有人大聲問道：「您旁邊這位小姐是徐夫人嗎？」

頓時，又有無數問題七嘴八舌地飛過來：「你不是已經有好幾個情人了嗎？這個是你的新歡嗎？」

「柯少雪對你跟這些女人的交往怎麼看待啊？」

「這位小姐姓什麼？我覺得她比柯少雪還漂亮！」

一個問題比一個問題難堪，一句話比一句話更難入耳，最關鍵的是，徐沫影幾次試圖說話都被眾人的聲音淹沒其間，只好三緘其口。他轉過身看了一眼柳微雲，臉色微微泛紅，眉頭微蹙著，似乎在想著如何應對。

閃光燈在閃，不住地閃，有人在拍他和柳微雲。徐沫影趕緊用手捂住臉，把柳微雲擋在自己身後，大聲地喊道：「別拍了！都別拍了！」

一個香蕉皮扔過來，打在徐沫影的肩膀上，緊跟著又飛過來半顆爛蘋果。

人群中有人高聲喊了一嗓子：「徐沫影你個王八蛋，竟敢玩弄我們雪雪的感情！看我不砸扁了你！」

「對，痛扁他一頓，給雪雪出氣！」

幾個年輕人喊著叫著，開始往人群裡面衝，這些無疑的都是柯少雪的粉絲。這時只聽見那妖豔的中年女人又尖著嗓子喊道：「別讓他們擠進去，保護徐卜王，傷到他誰給你們算命！」

於是更加熱鬧的一幕開始上演。一邊是往人群裡橫衝直撞叫囂著痛扁徐沫影的年輕人，一邊是想找徐沫影算命狠命攔路不讓這群人往裡衝的男女老少。再加上周邊越聚越多的看熱鬧的，拍照的，要簽名的，整個就亂成了一團。

有一個穿著入時的年輕人終於突破了防線，向徐沫影和柳微雲撲過來，卻被梁先生飛起一腳踹倒在地上，抱著肚子一時爬不起來。

陳先生掏出手機，湊近徐沫影的耳朵問道：「報警吧？」

徐沫影搖了搖頭，大聲問道：「車來了沒？」

「來了，就在人群外面，可是我們出不去啊！」

卻聽柳微雲說道：「我有辦法。」

三個人一聽，都齊齊地看向柳微雲，只見她撮指唇邊，仰起臉面向天空，用力一吹，嘴邊便飛出一聲響亮的哨音。那哨音剛落，遠處就傳出一聲長長的鳥鳴，說不出的悅耳動聽。不少人被這鳥兒的鳴叫聲吸引住，轉過頭向遠處望去。

借這個機會，柳微雲回過頭對大家說道：「準備往外衝吧！」

徐沫影點了點頭，他馬上感覺到柳微雲滑嫩的手指鑽進了自己的手心，心裡禁不住微微一漾。這時也來不及多想，忽然聽到有人大叫了一聲：「火鳥！」

緊跟著人們紛紛歡叫：「是啊，火鳥！」、「快看，就在那邊！」

幾乎所有人都停止了手中的動作，抬頭往天上望去。只見一隻火紅色的鳥兒渾身散發著美麗光焰，在空中矯然飛過，繞了一個圈子，穿過兩棵翠綠的樹冠，又撲啦啦飛了回來。在人們頭上忽高忽低，盤旋來去。人們從來沒見過這種奇景，更不知道世界上還有這種鳥兒，禁不住全都看得呆了。

陳、梁兩位先生也是如此，仰頭看著鳥兒，渾然把什麼都忘掉了。徐沫影在兩人背上重重地拍了兩下，叫道：「快走！」兩人這才醒悟過來，跟著徐、柳兩人分人群鑽出去，沒命地往車的方向跑。

開門上車，等四個人都坐好了，卻發現那司機正趴著窗戶看著天上的火靈鳥發呆。柳微雲趕緊對著窗外鳴響了一聲哨子。鳥兒身上的美麗光焰忽然消失，牠在人們頭上低低地打了一個盤旋，劃過一條火紅色的弧線，長鳴一聲，仰天閃電般便直鑽到雲裡去了。

當車已經緩緩開動，人們這才回過神來，紛紛叫道：

「徐沫影呢？」

「徐卜王怎麼不見了？」

「他們坐車跑了，大家快追！」

徐沫影坐在車裡，回頭望著漸漸被甩在後面的人群，擦了擦額上的汗水。直到現在他才明白，柳微雲跟自己來這鬼地方是多麼必要。

第九章　惡槐

若不是柳微雲跟著徐沫影過來，今天的圍固然難解，要想從淺月父母那裡問到什麼消息更是難上加難。試想，徐沫影已經是緋聞纏身聲名狼藉，誰會樂意讓他繼續糾纏著自己的女兒？就算淺月真的沒死，或者死而復生，她父母一定也會故意瞞著不讓徐沫影知道。顯然，柳微雲很早就考慮到了這一點。

坐在車裡，徐沫影情不自禁地對柳微雲輕輕說道：「微雲，謝謝妳。」

柳微雲側過頭看了他一眼，沒有說話。

逃離了剛才那驚心動魄的刺激場面，陳梁兩人都長出了一口氣，恍然如同作了一場夢，直到現在他們看著坐在前面的那個年輕人，還不敢相信他就是卜王。陳先生不得不再次確認他的身分，探頭向前面問道：「喂，您真的就是那個跟柯少雪戀愛的徐沫影？」

徐沫影歎了一口氣，點頭說道：「對，是我。」

陳梁兩人對望一眼，陳先生又問道：「可是，這位小姐是？」

他話剛出口，梁先生便輕輕捅了他一個手指頭，意思是叫他不要問這種事。

徐沫影淡然地答道：「她是我朋友。」說完，他回過頭向陳先生問道：「您說您家在北河子是嗎？那您認識不認識南河子的蘇淺月？」

陳先生一愣，隨即問道：「那個女孩，不是一個月前在北京出車禍死了嗎？我跟她父親倒是很熟，當時她閨女死的時候他哭得稀里嘩啦的，一夜之間老了十歲，怪可憐的，他們家就這麼一個女兒。怎麼?你們認識?」

徐沫影聽陳先生這麼一說，不禁感到幾分失落，忙搖了搖頭：「不，只是讀大學的時候聽人說起過。」

「哦，那您去南河子有什麼事?」

「看親戚，呵呵。」徐沫影胡亂編了一個理由，生怕他繼續追問，自己不善撒謊再說漏了就不好了，於是問道，「您說您有事找我幫忙，到底什麼事，現在就說說看吧!」

陳先生一聽徐沫影主動問起，自然十分高興，趕忙說道：「對對，借此機會我就說說我家那的事。我在這裡先謝謝您了，您是卜王，全國第一的占卜高人，能請到您真是我的榮幸啊!」

「客氣什麼，您儘管說吧，能幫得上我一定盡力。」徐沫影沒心思去辯解自己到底是第一第二還是第三，只想問清楚到底什麼事情。

「是這樣，我們家有一處祖墳，曾經請風水先生看過，據說風水格局不錯。我們家也確實過得還不錯，我和兩個弟弟都考上了大學，這對農村人來說就是祖上積德了。畢業後，二弟在外地當個小官，三弟以前在縣府人事局做局長。我雖然沒什麼出息，在縣城裡教書，以前也是教導主任。可是最近突然家運就開始走下坡路，二弟被免了職，三弟很清廉一個人，竟然被降職當了副鎮長，我就更不用說了，差點把教書的飯碗丟了。我父親身體一直很結實，最近卻開始接連不斷地生病。我總覺得是祖墳風水出了問題，但就是不知道問題出在哪裡，所以想請您去看看。」

聽他說完，徐沫影點了點頭：「聽您這麼說，確實可能是風水被破壞了。你們家墓園近來有什麼變化沒有？」

陳先生連連搖頭：「就是因為看不到任何變化我才納悶，實在搞不懂為什麼。」

「那我們先過去看看再說。」

徐沫影雖然想儘快見到淺月父母問清楚真相，但答應人家的事情總還是要辦，他希望儘快把人情還了自己也安心辦事。

汽車一路開到北河子。為了省時間，徐沫影提議直接去墓園看，陳先生自然求之不得，於是給司機指引著路很快把車開到了村南的一處墓園。

陳家的墓園實在不大，只有寥寥幾個墳頭。墳間青草蔥郁，幾株小柏樹錯落其間，枝繁葉茂。墳南側跟陳家墓園緊挨著是一家墓園，也不大，也一樣是青草古木，只不過栽植的是槐樹而不是柏樹，尤其惹眼的是，在與陳家墓園的交界處有一株槐樹，長得青郁繁茂，枝幹粗大，明顯比別的樹多了幾分生機。

四個人下了車繞著陳家祖墳轉了幾圈，徐沫影也看不出有什麼不好，問了一些問題也沒發現不對勁的地方，而柳微雲卻直接把目光定位到了兩個墓中間的槐樹上，看了半晌之後突然向陳先生問道：「這邊的墓是誰家的？」

陳先生抬起頭看了看，答道：「是村南王家的，據說幾十年前，他們家也請人看過墓園風水，沒有我們家的好。」

「他們家最近過得怎麼樣？」

「最近很不錯啊，兒子做生意賺了大錢，孫子也抱了兩個，可以說是一帆風順，聽說前兩天還大擺宴席請鄰居喝酒。」

柳微雲沒有再多問，輕輕用手指碰了一下徐沫影，示意他跟自己轉到大槐樹後面。徐沫影不明其意，跟著她走過去，疑惑地問道：「怎麼了？」

柳微雲指了指那株槐樹，輕聲說道：「問題出在樹身上。」

徐沫影抬頭看了看那樹，不禁搖了搖頭：「這樹少說也有四十年了，可陳家運勢轉低卻是最近的事，跟它有什麼關係？再說，這樹是王家墳場的，怎麼說也跟陳家無關啊。」

柳微雲又指了指地上，說道：「你看，這樹跟陳家最近的墓距離是多少？」

「不到四公尺。」徐沫影肉眼望瞭望，粗略估計了一下。

「對，這樣的距離，並不算遠，而風水，最講究的是藏風納氣……。」

柳微雲還沒說完，徐沫影突然恍然大悟似的問道：「莫非？」

柳微雲眼含著笑意，對他點了點頭。

這時，陳梁兩人向他們走過來問道：「徐卜王，找到原因了嗎？還是說我這祖墳風水並沒出什麼問題？」

徐沫影看了柳微雲一眼，說道：「有問題，原因也找到了。等太陽落山我們再來吧，回去準備好幾把鐵鍬。」

見徐沫影說得如此胸有成竹，陳先生不禁興奮地叫道：「好啊，這真是太好了！那我們就早點回去，這回可要好好請您吃一頓。」又轉過頭看了看柳微雲和梁先生，說道，「今晚就都住我們家吧，我們家裡寬敞，住著也方便。徐卜王明天再去親戚家也不礙事嘛！」

這時候太陽已經要下山了。徐沫影和柳微雲來到這鄉下，本來就無處可住，見陳先生熱情邀請，自然再好不過。柳微雲沒有異議，徐沫影便一口答應下來。

四個人上了車，那車子便往村裡緩緩開去。一路上陳梁兩人免不了請教徐沫影各種五術問題，徐沫影都耐心地進行了解答。很快地，車便駛入村子，停在陳家的院門口。陳家的確相當闊綽，並排的七間瓦房，裝修得乾淨漂亮，這種人家在農村至少也是中上等的富裕戶。

在徐沫影的要求下，陳先生並沒有公開徐沫影的身分，只說是自己請來的一個風水大師。陳家人上上下下都十分高興，少不了一番熱情款待。

晚飯後夜色漸深，陳先生從左鄰右舍找來幾把鋒利的鐵鍬，然後叫了自己的一個兄弟，加上徐沫影、梁先生和柳微雲，一行五人，悄悄趕往墓園。奔波了一天，徐沫影本想讓柳微雲先休息，只是她執意要跟著，他也只得答應。

活人的住所為陽宅，死人的墳墓是陰宅。改動陰宅風水多在夜間，像移動骸骨改墳換穴之類，在白天聲響太大，而且夜裡做這些不會影響死人的陰氣。幾個人不聲不響進了墓園，準備妥當，只等徐沫影發號施令。

周圍一片安靜，黑暗中只有偶爾幾聲蟲鳴。徐沫影腳下蹚著墳間青草，走到離那棵槐樹最近的墳墓旁邊，用手一指高聳的墳丘，說道：「把這墳墓挖開。」

除了柳微雲，眾人都十分不解。陳先生不禁愕然問道：「為什麼要挖墳？」

「儘管挖吧，問題就出在這裡！」

幾個人雖然心有疑慮，但也不得不相信徐沫影的話，畢竟卜王的本事不是他們所能企及的，於是四個男人一起動手，揮動鐵鍬開始掘墳。柳微雲靜靜地站在徐沫影身後，一聲不響地看著。

兩個小時之後，墳墓終於被挖開。陳先生拿手電往棺材周圍一照，赫然發現無數縱橫交錯的樹木根鬚織成一張網，將棺木牢牢捆住，更有一條粗大的根子已經從腐爛處伸進了棺材內部。陳先生不禁大驚，直起身問道：「這，這是怎麼回事？」

徐沫影解釋道：「這是用樹木盜取別人風水的手段。」他用手一指附近王家墳上那棵老槐樹，說道，「這棵樹已經有四十多年樹齡，也就是說，王家的風水先生早在四十年前就布下了這個局，等這樹慢慢生長，根鬚深入你們陳家祖墳，就會在實際上佔據你們的風水。」

梁先生聽罷，不禁歎道：「好陰險啊！」

陳先生咬了咬牙問道：「那該怎麼應對？」

「把根鬚全部砍斷，這樹自然元氣大傷，會有很長一段時間無法恢復，但是恢復之後它的根鬚還是會伸過來。最根本的辦法就是砍掉這株槐樹，或者把墳墓移開，另選佳穴。」

「移開墳墓？那不等於把這裡的好風水都讓給了他？」

「是啊，不過，」徐沫影歎了口氣，「可以在原來埋棺材的地方放上髒東西，比如糞便之類，那麼這棵槐樹吸去的就不是風水寶氣，而是腐惡之氣，他墳上風水不但不會變好反而會轉壞。」

陳先生一聽便十分贊同地說道：「好，就這麼辦！他破我家風水，我就破他家風水，這叫以牙還牙！」

徐沫影連忙伸手攔住他，搖了搖頭：「最好不要這麼做。用這種手段破壞對方風水，弄不好會出人命，報復得太過了。」

「有這麼嚴重？」

「是啊！防人之心不可無，害人之心不可有。不到萬不得已，不要用這種惡毒的手段。」

梁先生出面說道：「沒錯，徐卜王說得對，學術數之人，總要仁慈一點。再說，他只是竊取你部分風水，並沒有造成根本的損傷。」

陳先生想了想，只得點了點頭：「好吧，就聽徐卜王的。大家一起動手，先把這些根鬚都清理掉，然後我們再去跟王家人說，要他們砍了這棵槐樹。他媽的，真是氣死人了！」

四人抄起鐵鍬，把纏雜不清的根鬚都鏟斷了，然後揭開棺蓋，去清除那棺木中的樹根，卻赫然發現那探入棺木的樹根竟死死纏住了死人的頭骨。一見這種情景，陳家兄弟的火氣又上來了，扛著鐵鍬咒罵幾句就要去找王家算賬。徐沫影和梁先生兩人少不了又勸說一番。就這樣，清理乾淨了槐樹根鬚，幾個人又把棺木放回去，重新掩埋妥當，踏著夜色返回村子。

徐沫影鬆了一口氣，陳家的事情解決了，就只剩下打聽淺月的消息了。一想到這裡，他心裡就有幾分激動，恨不能立刻飛到蘇家去問個一清二楚。

回到村裡已經是十一點鐘，陳先生也沒跟徐沫影商量，就想當然地騰出一間臥室給柳微雲和徐沫影兩人睡。徐沫影連忙解釋自己跟柳微雲的關係，陳家兄弟一陣疑惑，不禁問道：「難道報紙上的傳聞都是假的？」

徐沫影苦笑道：「那都是記者捕風捉影惡意散播出來的消息，實際上我現在都還是光棍一個呢！」

眾人齊齊驚訝失聲，沒料到真實的卜王竟跟傳聞中的卜王差距如此之大，一個是謙謙君子，一個卻是狂放浪子，可見不負責任的媒體害人之深。

當下，徐沫影讓柳微雲回屋睡了，便在陳梁兩人的房間裡一起促膝聊天，暢談術數，說到詛咒，說到淳風墓，最後又說到羅浮山的萬易節，兩人聽得津津有味，不知不覺已經是凌晨兩點鐘，三個人竟都精神抖擻睡意全無。這時，忽然聽到門外有人輕輕敲門，陳先生起身出去把門打開，卻見柳微雲穿著裙子站在門外，連忙閃身讓柳微雲進來。

柳微雲輕輕走到徐沫影跟前，把自己的手機遞給他，輕聲說道：「藍靈的電話，要你接。」

第十章 傷痕

半夜三更，藍靈竟突然想起打電話給他，徐沫影覺得有點出乎意料。他站起身接過手機，匆匆走出門外，柳微雲緊隨著他出了門，徑直姍姍走回自己房間去了。

徐沫影把手機放近耳邊，似乎聽到了自己沉重的呼吸。

多日沒見，他又為柯少雪和碧凝的事情煎熬，心裡已經漸漸地放下了藍靈。冷不防接到她的電話，他心裡突然一陣翻騰，許多沉澱的往事剎那間浮上來，讓他禁不住有如許的愧疚和感傷。手機就在耳邊，他卻不知道該說點什麼。

「沫影？」沉默並未持續多久，藍靈輕聲的問話從那一面傳來。

「嗯，是我。」徐沫影機械地答道，「妳還好嗎？怎麼這麼晚了還不睡覺？」

「我……我睡不著，微雲說你們在鄉下，剛從墳地回來。是我們一起去過的那塊墳地嗎？」

藍靈似乎有意勾起徐沫影的回憶，故意提到了當初兩人所去的那個墓園。

「不是。」

徐沫影猜測，既然藍靈已經知道他們來鄉下的事，很可能柳微雲已經把最近發生的事情都告訴了她，包括柯少雪的離去，碧凝的失蹤，自己在感情上的種種失意。當初自己選擇少雪放棄藍靈，而現在少雪已走碧凝已去，自己失落如此，不知道藍靈她會怎麼想。

她為什麼不嘲笑自己或者罵自己活該？或許，她已經在心底笑過了罵過了也說不定。藍靈已經被自己傷得太深，他沒理由奢求對方的原諒。

「萬易節主要活動已經結束了，剩下的時間都是遊玩。」藍靈又輕輕地說道，她的聲音聽起來很平和，「我跟林子紅商量過了，今天就坐飛機回北京，大概下午五點鐘到北京機場，你們能趕得回來嗎？」

徐沫影想了想答道：「差不多，如果能及時趕回去，我們就去機場接妳。」

他聽到藍靈在那邊輕笑了一聲，笑得很開心。那一刻他突然意識到有什麼不對勁，難道藍靈對自己，仍然沒有死心嗎？

徐沫影匆匆地跟藍靈說了再見，然後掛斷了電話。他平靜了一下心情，然後轉頭向柳微雲房裡望了一眼，發現燈還亮著，便快步走過去。走到門邊，正要上前敲門，卻驀然發現，夜色朦朧中，柳微雲在門口靜靜地站著。

徐沫影嚇了一跳，進而開口問道：「微雲？妳怎麼在這？我還以為妳回房睡了。」

「沒。」柳微雲淡淡地應了一聲，問道，「我在想，我們是不是應該悄悄離開？」

徐沫影一愣，低聲問道：「為什麼？」

「在這裡，只會惹一身麻煩事。今天看祖墳，明天還說不定還要去哪裡呢！藍靈明天回北京，我想儘快解決這邊的事情趕回去。」

徐沫影想了想，覺得柳微雲說得沒錯，他們未必肯輕易放自己走，於是點了點頭，說道：「要走那就馬上走。我們趕到南河子村，差不多正好天亮。不過，妳的身體吃得消嗎？」

「熬一夜也沒什麼。」

兩個人本來就沒帶什麼東西，商量好了，便立刻悄悄打開院門出了院子。不告而別，徐沫影雖然有點內疚，但想想這也是沒辦法的事，相信陳粱兩位一定能夠諒解。

農村比不得城市，夜夜笙歌。凌晨三點鐘，走大街串小巷，看到的只有星光下黑糊糊的房屋和樹木，基本上見不到燈光。兩個人也不說話，七拐八繞出了村子，仰頭看了看北極星辨別了一下方向，便沿著鄉間小路一路向南。

七月，田間都是半人多高的玉米，黑壓壓地擋住了視線。走在路上，你只能聽到自己的腳步聲，它們在野草和田地之間一聲一聲地迴響，因為安靜，所以恐懼。徐沫影很想找幾句話來打破這沉悶和寂靜，想了半天卻發現自己讀書時候看來的笑話現在竟然都忘光了，關鍵時刻一個都想不起來。他正在心裡埋怨自己，卻聽柳微雲開口輕輕問道：「如果淺月真的死了，你怎麼打算？」

徐沫影半晌沒有回話。他有點不敢想像，假如淺月沒有復活，假如碧凝根本不是淺月，那這一切都只是他自己導演的鬧劇。為少雪傷害藍靈，為淺月傷害少雪，到頭來淺月卻只是活在自己心裡的影子，那這對他自己無疑是一個最為殘忍的打擊。

「我覺得她沒死。」

徐沫影認為這是最好的回答。柳微雲沉默了一會兒，又忽然說道：「其實我很想問你，能不能接受藍靈。」

徐沫影歎了一口氣：「我已經傷害了她。」

「但她還愛著你。」柳微雲並不看他，一面走路一面淡淡地說道，「藍靈她是個簡單的女孩，她的愛，她的恨，都騙不過任何人。我真希望她能放棄你，少受一點傷害，但她做不到。她這些日子一直在關心著你，每天向我打聽你的消息，託我照顧你。這些，你都不知道。」

星光下，徐沫影嘴唇嚅動了兩下，卻沒有出聲，只是低頭繼續走路。

「而你，每天不知道在做些什麼，一意孤行地尋找著自己想像中的戀人，從來沒問到藍靈一句，也沒有考慮過其他人的感受。」

柳微雲的話淡淡地說出來，雖然語氣並不激烈，其中批評的意思卻很是明顯。徐沫影第一次見柳微雲這樣說話，他默默地低下頭聽她講完，不知道能說點什麼。他有著深深的愧疚，又因為藍靈對自己的愛而感動，但是假如淺月真的還活著他依然會不顧一切地去找她，哪怕只有一線希望他也應該去找到她；不只是因為欠她更是因為愛她，不願很多遺憾一直埋在心裡，如果這輩子她還能聽到還能接受，他沒理由選擇迴避和放棄。

哪怕傷害更多人。

那麼，又回到柳微雲的問題上去：假如淺月真的死了，怎麼辦？

少雪回不來了，碧凝跟自己再無瓜葛，而藍靈還執著地愛著自己。答案似乎很明顯。可惜的是，徐沫影根本不想接受這個假設。

「我只有兩個朋友，你和藍靈。我希望你們倆幸福，尤其是藍靈，對我來說，她的幸福大於一切。」

柳微雲的話再一次在徐沫影的耳邊響起，像一陣夏夜裡的微風，輕輕地。漣漪乍起。徐沫影的心，亂了。

天剛亮的時候，徐沫影和柳微雲便趕到了南河子村的大街上。農村人都勤快，街上賣豆腐的、烙餅的、炸油條的都已經開始叫賣了。兩人一起買了半張餅坐在店前的小桌子旁吃著，柳微雲只咬了幾口便不再吃。徐沫影見狀，便站起來說道：「我們早點去蘇家吧！」

於是兩人起身離開餅店，剛走出幾步，卻聽見前面炸油條的老闆大聲地喊了一嗓子：「嘿，老蘇！聽說你閨女訂了門陰親，哪的啊？」

老蘇？徐沫影不禁一愣，一把拉住了柳微雲停下腳步，往前面張望，卻見一個五十多歲的漢子正向賣油條的慢慢走去。讀大學的時候，淺月父親曾經去學校裡看過她，徐沫影認得他的長相。而眼前這人，依稀就是淺月的父親，雖然顯得有幾分憔悴和蒼老。

認出了來人，徐沫影的心不禁一顫。他知道「陰親」意味著什麼。農村裡常有這樣的做法，年輕的未婚男女死了以後，會找個同樣夭折的男女進行婚配，雙方的父母也同樣是親家。那賣油條的既然如此說，淺月的死基本上已成定局。他一下子便傻在那了。

「李家莊的，有意訂，但是還沒訂。」蘇父一面說著，一面走到油條老闆面前，「給我來一斤油條。」

「照我看，就訂了吧，你呀，也別心疼自己的閨女。這閨女要是活著，可是個孝順的好閨女，人也長得俊俏，不愁嫁個好人家。可這人死了不是？趁早找一門陰親嫁出去就得了，別要求太高啦！」老闆稱好了油條，用油乎乎的大手遞給蘇父，「呶，一斤油條，拿好嘍！給兩塊錢就行了！」

蘇父把錢付了，轉身又緩緩離去。望著他孤單的背影，徐沫影覺得一陣陣心酸。不禁是為他，更是為自己。

只聽柳微雲淡淡地說道：「我再去問問。」

說完，她也不管徐沫影說什麼，徑直甩開他緊走幾步向前面的蘇父追過去。徐沫影愣了一下，也遠遠地跟上。

「伯伯！」柳微雲追上蘇父，很有禮貌地叫了一聲。

蘇父停下來瞧了柳微雲一眼，似乎覺得眼生，皺著眉頭問道：「妳是誰家的丫頭？我好像沒見過。」

「哦，我是北京來的，是個相術師，也是個風水師，看您臉色不太好，好像子女不順利，因此想給您仔細看看。」

「年紀輕輕的，妳也會看相看風水？」蘇父一臉的疑惑，「我閨女不是不順遂，而是已經死了，看也沒用。」

「那我去給您看看風水怎麼樣？起碼能讓您今後家宅安寧。」

「不用了。風水我已經請人看過了，那是個老先生，一定比妳有經驗，還作了法。我就不再請妳去看了。」

蘇父說完，轉身就要走。

柳微雲趕緊又問道：「還作法了？作的什麼法能跟我說說嗎？」

美女無論在什麼時候都好說話，如果這時候換作一個毛頭小夥子，這樣的問話只能招來反感，但柳微雲受到的待遇明顯不同。

蘇父歎了一口氣說道：「那幾天我閨女剛死，家裡來了個老先生，說年輕人夭折是邪靈侵體，要閉門三天作法驅除邪靈才能瞑目。我覺得他說得有道理，就請他作了法，並在作法以後才下葬。他還說家裡風水不好，又作法改變了陽宅風水。閨女，妳這麼年輕學這個做什麼？」

柳微雲一笑，溫婉地答道：「我們是家傳的。」

「家傳的？」蘇父低聲念叨了一句，便拎著油條轉身走掉。

柳微雲站在原地，目送老人一步步走遠，這才回頭去看徐沫影，卻見他呆站在街道中央，失魂落魄的神色像一個無家可歸的流浪漢。

他什麼都聽到了。老先生說的跟白衣女人對不上，什麼邪靈侵體閉門三日，卻被他想像成化氣固魂的過程，以至於最後被自己捏造出一個根本不存在的重生。

淺月的親生父親都認定她死了，還用繼續查探嗎？徐沫影的心像忽然墜入了冰窖裡，徹徹底底地涼透了。

事實永遠都是事實，它擺在那兒，它堅硬得像塊石頭，倘若你不相信它的存在，你盡可以去碰得頭破血流。

柳微雲走到徐沫影面前，靜靜地看著他，儘量不去打擾他，直到太陽升起來，由紅彤彤燃燒成金光璀璨，一躍跳上了半中天。街上的行人漸漸多起來，村民們紛紛下田幹活或者去鎮上的公司行號上班。他們從旁邊經過，都用或冷或熱、或驚或疑的眼光看著他們，看著這一身黑色長裙的美麗女孩，還有女孩緊緊守護著的年輕人。

誰也猜不透他們是什麼關係。有人說他們是一對，有人說他們是兄妹，也有人說他們是同學或者朋友。後來，聽村裡幾個小孩說，那黑裙子的姊姊跟著黑臉的哥哥走了，好像是去了村外河邊的墳地，後來從墳地裡出來，就上了公路，攔了一輛車坐上去，一溜煙走遠了。

彷彿淺月又死了一次。徐沫影不顧柳微雲的阻攔，跑到淺月墳上又痛哭了一場。直到中午時分，兩人才從墳場出來，搭車回了縣城，又乘長途車回到了北京。

車到北京，已近五點鐘。柳微雲畢竟是女孩，身體嬌弱，一夜沒睡卻一直硬撐著，下了車便已經疲憊不堪。看看時間，要接藍靈就只有直接去機場。徐沫影想一個人去接機，讓柳微雲先回家休息，無奈微雲無論如何也不答應，只好讓她上車同去。

當徐柳兩人乘計程車趕到機場的時候，藍靈和林子紅的飛機已經到了十分鐘，兩人正在機場門口等著他們。

當柳微雲下了車，喜出望外地迎向藍靈，站在藍靈身旁的林子紅禁不住驚叫失聲。

第十一章　身世

機場上，四個人見了面，徐沫影跟藍靈四目相對瞬息分開，藍靈的臉頰有些微微泛紅，徐沫影心緒也有些散亂，表面上卻故作鎮定。喵喵那小東西一下子從藍靈懷裡鑽出來跳到徐沫影的肩上，唧唧地叫個不休。林子紅的目光一直黏在柳微雲身上，上上下下打量個沒完，越打量表情便越是驚異。其餘三人不知道什麼原因，不禁面面相覷。徐沫影本來想介紹他們認識一下，見林子紅這個樣子，忍不住問道：「怎麼了老林？難道你們認識？」

林子紅也不回話，直接向柳微雲問道：「妳是不是姓柳？」

柳微雲輕輕地點了點頭。

林子紅臉上泛起興奮的光彩，繼續問道：「柳湘公就是妳父親，對不對？」

三個人聽了，不約而同都是一怔。柳微雲的臉色倏然便冷了下來，淡淡地說道：「我不認識他。」

柳湘公？徐沫影覺得這名字似乎聽說過，卻記不起是誰，忍不住出聲問道：「柳湘公是誰？」

「柳湘公是三大宗師的第二位，卜卦靈驗，手法高超，最擅長風水，名望僅次於屍靈子，據說比童天遠還高上半分。可惜的是，他是三大宗師裡唯一不會化氣的一位。他歸隱很多年了，你進占卜界沒幾天，不知道也很正常。」藍靈接過去答道，說完，她轉身看向林子紅，微帶訝異地問道，「我跟微雲在一起這麼久，也沒聽說她父親有什麼來頭，林大哥為什麼這麼說？」

見柳微雲和藍靈否認，林子紅不禁愕然，又看了柳微雲兩眼，搖了搖頭，喃喃自語似的說道：「很像，真的很像。」

「像誰？」藍靈疑惑地問道。

柳微雲臉色恢復了平靜，看了林子紅一眼，便輕輕拉了藍靈的手，轉過身去：「我們回去吧。」

「等等，聽聽林大哥說什麼。」

看柳微雲的表情變化，藍靈便知道她隱瞞了什麼事情，想不到真被林子紅一口說中，她就是柳湘公的女兒。她的聰明才智和冰雪般的氣質，也說明她的出身不同一般，要說是三大宗師的傳人，也並不出乎意料，唯一講不通的是，微雲說那隻火靈鳥是化氣生成的，可是柳湘公偏又不會化氣，難不成她還有第二位師父？

這中間的疑惑，徐沫影卻已經想得明明白白。他知道柳微雲師父拿到《卜易天書》的事情根本不為人知，這跟柳湘公不會化氣的說法並不衝突。林子紅為人雖然有些懶散，但做事一向有分寸，沒有很大把握他不會說出來，而柳微雲一向不提自己身世，遮遮掩掩不承認也很正常。

林子紅緩和了一下情緒，緩緩地說道：「我見過柳湘公夫妻一面，覺得柳夫人長得跟這位小姐非常像，也是穿一身黑色連衣裙，偏偏小姐又姓柳，所以就冒昧地問了一句。難道又是巧合？」

柳微雲聽罷，忽然停下來，回過頭問道：「你說你見過柳夫人？什麼時候？」

她話音雖然還是那麼淡然，但神色間分明多了幾分關切。

徐沫影瞅了瞅林子紅，林子紅又看了看徐沫影。事情似乎已經相當明顯。

藍靈拉著柳微雲的手問道：「微雲妳承認吧，妳就是柳湘公的女兒，只是一直瞞著我們，對不對？」

柳微雲一愣，眼神慢慢平和下來。雖然她聰穎靈慧，但隱瞞了好久的事實卻不免在聽到母親消息的時候洩露出來，她意識到自己的眼神已經替自己招認了一切，這些人並不傻，如今不想承認也得承認了。於是她默默地點了點頭。

又一架飛機起飛了，機場不遠處，傳來巨大的轟鳴聲。不斷有汽車從旁邊駛過，迎來的送往的，相見的分別的，各自的故事各自欣賞，各自的心情各自體會。

徐沫影突然覺得，人生真是充滿了無盡的變化，包羅了縱橫交錯的緣分。自己身邊的一個好朋友，一瞬間便搖身一變成為了三大宗師之一的傳人，而且，還是親生女兒。只是他想不明白，柳微雲為什麼隻身跑來北京。

驚訝與疑惑中，四個人各自沉默。為了打破尷尬的氣氛，林子紅趕緊走過去向柳微雲進行遲來的自我介紹：「哦，忘了自我介紹一下，我姓林，林子紅。」

柳微雲伸出手，跟林子紅輕輕地握了握，又問道：「林先生說見過我媽媽，是在什麼時候？」

這時候，計程車司機似乎在一旁等得有些不耐煩了，按響喇叭提醒他們上車。於是徐沫影趕緊說道：「一切等回去再說吧，先上車。」

四個人上了車，車便徐徐開動，轉了一個彎駛出機場。

「微雲妳真行，這麼大的來頭一點都不透露。」藍靈微帶抱怨地說道，更多的則是欣喜。

「我爸爸隱居久了，不想別人再打擾。」柳微雲淡淡地說道。

「我一直想不明白，他老人家那麼大本事，為什麼要早早地隱居呢？還讓這麼漂亮的女兒一個人孤孤單單地跑來北京。」藍靈繼續問道。

「很多事情我也不明白。」柳微雲說著，轉頭又去問林子紅，「林先生，您還沒告訴我，上次見我媽媽是在什麼時候什麼地方？」

林子紅欠了欠身體，向柳微雲問道：「柳小姐哪年出生？」

「一九八六年。」

林子紅若有所思地說道：「那當時柳夫人抱的那個孩子是妳的哥哥還是姊姊？」

「我有個哥哥。您上次見到他們是在我哥哥小時候？」柳微雲的語氣裡不禁透出微微的失望。

林子紅點了點頭：「那是三十年前的萬易節大會上。當時是萬易節停辦多年後重新舉行的第一次會議，一下子湧現了很多高手。那時候屍靈子早已聲名鵲起，湘公和童天遠還沒有什麼名聲，就是在那次萬易節，兩人大放異彩，三大宗師的名號也從那時候開始傳開。」

徐沫影一愣，插嘴問道：「老林，三十年前你多大？」

「我七歲啊，不過那時候進場不嚴格，我混進去看熱鬧的，六陽不也一樣，從小就去萬易節看熱鬧吃霸王餐！」

「呵呵，你繼續說。」

「別看我七歲，可是小孩記性好，對柳夫人印象尤其深刻，一身黑紗連衣裙，身材高挑，舉止文雅，氣質出眾，保證你看一眼就記一輩子。」

這話聽起來就跟在讚美柳微雲一樣。徐沫影和藍靈禁不住都瞧了柳微雲一眼，柳微雲卻神色淡然恍如未覺。林子紅說得興起，伸手從袋裡摸出一根菸，悠悠然取出打火機點著了，猛吸了一口，這才接下去說道：

「說起那屆萬易節，是我見過的美女最多的一屆，除了柳夫人，還有一個氣質冷豔的女人，雖然不說不笑，但長相氣質都特別顯眼……。」

徐沫影不禁一驚，忍不住打斷了林子紅的話問道：「那女人長什麼樣？穿什麼衣服？」

林子紅白了他一眼：「一說女人你就來勁！她只去了半天就走了，沒來得及仔細看，具體長相不清楚，只知道穿一身白裙子。」

徐沫影心裡暗暗吃驚。聽林子紅的描述，這冷豔女人倒是跟自己在碧凝的社區裡遇到的女人很像，白裙子，長得如花似玉，卻是冷面寒霜不說不笑，雖然美，卻美得詭異，讓人看一眼便很難忘記。

林子紅三十七年不戀愛不結婚，可謂不貪戀女色，能給他自小留下深刻印象的女人很可能都是奇女子，柳微雲母親的高雅氣質和這神秘女人的冷豔詭異，在萬易節眾人中一定十分顯眼，才能讓他直到今天還念念不忘。

「萬易節前幾天，童天遠並沒有參加，湘公一人獨領風騷，可謂出盡了風頭。後來開設卜王擂臺的時候，童天遠就趕到了會議現場，向湘公挑戰。童天遠那時候六十多歲，柳湘公還年輕，才三十多。兩人見面之後，湘公的表現很奇怪，似乎有點畏懼對方，第一場預測比拼大失水準，第二場，湘公情緒穩定下來，但兩人都在規定時間內預測出結果，而且結果一致，導致平局。第三場的時候，湘公提議同時比試預測速度和精準度，最後竟然以不到一秒的速度優勢勝出。因為三場比試的結果是平局，而卜王只能是其中一個，所以雙方決定加賽一場。加賽的預測題目很簡單，雙方在心裡想一串數字，寫在紙上，再由對方測出來，這實在太簡單了。但出乎意料的是，兩個人誰也沒有算對對方想的是什麼。你們猜是什麼原因？」

柳微雲安靜不發一語，藍靈感到十分驚訝而迷惑，但徐沫影心中卻是雪亮，他張口便答道：「他們倆都帶了八卦牌之類反占卜的東西。」

林子紅看了看徐沫影，點點頭說道：「我之前跟你說過，那塊小八卦牌是一個占卜前輩送的，實際上，就是湘公他老人家送的，可那東西卻出自童天遠之手！」

這句話無疑就像一顆魚雷在徐沫影心中轟然爆開。他知道碧凝身上也有同樣的一枚八卦牌，很可能就是碧凝師父送的，如果這東西出自童天遠之手，那碧凝的師父顯然就是童天遠了。但是，那個白衣女子又是誰？難道是碧凝的師姊？

只聽林子紅繼續說道：「兩個人都沒算對，便都指出對方在作弊，必須把身上攜帶的東西都丟掉才能重新進行比試。於是裁判對他們倆進行搜身，從童天遠身上搜出了那面小八卦牌，從湘公身上搜出了一張避靈符。避靈符是失傳的符法，不知道湘公從哪裡學了來，而童天遠那面牌子更是匪夷所思。這兩種東西都可以有效地改變周圍氣場，達到反預測的目的，這類東西從未在萬易節出現過。隨後湘公便提議，誰輸了，誰就把自己的反占卜寶物送給對方。童天遠最後輸了半秒，於是就留下了這枚八卦牌。湘公成了卜王，但不知怎麼，第二天卻做出了一個驚人的決定，讓位隱居。當時童天遠也已經走，卜王位就讓給了第三名的吳琪，那面牌子也送給了吳琪，成為代代流傳的卜王令。」

柳微雲似乎也不知道父親當年的這些逸事，聽林子紅娓娓道來，竟聽得有幾分神往。

藍靈聽林子紅講完，便把目光投向徐沫影，輕輕地問道：「沫影，卜王令在你手裡嗎？我想看看。」

徐沫影正要告訴林子紅卜王令已經遺失，聽到藍靈發問，臉上禁不住一片歉然，搖了搖頭說道：「我把卜王令丟了。」

一句話把三個人的目光全都引了過去。

「靠！」林子紅終於忍不住在女孩子面前罵了粗話，「你也跟我一樣，把卜王令弄丟了？」

藍靈滿臉的詫異很快便轉為關切，問道：「怎麼丟的？」

徐沫影只好苦著臉把事情講述了一遍，最後向林子紅說道：「我在那附近見到過一個女人，跟你提到的那女人一樣，冷豔絕倫。微雲也看到過，我懷疑她就是引我進那座廢樓的女人。」

林子紅不禁愕然：「你本事這麼大，誰能這麼輕易就騙得了你？難不成對方也是個宗師級的人物？」

徐沫影想了想，說道：「也可能是兩個人一起幹的。我懷疑碧凝的師父是童天遠，如果是他把我引進去，再由那女人拿走東西，也很有可能。」

林子紅和藍靈對望了一眼，兩人都不約而同地搖了搖頭。

林子紅笑笑說道：「你對占卜界人物怎麼瞭解這麼少？根本沒這個可能，因為童天遠早就死了。」

不僅徐沫影驚訝，連柳微雲也感到吃驚。畢竟，她所聽到的有關占卜界的傳聞都來自於她的父親，而柳湘公很早就隱居了，對後來發生的事情一概不知，因此她所知也十分有限。

藍靈向兩人解釋道：「占卜界有幾句歌唱得好，『最無奈，三宗師，一個生，一個死，一個生死也不知』。生的是柳湘公，死的是童天遠，不生不死的是屍靈子。」

徐沫影看了柳微雲，柳微雲臉色突然變得慘白，同時也看了看他，目光中有疑惑有痛苦也有憂傷。

藍靈從沒見柳微雲出現過這種表情，不禁問道：「微雲妳怎麼了？不舒服嗎？」

柳微雲搖了搖頭：「沒事。昨晚沒休息好，有些累。」

「哦，那趕緊回去好好休息一下。我也常常這樣，睡不好覺第二天坐車就會暈車。」藍靈見柳微雲臉色漸漸好轉，也沒懷疑什麼，伸出手關切地扶住了柳微雲的肩膀。

徐沫影不得不承認，幾天不見，藍靈倒是多了幾分女人味。但他此刻卻沒心思想這些，也沒心情看這些。他偷偷地看了柳微雲一眼，發現柳微雲也在偷偷地看著他。

林子紅一切都瞧在眼裡，卻裝作沒看見，只是在轉過頭去對著車窗外一口口地吸菸，看著窗外繁華熱鬧的都市，輕輕地嘟囔了一句：「北京還真不賴。」

第十二章　迷離

柳微雲身體不適而藍靈對燒菜又不拿手，下車之後四人直接進了社區外的一家餐廳。徐沫影吃不出酸甜苦辣，無所謂菜肴好壞，但是林子紅可不同。藍靈自己也沒有讓林子紅爽快吃飽的信心。

飯桌上，柳微雲明顯情緒低落，不聲不響對她再正常不過，但是拿著筷子發呆卻未免失常太多。藍靈不停地給她夾菜，本想問她柳湘公和《卜易天書》的問題，見她這樣子也不敢多問。林子紅也是如此。他專程為了向柳微雲請教《卜易天書》而來北京，卻發現柳微雲精神異樣，顯然是疲倦加上有心事所致，只好等她休息好了明天再問。徐沫影也不聲不響地吃飯，只有他知道柳微雲在想什麼。兩個人擔心的都是同一件事情。

喵喵坐在桌子上，瞪著滿桌子菜「唧唧」地叫，卻一口也不肯吃。徐沫影正想把牠攆下桌子，卻聽藍靈笑著說道：「牠一定是想要水果。小東西在羅浮山吃水果吃習慣了，對飯菜就不理不睬了。」說完，她轉過身叫道，「服務員，上一盤水果拼盤。」

水果拼盤端上來，小東西果然興奮得「唧唧」直叫，兩隻前爪抓起一片哈密瓜就大嚼起來。徐沫影跟藍靈相視一笑，便又各自低頭吃飯。

林子紅見狀突然問道：「我說沫影，聽說你又跟那個選秀明星分手了，到底怎麼回事？」

徐沫影一愣，有些尷尬地說道：「也沒什麼，覺得性格不合。」

「哦？」林子紅看他的神態便知道他只是隨便找個理由搪塞自己，也不說破，只是笑道，「對啊，跟女明星在一起生活可不踏實，要結婚就找個踏實女孩，找個真正愛自己跟自己合得來的女孩，有家庭的安全才有事業的成功。當然啦，像我這樣做個單身貴族也不錯。」

林子紅這些話，徐沫影此時聽起來十分的舒服。淺月、碧凝、少雪，個個都已經成了泡影，不管出於什麼原因，幾天前群芳環繞的他，現在卻是徹底地失戀了，成了孤家寡人。幾度悲喜的強烈衝擊，已經把他的心折磨得不成樣子。他覺得有些累了，他需要安慰。

四個人匆匆吃完晚飯，便結帳出了餐廳。四個人都是剛從外地回到北京，需要休息，便互相道了別。藍靈和柳微雲回了她們的住處，而林子紅跟著徐沫影去他那裡住。徐沫影的房子是兩房一廳，一直以來都空著一間，正好給林子紅睡。

上樓的時候，徐沫影不由自主地想起了柯少雪。以前每次站在二樓和三樓之間的樓梯上，他都能聽到柯少雪房裡傳出的鋼琴聲，但是現在，那裡只有緊鎖的房門，一切安靜得讓他傷感。有個女孩曾經在這裡愛過自己，但是，她離開了，想到這，他心裡一陣酸楚。

進門洗了個熱水澡，兩人聊了幾句，便各自回房休息。躺在床上，徐沫影卻翻來覆去地睡不著。這幾天知道了太多關於《卜易天書》和三大宗師的陳年舊事，徐沫影已經能夠確定所謂「詛咒」必與這些人有著種種關係，他試圖從中理出一條脈絡，卻怎麼也理不清。後來他的思緒便轉到了幾個女孩身上，想起淺月的死，想起柯少雪的傷心離去，他不禁心痛難忍。他捂著胸口翻身坐起，拖著鞋子摸黑下了床，走到窗前拉開窗簾，放進來一片星光。

他愣愣地瞧了一會兒窗外若明若暗的燈火，拿起手機給柯少雪發了一條簡訊，問她最近是否安好。然後他把手機放在窗臺上，轉身準備回床休息，他並不指望能立刻收到回信，但他剛一轉身，便聽到了手機發出的「哧哧」的震動聲。

他感到有些激動，回手把手機握在手裡，點開簡訊，發現發信人竟是柳微雲。內容只有簡單的兩個字：樓下。

他愣了愣，輕輕推開陽臺的門走到陽臺，低頭向樓下望去。不遠處的社區門口附近，賣燒烤的依然在張羅著生意，雖然多半桌子都空了，但是還有幾張桌子旁邊坐著邊聊天邊喝酒的人們。

徐沫影從陽臺上回來，穿上鞋子輕輕地出了臥室，聽到林子紅房裡傳出的鼾聲之後，他放心地推門走了出去。

柳微雲就在樓下。當徐沫影出了樓門，他看見她靜靜地站在花壇的另一側，靜靜地等他。他輕輕地從花壇上邁過去，低聲打了個招呼：「微雲！」

「嗯。」柳微雲應了一聲，「你來了！」

「來了。怎麼了，睡不著嗎？是不是擔心妳父親的事？」

幽暗的星光下，柳微雲輕輕點了點頭：「你一直懷疑我爸跟詛咒有關，我從來都覺得那不可能。但現在看過《卜易天書》的人都死了，我爸的嫌疑是不是就更大了？」

徐沫影從柳微雲的話語裡聽出了些許的慌亂。她的心從來都平靜如水，可是現在他知道她終於亂了。他淡淡地問道：「妳開始懷疑妳爸了？」

柳微雲沒有回答他，只是問道：「為什麼看過天書的人只有他沒出事？對了，還有我，我也看過，我也沒事，這是為什麼？」

「妳先冷靜一下，事情沒有那麼簡單，我們現在知道的只是很少的一部分，還不能確定妳爸跟詛咒有關。我倒覺得那個白衣女人的嫌疑更大，畢竟，據趙先生講述，他父親死的時候在房間裡看到的是女人的影子。」

「可是，如果我爸跟那女人有關呢？」

徐沫影不禁一怔：「妳爸跟那女人有關？」

「有可能。」柳微雲本想繼續往下說，但猶豫了一下，終於還是就此打住。

徐沫影知道柳微雲心裡一定還裝著更多的線索，於是說道：「我們找個地方坐下來好好分析一下吧。」

柳微雲點了點頭，輕輕地問道：「去哪？我跟著你。」

「走吧，先出去看看。」

兩人踏著夜色並肩走出了社區，沿著馬路一直走一直走，尋找避風塘之類可以宵夜的地方。走著走著，徐沫影忽然問道：「妳爸就是羅浮山上我們遇到的那個老人，對不對？」

柳微雲看了他一眼，輕輕地「嗯」了一聲。再隱瞞下去也沒什麼意義，該說了只好全說出來。柳微雲在心裡無奈地對自己說。

「根據老林的說法，反占卜學佩飾只有兩種。山上那兩個小孩身上一定是佩戴了避靈符，那麼那個老人明顯就是柳湘公，也就是妳爸。可是我想不明白，妳為什麼隻身一人來北京，還不肯借機會回羅浮山，甚至是有意迴避呢？」

為什麼來北京？為什麼避開父親？柳微雲抬頭望一眼遠處閃爍的霓虹燈，開始努力回憶那些塵封的往事。其實有些事情，柳微雲也想不明白。

四歲，她是個乖巧的小女孩，那時她喜歡跟著父親去山崖上摘野果，喜歡跟母親一起在樹林裡採蘑菇，喜歡聽鳥鳴風吟。她聰明伶俐，嘗試著學習那些繁雜的術數知識，父親還為她講解有關符咒的知識。她的世界裡，有恩愛的父母親，有山中的花鳥蟲魚，有術數的精彩奇異，雖然不知道山下是怎樣的世界，但她快樂而幸福。

但是有一天，她從附近的林子裡玩耍回家，忽然聽到父母的爭吵。那時她實在太小，更不知道山外有如許美麗的世界，很多話聽不明白，只聽母親提到一個女人。她不知道怎樣的女人能比母親更美，但她意識到有什麼不好的事情已經發生了。

第二天，母親走了。走前母親抱著她淚流滿面，小小的柳微雲睜大了稚氣的眼睛，問母親是不是被父親欺負了，並伸出小手為母親擦去臉上的淚珠。但是在那之後，母親便悄無聲息地走了。

當柳微雲再次坐在院子裡仰望天空，她看到母親那隻火紅色的鳥兒在頭上盤旋來去，她站起來驚喜地叫了一聲「朱朱」，牠便倏然飛下來落在她稚嫩的肩上。她興奮地奔進屋子，大聲地叫父親來看，來看母親的鳥兒飛回來了。父親卻淡淡地說道：「那是妳媽媽留給妳的，好好待牠。」

十三歲，蓓蕾般的豆蔻年華，她站在搖曳的山風中間，像一株蔥郁的山茶樹。這些年她學會了沉默，學會一個人享受落霞餘暉。山頭上的天空總是有太多的煙雨，她喜歡在細雨濛濛的窗前看書。她在或濃或淡的思念中翻遍《易經》的每一頁。每當這時候朱朱就站在她的肩頭上，靜靜地聽細雨敲窗，聽她翻開書頁的聲音。

她在恬靜中生長，四季的陽光灑遍山頭的每一個角落，每一個角落都能看到她窈窕的身影。她一直以為這就是她全部的世界，直到有一天父親跟她提到一個年輕的名字。

那年她十八歲。父親說她越長越像她的母親，她也跟母親一樣，喜歡穿黑色的長裙，喜歡對著鳥兒靜靜發呆。父親說，妳該下山了，去找一個人。她問，找媽媽嗎？這麼久了你為什麼才想起要去找媽媽！父親說不是，是找一個年輕的小夥子。她問為什麼要找他。父親說妳別問了，緣分是偶然的，但命運是必然的。

那天夕陽很美。陽光溫馨地灑落在父親的肩上，她忽然覺得父親已經老了許多。她轉過身，把新採的草藥放在窗下，她說好吧，讓我再看一眼山上的春天。

一個轉身就是三年，羅浮山的春天來了三次，又去了三次。父親終於說妳確實該走了，妳還有事情要做，晚下山一天緣分就會少一分。柳微雲什麼都沒說，只是跑到林子裡坐了一整天。第二天父親找到她，歎息說妳跟妳母親一樣倔強。她說，你這像趕母親一樣要趕我走嗎？父親怔了怔，忽然便落了淚。

那年冬天，羅浮山的陽光依然和煦如春。微雲聽到林中響起一陣悠揚笛聲，這笛聲讓她想起了母親，在她四歲的時候，父母吵架之前她也曾聽過這樣的笛聲。她覺得詫異，便順著這聲音追出去，但那聲音竟忽然停了，接著響起一陣女人悲涼的歌聲，那歌詞雜亂詭異不知所云。這時他看到父親偷偷鑽入林中。

一切似乎都已明瞭，也許真的到了該走的時候。她不說話不流淚，轉身回了屋子，帶上自己心愛的幾本書，踏著夜色匆匆下山。

山下的世界很大，柳微雲茫茫然不知道去哪裡。她想起父親說過的那個北方城市的名字，想起父親說過的那個男孩的名字，雖然厭惡但卻好奇。她想知道怎樣的命運在等著她。

那個冬天她看到了北京的雪，也看到了在雪中快樂飛翔的北方女孩。她遇到了藍靈，接著，父親所說的男孩終於闖入了她的世界。那一刻她知道，兩個人的命運已經接軌。

回憶就是這麼簡單。柳微雲第一次說這麼多話，第一次打破自己的習慣把自己的事情講給別人聽，她聲音輕柔，比兩人踏在馬路上的腳步聲更輕。

徐沫影從來沒想過柳微雲出山只是為了尋找自己。屍靈子的預言畫沒有畫完，推背圖上的「雪月煙雲」卻赫然有柳微雲的名字。想來兩個人的緣分早已注定。他很早就清楚這一點，但其實在他心裡卻一直將柳微雲排除在外。

她永遠都安靜神秘，高高在上。相識便是緣分，能做好朋友，已經是幾世修來的緣分了。

兩人緩緩向前邁步，路燈下，兩個人的影子縮短又拉長。沉默了一會兒，徐沫影忽然問道：「微雲，那妳究竟怎麼看我這個人？我很想知道。」

柳微雲淡淡地答道：「你唯一的缺點就在感情，你多情，猶疑不定。我對你這點很反感。遊戲花叢的人總喜歡標榜自己身不由己。而且……。」

「而且什麼？」

「而且我最近在想，如果你的對手設下一個感情陷阱讓你跳，你一定會傻乎乎地跳下去。說不定，這就是一個感情的局在纏繞著你，而我也是其中的一個棋子。」

聽到她的話，徐沫影似乎突然明白了什麼。他若有所思地點了點頭：「聽妳這麼說我也覺得很像。屍靈子突然出現給我畫像，淺月被神秘人撞死，藍靈的出現，少雪的出現，碧凝的出現和失蹤，這一切就像安排好的一樣。而且，我作過一個夢，夢中有人說我身邊的女人會合成一個卦象，這像極了一個感情的亂局。在羅浮山，我和藍靈也聽到了女人的笛聲和歌聲，歌詞詭異，曲調悲涼，我想，多半跟妳所說的是同一個女人，就是那個穿白衣服的女人。這一切綜合看來，屍靈子和妳父親也都參與了進來。可是，如果這種猜想成立的話，他們的目的又究竟是什麼？」

第十三章　情結

藍靈不知道自己身在何處。

光線昏暗，她發現自己站在一個十字路口，路燈都已熄滅，紅綠燈也已廢棄不用。無數大大小小的車輛停在馬路中央，像一長列死去的甲蟲，黑壓壓堵滿了路口。她有些詫異，輕輕走近一輛小汽車，卻發現窗子上沒有玻璃，往裡面探頭一看，沒有司機沒有乘客。她心裡不禁一驚。這時，一陣風從大街上吹過，巨大的鐘聲忽然響起。

這是教堂的鐘聲，這聲音她聽過。她回過頭，小心翼翼地繞過那些冰冷的汽車，走向鐘聲傳來的方向。夜色緩慢後退，空曠和冷清包圍著她，她瞥一眼旁邊的指示路牌，覺得熟悉而又陌生。她越發覺得這是一個死去的城市，這種死亡的感覺讓她無比悲涼。抬頭，黑雲覆蓋的天空沒有星星，天空下只有一座座黑糊糊的樓房，高低錯落，此起彼伏。沒有人，也沒有光，只有鐘聲在響。

她打了一個哆嗦。

沿著馬路一直向前，從一個個翻倒的垃圾桶旁經過，她很快來到了一座教堂門前。她停下來，鐘聲卻也停下來。教堂的大門忽然無聲無息地敞開。她抬頭往門裡看，竟發現裡面燈火輝煌，似乎在進行一個盛大的舞會，不，是一場婚禮。她看到穿著禮服的新郎牽著新娘的手從臺上緩緩走下來，從無數親友中間穿過，一直走向禮堂大門，一直走向她。

沒有聲音，一切都安靜得可怕，像一幕歡樂而詭異的默劇。她睜大眼睛看著緩緩走過來的新郎新娘，極力辨認他們的面貌，很快，她無比驚訝地認出了徐沫影，也認出了她自己。

她瞠目結舌，發不出任何聲音。那穿著禮服的青年有著她無比熟悉的黝黑臉龐，而那身著婚紗的女子笑得那麼甜美幸福，不是她自己又是誰？可是她卻站在門外看著這一切，發不出聲說不出話，她努力往前邁步卻抬不動腳，兩隻腳好像牢牢釘在了馬路上。她焦急地看著眼前發生一切的一切，心底的悲傷湧動如潮，眼淚無助地流了下來。

這時她忽然聽到一個女人的聲音在這荒涼的城市上空迴盪，那聲音冰冷而低沉：「是妳死了，還是這人世死了？」

她腦中一陣慌亂，不知該如何回答。於是那聲音繼續問道：「是你死了，還是這人世死了？是妳死了，還是這人世死了？……」

那聲音一聲比一聲大，一聲比一聲嚴厲。她痛苦地伸出雙手試圖捂住耳朵，拚命地搖頭並在心裡吶喊「我不知道，我不知道」……

她突然醒過來。睜開眼睛，窗前的檯燈還亮著。她滿頭大汗。

大廳裡傳來一陣輕微的腳步聲，接著，有人輕輕敲了敲她的房門。她從床上爬起來，趿拉著鞋子下了床，輕輕地問道：「是微雲嗎？」

「不，靈姊姊是我。妳作噩夢了嗎？我聽到妳你在喊什麼。」

聽聲音她知道，這是小蝶，那個身世淒慘卻乖巧可愛的孩子。以往每次作噩夢都是微雲過來敲門，進來陪著她聊一會兒，現在卻是這個孩子。她走過去開了門，對門外的小蝶說道：「我沒事，妳去睡吧。」

小蝶對她甜甜地一笑：「靈姊姊，那我回房去啦。」

「去吧！乖。」藍靈伸手輕輕撫摸著她的頭髮。小蝶轉過身，返回房間關上了門。

從冰箱裡取出一瓶飲料，打開喝了兩口，在大廳裡環視一周，她忽然覺得很不對勁。微雲一向細心，睡覺都會把門鎖緊的，可是為什麼今晚門竟然敞開著？

她快步走過去，低聲叫了一聲「微雲」，沒有回應。然後她進屋打開了燈，愕然發現床是空的，被褥整整齊齊，看得出今晚根本沒被動過。

幾分鐘之後，她下了樓。

她走到社區門口，便聽到了柳微雲和徐沫影兩個人的對話。兩個人聲音很輕，但是馬路很安靜。她的心裡針扎似的一痛。

聲音越來越近，看樣子他們要回來了。藍靈慌慌張張地又逃回了樓裡，上了樓進了屋，無力地躺在床上，很想哭，卻發現連哭的力氣都沒有。

沒多久，門輕輕地有了些聲響，大廳裡響起輕微的腳步聲，她知道是微雲回來了。她咬了咬嘴唇，從床上站起來推門走進客廳。

不期然四目相對，柳微雲微微愣了一下，輕聲問道：「靈兒怎麼了？還沒睡？」

「我作了個噩夢，睡不著了，想跟妳聊一會兒。」藍靈說道。

柳微雲淡淡地點了點頭：「那就來我房間吧！」

進了柳微雲的房間，打開了燈。藍靈忽然問道：「微雲，妳最近是不是有心事？」

柳微雲帶上門，正伸手去開空調，聽到藍靈的問話便答道：「沒有，就是最近有點累。」

「不對，妳有心事瞞著我。」藍靈聲音雖輕，卻顯得咄咄逼人。

柳微雲看了看她，似乎恍然明白了什麼，淡淡地說道：「我剛才出去，是有些問題想跟沫影商量一下。」

「那為什麼非要在夜裡？為什麼要背著我？難道不能讓我知道嗎？」藍靈的情緒有些失控，她覺得柳微雲背叛了她。問完了一連串的問題，她看著仍然一臉平靜的柳微雲，又低聲問道，「微雲，妳真的喜歡沫影嗎？」

柳微雲搖了搖頭：「一個在感情上反反覆覆優柔寡斷的人，並不討人喜歡。」

藍靈愣然一愣：「真的？妳真這麼想？」

柳微雲點了點頭，繼續解釋道：「我找他只是討論一下有關詛咒的新發現，看能不能理清脈絡，找到詛咒的根源在哪裡。真的，我從來不騙妳。我知道妳喜歡他，妳不惜一切代價地喜歡他，但妳要想清楚，他對待感情的態度並不可靠。」

聽柳微雲這麼說，藍靈的情緒迅速地緩和下來：「我只是想跟他在一起。」

柳微雲靜靜地望了她一會兒，輕輕歎了一口氣說道：「不知道該不該恭喜妳，或許妳該準備嫁衣了……」

徐沫影心思煩亂。就在剛才，柳微雲再一次勸說他接受藍靈，他答應說仔細考慮一下。送柳微雲上了樓，他轉身邊思索邊往回走，忽然想起淳風墓中那幾個朱紅色的小字：女人當戒。

從墓中的兩處專門設給他的機關來看，那四個字無疑是寫給他的，意思十分明瞭，就是提醒他要小心身邊的女人。這更加證實，他目前所經歷的疑雲重重的感情必是有人故意設下的一個圈套，為的是攪亂他的心。而這圈套中最陰險的一環，就是淺月的死和碧凝的出現。當他漸漸愛上另一個女孩，碧凝的出現帶給他淺月復活的假象，讓他拋棄少雪，再次陷入迷惘。

碧凝的身分不明不白，還跟那神秘的白衣女人同住，會來接近他一定有所目的。柳微雲被父親趕下山來找自己，也是有意安插在自己身邊的棋子，只可惜她心思清明，並不喜歡自己。起碼她一直否認曾經喜歡過自己。

徐沫影隱約覺得有幾分遺憾，但這不失為一件好事，至少她保持著理智，能幫自己解開這紛亂的局面。而且他實在不想再傷害任何女孩，曾圍繞在身邊的五個女孩子，如今唯一沒有受到傷害的，只有她了。想到這，他很欣慰。

柳微雲說，接受藍靈就給這段感情畫上一個圓滿的句號，徹底脫出這個感情的亂局。徐沫影也覺得有道理，因為總是猶疑不定，必然會繼續給其他人帶來傷害。而藍靈，是被他傷得最深的女孩，看得出她還一直深愛著自己，也只有她像飛蛾投火一樣繼續留在自己身邊。

走上樓梯的時候他想，他實在沒有理由不愛她。她漂亮，幹練，對自己義無反顧地愛著，從這幾點上說，她跟淺月一樣。只是淺月死了，留下了永遠的遺憾和痛苦。現在，他很想接受她，很想補償她，但是一想到這裡，他心裡忽然覺得一陣莫名其妙的煩躁不安。

那就明天再想吧，睡覺。

第二天中午，藍靈和柳微雲準備了一桌豐盛的飯菜，邀請徐沫影和林子紅過去吃飯，加上小蝶，五個人圍坐在桌子旁邊。把小蝶交給柳微雲之後，徐沫影這是第一次見到她。她穿上了一套嶄新的連衣裙，梳起了兩條小辮子，乾乾淨淨的樣子十分可愛。小蝶坐在徐沫影身邊，哥哥長哥哥短叫得格外親熱。坐在徐沫影另一邊的則是藍靈，默不做聲地給他不斷地夾菜。

見柳微雲情緒好了很多，林子紅便迫不及待地向她詢問《卜易天書》的事情。

柳微雲淡淡地答道：「那是我父親的書，我小時候偷偷看過一點，只是翻了幾頁，沒有看到精髓。」

藍靈禁不住問道：「傳說柳湘公沒有天書不會化氣，難道是假的？」

柳微雲便又向兩個人解釋了一遍。林子紅看書心切，急忙問道：「湘公現在在哪裡？柳小姐能不能帶我去見見他？」

柳微雲沒有回答，只是看了一眼徐沫影。徐沫影放下筷子，轉頭對林子紅說道：「是這樣，湘公他就隱居在羅浮山，離萬易節開會的地方很近。我們正好有點事情想過去請教他，要去那就同路去吧！」

「什麼？他就在羅浮山？」林子紅聽完不禁驚叫出聲。

藍靈也驚訝地問道：「是不是我們見過的那個老人？」

徐柳二人不約而同地點了點頭。柳微雲說道：「他隱居避世多年，自然不想暴露身分，所以對你們隱瞞了真相。我們這次有急事想跟他問清楚，看林先生也很著急，不如大家今天收拾一下，明天就去一趟羅浮山。」

剛從那裡回來便又要飛回去，林子紅無奈地一笑：「好吧，希望老爺子別給我閉門羹吃，柳小姐一定要幫我多說幾句好話，好讓你老爸肯把書借我看看，我可是千辛萬苦地找了很多年啦！」

「嗯，我會盡力。」柳微雲轉過去問藍靈，「靈兒妳呢？跟不跟我們一起去？」

藍靈怔了怔，低頭夾了菜放進徐沫影碗裡，輕聲說道：「沫影去哪裡，我就去哪裡。」

徐沫影訥訥地不知道該說什麼，拿起筷子也夾了菜放進藍靈碗裡，說道：「別光給我夾菜，妳自己也吃，多吃點。」

林子紅和柳微雲全當沒看見，低頭吃飯。小蝶眨了兩下眼睛，用清脆的聲音問道：「靈姊姊和哥哥是不是在談戀愛啊？」

「人小鬼大啊，這妳都看得出來。」林子紅輕輕拍了拍小蝶的腦袋，「我們吃我們的，別打擾他們倆談情說愛。」

第三天的上午，五個人坐上飛機飛離了北京。

但是徐柳兩人一點都沒有旅遊的心情，太多的謎團將他們重重圍困。這一次去羅浮山見柳湘公，不知道老人肯不肯說出事情的真相，也不知道真相後面到底隱藏著什麼。

心事最重的莫過於柳微雲。雖然她因母親的離去而有些恨自己的父親，但她無法接受父親參與詛咒的事實。殺了這麼多人，包括藍靈的爺爺、徐沫影的爺爺、趙先生的父親，還有出版社那麼多人，這究竟是為什麼？無論怎樣，在她早年的印象中，父親都是個低調隨和的人，絕不應該是狂亂嗜殺惡魔。

或許在那白衣女人的背後，詛咒的背後，感情亂局的背後，隱藏著所有問題的解答。

第十四章　宗師

下午，柳微雲走在羅浮山的山路上，感覺每一個山巔每一棵樹都掛著自己的眷念和回憶。二十年的光陰停留在這裡，平淡卻溫馨。雖然離開不到一年，卻在回想中溫習了無數遍。這風，這樹，這山，這石，這陪伴她從小到大的飛鳥和森林。

還有父親。雖然母親的離去讓她對父親不滿，雖然她最終在一氣之下不辭而別，但淡淡的牽掛在她心裡日夜飄浮，就像清風細雨中的浮萍，輕盈細小，但它從未沉沒。

也許之前還對父親背叛母親的事耿耿於懷，但如今柳微雲的心裡，只剩下疑慮和擔憂。這詛咒的謎團，牽涉到無數人的生命，顯然遠比父母之間的感情更為重要。這次她一定要向父親原原本本地問個明白。

山路急轉，小屋乍現。半年多了，那個小院落並沒有任何變化，它還默默地伏在山路盡頭，彷彿等待離去孩子的歸來。看見了小屋，柳微雲心裡禁不住有幾分激動，但她的臉色依然平淡如常。

幾個人緊緊跟在身後。徐沫影、藍靈、林子紅和小蝶，還有藍靈懷裡那隻昏昏欲睡的小貓。一路上，小蝶好奇地看著這山間的一切，不斷地詢問這是什麼樹那是什麼花。徐沫影和藍靈自小生長在北方，所知有限，林子紅卻對這山間草木十分熟悉，不厭其煩地講給小蝶聽。

山路盡頭，柴門半掩。兩個小男孩手裡各自拿著一本書，推開門跳出來，上下打量了眾人幾眼。正是柳蒙和柳渙。由於徐沫影和藍靈前幾天剛剛來過，兩個小孩還有印象，一眼就把兩人認了出來。柳蒙歡叫一聲，向徐沫影問道：「哥哥，你不是又迷路了吧？」

「當然不是，」徐沫影笑了笑，伸手一指柳微雲，「你看這是誰？」

柳蒙、柳渙都把目光投向柳微雲，看了看，卻各自搖了搖頭。他們是在柳微雲下山之後才上的山，之前並沒見過她，因此不認得。

柳微雲早就聽徐沫影講到過這兩個孩子，知道他們是哥哥的兒子，這時見了，看他們長得活潑可愛充滿靈氣，也是十分高興，當下輕輕問道：「你們就是蒙蒙和渙渙吧？」

「對，我叫柳蒙，他叫柳渙。是這位哥哥告訴妳的嗎？」柳蒙仰起頭問道。

柳渙靜靜地站在柳蒙背後，眼睛一眨不眨地盯著柳微雲看，忽然伸手把柳蒙往後拉了一把，說道：「她是姑姑。」

眾人都十分驚訝，所有目光都投向柳渙。

「姑姑？」柳蒙看了一眼柳渙，隨即轉頭又望向柳微雲，疑惑地問道，「妳真的是姑姑？」

柳微雲重重地點了點頭，俯下身，一手一個把他們攬在懷裡，強壓著心裡的激動情緒說道：「是的，我就是你們的姑姑。」

不用說，柳渙之所以認出柳微雲是誰，一定是在心裡算過一卦。小小年紀就能在短時間迅速地完成占卜心算，長大了必然不同凡響。林子紅悄悄地在徐沫影耳邊說道：「這個孩子，十年後的造詣一定不比你差。」

「比我強。」徐沫影淡淡地笑道。

藍靈也回身對兩人說道：「渙渙的性格倒跟微雲有點像，穩重內斂，蒙蒙這孩子活潑外向，倒是更討人喜歡。」

這時候，屋子裡突然傳出一個蒼老的聲音：「蒙蒙，渙渙，快把客人都請進來吧！」

這聲音徐沫影和藍靈聽過，一定是柳湘公沒錯了。

柳微雲聽到父親的聲音，一怔之間放開了手，兩個孩子便從她懷抱裡逃開，轉身向屋裡喊道：「爺爺，是姑姑回來了！」隨後，柳蒙便親熱地拉起柳微雲的手說道：「姑姑，我們快進去，爺爺他就在屋裡畫符呢！」

柳微雲點了點頭，轉身對大家說道：「都進來吧！」

柳渙把柴門推開了，眾人都邁步進了院子，通過小路走向屋裡。

林子紅不禁皺了皺眉頭，對徐沫影低聲問道：「裡面真的是湘公？知道女兒回來了怎麼也沒什麼反應？」

徐沫影搖了搖頭：「是湘公。他應該早料到女兒會回來。」

門很窄，屋子裡也窄，幾個人魚貫進了門，柳渙拉開爺爺屋子的門簾，轉身招呼大家進去。徐沫影探頭往裡一看，發現柳湘公背對著門坐在書桌前面，手裡正握著毛筆寫著什麼，可以看到桌上放著幾張黃色的符紙，一盤紅色的朱砂。

「爸爸！」柳微雲輕輕地邁步進門，站在父親身後，喚了一聲。

「女兒回來啦。我剛剛泡了茶，碗櫥裡有茶杯，取出來先給客人們杯茶喝。」老人頭也不回，繼續寫著畫著，說話的語氣平靜得出奇，好像女兒從未出過遠門，只是去了一趟林子採藥。

「嗯。」柳微雲默默地應了一聲，轉身出去，從碗櫥裡拿出杯子，又走進門給大家一杯一杯地倒茶。

沒有人說話，大家都靜靜地看著，屋子裡只剩下柳微雲倒茶的聲音。

「都坐吧！」老人仍然沒有回頭，一面寫一面問道，「小姑娘應該才八歲吧？」顯然問的是小蝶。藍靈俯下身在小蝶耳邊說道：「爺爺問妳話呢，快回答。」

小蝶被屋子裡安靜的氣氛嚇住了，這時聽到藍靈的話，趕忙答道：「嗯，爺爺可以叫我小蝶，今年八歲。」

老人呵呵地笑了笑：「好孩子，妳很聰明，但是長大後千萬不要過分執著於男歡女愛。蒙蒙、渙渙，帶妹妹出去玩吧，今天的功課先放下，改日再補。」

兩個孩子答應一聲，柳蒙便過來拉了小蝶的手說道：「走吧，我們帶妳去林子裡捉鳥。」

小蝶沒大聽懂老人的話，抬頭看了看徐沫影，又看了看藍靈，見藍靈在向她點頭示意，她便轉過身，跟著柳蒙、柳渙蹦蹦跳跳地出門去了。

老人繼續畫符，畫完一張之後又拿了一張繼續畫，畫著畫著便又問道：「年紀最長的這位先生，應該姓林吧，二木成林。」

林子紅趕緊答道：「前輩好本事，我叫林子紅，這次上山專門拜見前輩，希望前輩能多多指點。」

「你修為很好，但是很快會有一場劫難，不過沒有性命危險。」

眾人都是一愣。林子紅問道：「劫難在什麼時候？為什麼我沒算到？」

老人卻不再回答，只是頭也不抬繼續畫符。幾個人也不敢打擾，都在床邊上坐了，靜靜地等著。過了不大一會兒工夫，便聽老人又說道：「這位姑娘，聰明靈慧，卻坎坷多難，是姓劉還是姓藍？」

藍靈見老人問到自己，忙起身答道：「我跟母姓，姓藍，叫藍靈。」

藍靈心存疑慮，本想再詳細詢問自己是如何的坎坷又多難，卻見老人轉臉把目光投向了柳微雲，父女兩人四目相對，清淡而又明慧的目光彷彿能看穿一切，默默地互相凝視半晌之後，老人歎一口氣終於問道：「微雲啊，這半年多來在北京還好嗎？」

聽到父親問話，柳微雲的眼眶一下子就紅了，但她強忍著沒有落淚，只是低頭說道：「挺好的，有藍靈他們照顧，女兒生活得很好。爸，這些日子你過得怎麼樣？」

老人故意笑了笑說道：「放心吧，有蒙蒙和渙渙在這裡陪我，我一點也不寂寞。」

「爸，這些都是我的朋友，這次帶他們過來，是有些重要的問題想問問你，這些事女兒也一樣很困惑。」

老人輕輕地點了點頭，眼光從徐沫影三人臉上一一掠過，說道：「我知道了。不過，你們要等一會兒。」

說完，老人回身從桌上拿起自己畫好的幾張符，站起來走向門外。眾人不解其意，便都紛紛站起來跟著走出去。卻見老人將符一張張貼在屋門上，密密實實地貼好之後便又轉身回來，向眾人點頭微笑：「都回屋裡來吧！」

徐沫影猜想這符咒是為了防止被人算出他們的行蹤，進屋之後等眾人都坐回原處便開口問道：「請問前輩為什麼在門上貼這麼多符？」

老人微微一笑：「那符貼在門上，我們也好談一談天機。你們要問的事情與某個人關係重大，而這個人手段陰冷，反覆無常，只怕我說了之後會對你們起了殺機。為了你們的安全，還是防備一點的好。」

眾人面面相覷。聽老人的意思，就算他知道這所謂詛咒的內幕，也似乎並沒有參與其中。柳微雲心裡稍稍寬慰一些，淡淡地問道：「爸爸，你先告訴我，三十年前因為天書而死的那批人，跟你有沒有關係？」

老人歎了一口氣，說道：「書是我送去出版社的，因此那些人的死，自然跟我脫不了關係。一念之差，鑄成大錯，這是我這輩子所犯的最大的錯誤，到現在依然心懷愧疚啊！」

老人想起當年的事情，眉頭緊蹙，似乎極為痛心，四個人知道他要開始回憶那些往事，都大氣也不出，安安靜靜地聽他講下去。

老人喝了一口茶，把茶杯放在桌上，這才緩緩說道：「我跟屍靈子原本是師兄弟，雖然我入門比他早，但是天賦有限，水準很一般，因此不出名。而我這個師弟偏偏是天縱奇才，二十多歲卦技便達到了當時易學界的頂峰，但二十八歲那年他卻突然暴病身亡。接到他的死訊我既悲痛又驚訝，按道理說他是不應該年紀輕輕就夭折的。他沒有親人，我去幫他整理遺物，發現了他的命理筆記，中間記述了很多他獨創的預測術，這些預測術都依循《易經》原理，構架完整，預測精準，我發現了之後喜不自勝，捧回家去連夜閱讀，翻到最後一頁，終於明白了他的死因。」

老人又端起杯子，喝了一口茶潤嗓子，接下去說道：「我們學術數之人，研究的是預測，是命理，是命運。我們靠命運吃飯，卻又最想擺脫命運束縛。預測水準越高，我們所知道的人間疾苦就越多。預測終究是預測，我們能看到命運卻無法改變命運，這就好比在你眼前發生一幕幕慘劇而你卻束手無策。因此我們年輕的時候，都一心想找到改命的法門。這種法門，終於被師弟他找到了。

「他透過對大量資料的研究，做出了『靈魂分立』的猜想，猜測人的命理五行全部依附於靈體。之後他設計了一個實驗，讓自己暴死之後復生，把靈體摒棄掉，使自己處於一個半生不死的狀態，進而擺脫命運。他沒跟任何人商量就迫不及待地做了這個實驗。在筆記裡他寫道，成功的機率只有十分之一，倘若實驗失敗，他就會永遠地長眠於地下。

「我看到之後很震撼，那時我才明白師弟他為什麼能取得那麼高的成就。天賦只是一方面，更重要的是他為了研究術數不顧一切。

「我一直留心打探他的消息，希望他的實驗能夠成功。沒過多久，果然聽說他又死而復生了，有不少人曾經看到過他在墳地出現。我很興奮，就到他出現過的地方去找他，但是每次都找不到。我擔心他的復活只是謠傳，便起了挖開墳墓看一看的念頭。後來在一個漆黑的夜裡我找了幾個朋友一起溜進墓地，掘開了墳墓打開了他的棺材，發現裡面只有一部書稿，也就是《卜易天書》的手稿。」

這些事情徐沫影曾聽柳微雲說起過，因此並不覺得奇怪，但林子紅和藍靈卻是第一次得知《卜易天書》背後隱藏的內幕，驚訝的表情在兩人臉上顯露無遺。

老人繼續說道：

「發現他真的復活了，我很高興，更讓我高興的是發現了那本書。把書拿回家之後我卻又開始擔心，同去的朋友都知道我得到了屍靈子的書，第二天一定會傳揚得盡人皆知，這書就像一個寶藏，到時人人都會來搶。我思來想去，就決定連夜抄錄一本，然後第二天把原稿送到出版社。這樣第一可以讓人誤以為我手裡沒有天書，第二可以發揚師弟的術數新創見，我想他會十分高興。

「在那之後，我隱姓埋名日夜苦學，由於有十幾年的易學基礎，很快就掌握了書中的一切理論和技術，包括化氣之術。就在我大功告成的時候，《卜易天書》出版的消息也終於傳來，我想到師弟苦心研究的成果終於要讓世人得知，心中十分高興，可是高興了沒幾天，便聽說那家出版社無緣無故地死了七、八個人。那時候我才明白，師弟屍靈子把書放在墓中的真正意圖，是忍痛想讓自己的心血長埋地下。」

第十五章　白衣

柳湘公慢慢回憶當年的往事，禁不住一陣唏噓感慨。三十年的隱居生涯，讓他把所有故事都埋在心裡，或許老人等的就是這一天，將所有雲山霧罩的事實全部還原。

「化氣之術可以用來防身，我想這一點你們也都知道了。化氣化出的寵物往往具有我們這個時空不可能出現的八字，因此具有非同一般的能力。我怕殺手會找上我，因此我化出了一隻火靈鳥和一隻金靈兔保護自己和家人。但是，對方卻一直沒有能夠找上來，後來我才想明白，這是因為我身上帶了一張避靈符。這符咒之術也是傳自於師弟的筆記，師弟說那是用兩個熱饅頭從一名老道那裡換來的東西。我見這避靈符這麼有用，便又開始著手學習符咒。沒多久，我便闖出了一點名堂，收到了萬易節大會的邀請。

「那一年的大會上，我出盡了風頭。我想，那是我這輩子最風光的幾天，不過，對如今的我來說，名利都是這山上的浮雲啦。那時年輕氣盛，總想為自己爭回一點名號，因此毫不猶豫地參加了萬易節的卜王擂臺，打擂臺都是占卜界的名流，但卻全都被我輕鬆擊敗，我柳湘公的名字也就從那時候開始變得響亮起來。

「但是，卜王擂臺的最後一天，忽然中途來了一個人，一個七十多歲的老人，他自稱叫童天遠，想跟我比試一場。我總覺得他有些不對勁，但又不知道哪裡不對，因此第一場比試有些慌了，精神不夠集中導致慘敗。接下來又接連比試了幾場，我勉強贏了他，其中最後一場加賽的時候，我發現他身上竟然也帶了避靈符一類的東西，而他也指出我身上藏有避靈符，因此為了比賽公平，我們倆必須接受搜身。

「當時主持擂臺的老前輩上來先搜了我的身，自然就搜走了我的避靈符，轉過頭去搜查童天遠的時候，他卻伸手擋住老前輩的胳臂，主動從身上取出一面鏤空八卦牌遞給了他。老前輩臉色有些異常，竟然沒有堅持去搜，就轉身下了臺。

「比試重新進行之前，趁著他身上沒有反占卜寶物，我偷偷卜了一卦測他的身分來歷，得到的卦象卻讓我大吃一驚。你們猜，我測到了什麼結果？」

柳湘公抬起頭看了看眾人，面色凝重。

眾人面面相覷，都想不出他當時測到了什麼，紛紛搖頭。

柳湘公這才接著說道：「我竟然測到他已經活了一千多年！你們說，這奇怪不奇怪？」

四個人聽罷，心裡都是一驚。徐沫影迅速和柳微雲交換了一下目光，向老人問道：「您記不記得他到底活了多少年？」

「算起來，他應該是隋末唐初，李淳風袁天罡那個時代出生的人。」老人看了徐沫影一眼，說道，「我知道你們想到了什麼，千年詛咒，對不對？」

徐沫影點了點頭：「對！我想，如果有人能活這麼長時間，那他就可以在這一千多年時間裡進行暗殺，來製造詛咒的假象。」

林子紅聽了不禁懷疑道：「兄弟，你為什麼總覺得詛咒是人為的呢？就算真有人活一千多年，他能殺人，卻也不可能把大家的五感悄悄偷走一樣。」

柳湘公對林子紅搖了搖頭，插進來說道：「你這樣想也對，但可惜你只知其一不知其二啊，五感並不是有點占卜成就的人都會丟失，起碼我到現在還是耳不聾眼不花，各種感官良好。」

徐沫影若有所悟地點了點頭：「因為您有避靈符！」

「小夥子果然聰明。」柳湘公笑道，「我這符再好用，也終究是瞞不過老天爺的，但它卻能瞞過詛咒者的耳目。還有，其實這麼多年以來，據民間傳說和歷史記載，詛咒殺人的事件只有近些年《卜易天書》面世後的那幾起，一般的詛咒，只損傷人的感官；至於禍及妻兒的說法，你們根據自己的八字就可以算得出來，多數術數有成的人都是梟神太重，婚姻和家庭生活很難美滿幸福啊！所以這根本就不是什麼詛咒。」

林子紅半信半疑地問道：「那照您這麼說，詛咒實施者又究竟是誰呢？」

柳湘公嚴肅地答道：「真正實施詛咒的人可能不只一個，憑我的能力也追查不到，但是殺人的人我卻認識。」

幾個人不禁異口同聲地問道：「誰？」

老人歎了一口氣，緩緩說道：「他就是跟我爭奪卜王之位的那個童天遠。」

徐沫影馬上出面問道：「您說他活了一千多年，但他不是在您隱居之後沒多久就死了嗎？而且據我們調查發現，至今看過《卜易天書》沒死的人只剩下您和微雲兩個人。」

接下來，老人的回答讓所有人都瞠目結舌：「他根本就沒死，而且，他也不叫童天遠。」

在場的每個人都十分驚訝，眼睛都一動不動地瞧著柳湘公，等他繼續說下去。

老人繼續說道：「那天我拿到了卜王位，也贏得了他持有的八卦牌。本以為我們兩個的爭鬥到那就算結束了，第二天就可以安安穩穩地帶著妻子和兒子回家，但是沒想到那天晚上，他突然跑來約我出去，見面地點就在會場旁邊的山頂上。

「我不知道他為什麼約我，由於對他的身分很感興趣，就決定赴約。那天夜裡正好是農曆十五，月朗星稀，我爬上山頂，發現皎潔的月光下那個老人正站在那等著我。見面第一句話他就問我，可不可以去歸隱？我很奇怪，問他為什麼要求我歸隱。他正要回答，卻忽然聽到腳下草叢裡一陣窸窸窣窣的聲音在響，似乎是一條蛇。他有些害怕地向旁邊躲了兩步，腳下卻不小心碰到了一塊石頭，身體搖搖晃晃差點跌倒。我想他年紀大了，很怕他跌倒受傷，就跳過去一把扶住他，但我意外地發現，他的皮膚非常有彈性，觸感滑膩柔軟，我禁不住一愣。

「然後我突然注意到，在那晚明亮的月光下，他的影子竟然十分苗條，跟他彎腰駝背的形象極不相稱，倒像極了一個年輕的女人。」

聽到這裡，四個人都大為吃驚。照柳湘公所說，難道童天遠那個七十多歲的老人竟然是一個年輕女人假扮的？但即便是女扮男裝，那影子也應該是像她裝扮的男人才對，怎麼會是如此苗條的女人的影子？

只聽柳湘公繼續說道：「我當時驚訝不已，手就像觸電一樣收了回來，趕緊往後退了幾步，再去看童天遠，卻已經變成了一個穿著白紗裙的年輕女人。在那晚明亮的月光下，她就像一朵盛開的白蓮，很漂亮，也很詭異。她那張臉就跟月光一樣清冷，跟玫瑰一樣豔麗，靜靜地站在那，毫無表情地望著我。我想不明白為什麼一眨眼的工夫，一個垂暮老人就變成了一個冷豔女子，不禁懷疑自己看花了眼睛，但我馬上就聽到一個女人纖細而生冷的聲音。她說，『你現在看到的我，才是真實的，之前都是幻象。』

「我又驚又怕，搞不懂她到底是什麼人，於是問道，『你究竟是誰？』

「那女人答道，『我叫天媛。』」

眾人聽了，各個面色驚異。這四個人都在不同情況下見過那白衣女人，現在想起來，三十年前和三十年後，極有可能都是那同一個人。一個活過一千多年的人，三十年的光陰未必能在她額頭上添上一道皺紋。而童天遠，顯然就是那天媛用幻象假扮的了。

徐沫影這時候想到跟碧凝同住的女人，想到廢樓裡見到的女人慘死的一幕，想到那一夜無論如何都走不到的阜成門，種種疑惑似乎都有了解釋，心中頓時豁然開朗。

可是這個女人，究竟是什麼來歷？

柳湘公接著說道：「她告訴我這個名字對我來說沒有任何意義，還是沒告訴我她到底是什麼人，所以我繼續追問她到底是什麼人。

「那女人想了一會兒，又冷著臉問我，『你到底去不去隱居？』

「我說，『我還不是隱居的年齡吧？』

「她半晌沒說話，突然舉起右臂輕輕揮了一下，一隻黑貓就悄無聲息地出現在她的左肩上。她一身白裙子在黑夜裡抖動，肩上卻停著一隻烏黑的貓，那隻貓兩隻綠瑩瑩的眼睛死死地盯著我，盯得我渾身發毛。女人冷冷地說，『你不去隱居，就只有死。』

「我感覺到了危險，雖然不知道她為什麼要殺我，但也大概猜到這跟天書有關，我別無選擇，只好召來了我的金靈兔。那隻小東西是五行純靈，有罕見的奇異能力。雖然兔子天性平和，但牠有強烈地保護我的意念，可以在關鍵時刻為我戰鬥。

「我們兩個人在那裡僵持著，誰也不敢輕舉妄動一步，我們兩個都有點忌憚對方。我知道她一定不會告訴我她的來歷，只好問她，『為什麼想要我去隱居？』

「她仍然不肯回答，只是冷冷地說道，『我不跟你打，也可以不殺你，你能保護自己，但能時刻保護得了你的家人嗎？』

「我一下子就害怕了。不管我一個人是死是活，我總該為自己的父母妻兒考慮，畢竟，他們沒有自保的能力，我也不可能一直在他們身邊保護他們。我趕緊求她不要傷害我的家人。

「她說，『那你就去隱居，不要收徒弟，更不要向你的家人傳授化氣。我已經違背了師父的遺願，殺了很多人，實在不想再殺人了。』

「我問她，『妳師父是誰？』

「她仍然不理不睬，轉身就要走開，冷酷地說道，『明天開始，你必須去羅浮山隱居，否則，等著給你的親人收屍吧。』

我相信她的話是真的，畢竟在那之前已經死了那麼多人。雖然極不樂意，但我不得不在第二天宣佈退隱。我帶著妻子和兒子來到了羅浮山。這是那女人指定的地方，我想是她害怕失去我的行蹤，所以才叫我來這。」

柳微雲突然問道：「爸，您來這裡歸隱原來是被那女人要脅的，在這山上三十年，難道我們都在她的監視之下？如果我沒猜錯，媽媽是因為您跟那女人的來往才離開的，對不對？」

柳湘公看了看柳微雲，歎了口氣，說道：「確實是這樣，但是，我並沒有背叛妳媽媽。那女人並不是常常過來，但每年都會來兩、三次，有時候悄悄地來，看一眼就走，有時候就想辦法讓我知道。有一次妳媽媽不在家，家裡只有我一個人，她就直接鑽進了屋子，跟我聊了一會兒。她從來不笑，臉上沒一點表情，我懷疑她根本就不會笑。她好像很困惑，竟然木木地問我到底信不信命運。我說學命理的人都這樣，有種潛在反抗命運的心理，不過用化氣可以改變命運，所以像我們這樣的人就可以不信命運了。

「她點了點頭，卻馬上又搖了搖頭，說道，『我師父生前說過，人命之上還有天命，人命可改但天命難違。命理其實也是有高低層次的，人命被我們突破了，卻還有天命在上面約束，就算突破了天命，上面也會有更高層次的命運。他說改人命不是不可以，但要順應天命。』說完之後她問我，『你說這對不對？』

「這種理論我從沒聽說過，但隱約覺得非常有道理。這就好比月亮脫離了地球的軌道，但它卻無法逃離太陽系，就算逃離了太陽系，也還有更大的星系和宇宙普遍的引力規律在約束著它。大宇宙是這樣，命理也應該是這樣。我想到這裡，覺得她師父很偉大，於是又禁不住問道，『妳師父到底是誰？妳又是誰？』

「她想了想，竟然答道：『你很像我的師父，不過他已經去世很久了，我不能提他的名字。至於我，你就更不要問了，因為我不是人。』」

第十六章　歌謠

女人竟然說她並不是人，這不免令眾人大為驚奇。不是人類卻能夠以人身示人，那不就是小說中的妖怪嗎？

柳湘公看了看大家，問道：「你們是不是覺得很奇怪？我當時也很吃驚，她活了一千多年，還不是人類，那不就是個妖怪嗎？但是我再追問她，她卻無論如何都不肯說了。

「在山裡隱居了幾年，覺得就這樣過一輩子也不失為一件美事，山光水色，霧靄流嵐，每天置身於這詩情畫意的景色中間，過著清靜快樂的日子，修身養性，真是不錯，慢慢地也就不再去想出山的事情，也不再反感那個女人。她還是每年過來兩、三次，看一眼就離開，但是次數多了，終於就被微雲的媽媽知道了。一個年輕的漂亮女人總是偷偷來看我，這聽起來確實不太像話。她跟我大吵了一頓，然後就帶著微雲的哥哥下了山，也帶走了那隻金靈兔，留給微雲一隻火靈鳥。她說，我可以老死山中，孩子卻不能一直窩在山裡，至少應該出去見見世面。」

老人歎了口氣，看了看柳微雲，說道：「妳媽媽很固執。她執意要走，我也留不住她，我也沒辦法跟她一起下山。妳哥哥那個時候年齡不算小了，確實也該下山去看看，所以我也沒多挽留。」

柳微雲情緒有些激動，站起身來問道：「那媽媽現在在哪裡？您快告訴我！」

老人面色憂慮，搖了搖頭：「妳下山以後，妳哥哥倒是曾經來過兩次，但妳你媽媽卻不肯出來見我，她一個人四海漂泊，居無定所，甚至連妳哥哥都不知道她去了哪裡。」

「那您當初為什麼不把事情講明白，把誤會澄清，阻止媽媽離開？」

「孩子，妳還不明白。一般的誤會倒是容易溝通消解，但是這感情的誤會往往很難澄清，她根本不聽解釋，一氣之下就下了山。另外我總覺得，除此之外，她下山還有別的原因。」老人講到這裡欲言又止，轉而說道，「家務事我們以後再談吧，關於詛咒，我所知道的也已經全都告訴你們了，你們還有什麼要問嗎？」

老人說著，轉過頭看了一眼徐沫影。

徐沫影想了想，開口說道：「我突然想到了一個人，好像跟這白衣女人有關。」

幾個人全把目光投向他。林子紅問道：「誰？」

「唐朝的易學大師，李淳風或者袁天罡。聽前輩講，從那女人的年齡往上推，正好可以推出她出生在李袁那個時代，而她口中所說的師父又是個術數高人，那只有可能是這兩個人之一了。」

「沒錯。」藍靈應和地點了點頭，「我覺得是袁天罡徒弟的可能性更大，因為，如果她是李淳風的弟子，我們在淳風墓的時候她就該現身了。她本事那麼大，有人在她師父的墓穴，她沒理由不知道，更沒理由不阻止。」

「其實，她那時候已經知道我們要到淳風墓的事，不然碧凝也不會出現在長松山。」柳微雲插進來輕輕說道，「可以確定，碧凝就是她的徒弟，很可能是她安排在我們身邊在一顆棋子，但是很可惜，她身體不適，中途走掉了。」

「她中途走掉並不是因為身體不適。」徐沫影接過來分析道，「而是因為她師父突然叫她回去，她曾經跟我說過這些。總之，那白衣女人應該對我們不懷好意。看起來她很像是詛咒的執行者，既然我們想破除詛咒，理所當然就是她的死對頭。而碧凝，看起來倒像是對這些事一無所知。」

聽到徐沫影維護碧凝，藍靈似乎頗為不滿，說道：「我倒覺得碧凝很有問題，雖然救了我們兩次，但來無蹤去無影的，如果心裡沒鬼，幹嘛搞得那麼神秘兮兮？」

徐沫影看了藍靈一眼，將她心裡的想法猜了個八九不離十。大體上，她對碧凝本來沒什麼想法，但是徐沫影一幫碧凝說話，她就忍不住說了兩句。徐沫影也不反駁她，只是把目光投向柳湘公，想聽聽老人有什麼看法

老人默默地聽完三個年輕人的討論，站起身來說道：「我所知道的已經全跟你們說了，能做到什麼程度就靠你們自己了。我這麼一大把年紀，也不想再參與年輕人的事情，你們聊吧，我去外面給你們準備點吃的。」

林子紅原本就對詛咒沒什麼興趣，他來這裡的目的只是為了一覽《卜易天書》的真面目，但柳湘公要出去，趕忙也站起來說道：「前輩，我跟您一起去吧！」

柳湘公側過頭看了看他，語重心長地說道：「我知道你想要什麼，《卜易天書》是不是？這讓我很為難啊！不傳播化氣之術是當初我跟天媛的約定，如果給你看了天書，化氣傳了出去，這對我們都很不好，你的生命安全恐怕也難保啊。」

林子紅懇求道：「我只是想一睹天書的真面目，翻翻前面就可以，化氣的內容一定不看。再說，您已經在門上貼了符，我隨便翻看一下，那女人未必能知道。」

徐沫影也站起身來幫林子紅說話：「前輩您就讓老林看看吧。他為了看到那本書，不辭辛苦地從廣東飛到北京，又從北京飛回來上山找您，可算是大費了一番周折，您就破例給他看一眼吧。」

柳湘公默默地看了林子紅一陣，歎了一口氣，說道：「好吧！這也是命。」說完，一面往門外走，一面向林子紅擺了擺手，「你跟我來吧！」

林子紅喜出望外，趕緊跟在柳湘公身後出門去了。

屋子裡只剩下三個人，徐沫影、柳微雲和藍靈。徐沫影本想請柳湘公幫忙出個主意，但不想老人竟直接以不參與年輕人的事情為由遁走了，他不禁無奈地搖了搖頭。如果老人不肯幫忙，就算猜到了白衣女人的身分，恐怕也沒辦法找到她。

柳微雲明白徐沫影的意思，看了他一眼，輕輕說道：「我爸他就是這樣。隱居了這麼久，心性大變，凡事都順其自然，不多想不多做。我們的事情，他一定是不會管的。今天肯告訴我們這麼多事，已經是破例了。」

徐沫影點頭說道：「好吧，我們不多打擾他老人家，商量一下，下一步該怎麼辦吧？」

藍靈忽然向徐沫影問道：「我還是不明白，我爺爺和你爺爺，難道都是被這女人殺的嗎？可是好像她只對接觸過《卜易天書》的人下手，爺爺他們應該沒看過天書啊！」

「這些還說不定。」徐沫影沉吟道，「但我想多半跟這女人有關。」

三個人又討論了一會兒，這才發現其實他們並沒有掌握到更多線索，雖然知道了這女人就是童天遠，知道殺人的事情很多都是她幹的，知道了碧凝師父就是她，也推斷出她跟袁天罡很可能有師徒關係，卻對這女人的能力、具體身分、去向一無所知。算是算不出來的，她永遠都在暗處。而對於想要破解詛咒的人們來說，似乎最好的辦法就是等她找上門來。

她永遠占盡先機。

徐沫影彷彿看到那雙冷冷的眼睛正在暗處瞧著他們，注視著他們的一舉一動，傾聽著他們的每一句話。

這並不誇張。一個有宗師級能力的人，絕對有著不遜於靈覺的超強手段，只要對方願意，只要自己手中沒有反占卜寶物，那麼自己的一切行動都逃不過對方的感知。

徐沫影想起在廢樓裡的那一夜，那女人搶走了自己身上的卜王令。是的，那本來是屬於她的東西。可是她為什麼不殺掉自己？難道真的是覺得殺人太多，不想再殺？如果是那樣，自己的爺爺和藍靈的爺爺真的不是她殺的嗎？

徐沫影覺得謎團套著謎團，解開一層還有一層，每一層都混沌黑暗難以分辨。當他的目光不經意地從柳微雲臉上掠過，發現她那雙清雪般的眼睛正一眨不眨地看著自己，直覺告訴他柳微雲一定發現了什麼。他剛想發問，卻見門簾一動，林子紅叼著半根香菸走了進來。

「我終於看到天書了，呵呵，雖然只看了前幾頁，但也受益匪淺，也算償了我的一大心願啊！」林子紅笑道，「你們商量得怎麼樣了？」

藍靈垂頭喪氣地說道：「還是沒什麼頭緒。」

「馬上天黑了，我們該考慮一下住宿了吧？這個小屋可裝不下我們這麼多人。我看，我們還是去住山下旅館吧？」

徐沫影也說道：「對，我們最好現在就下山，這麼多人在這裡吃住都不方便。」

柳微雲淡淡地說道：「這裡確實沒地方，我們今晚只能住山下了，不過，我想多陪爸爸聊一會兒，晚些下山。你們幾個可以先下去訂房間。」

藍靈擔心地問道：「妳晚上一個人下山，會不會有什麼危險？」

柳微雲搖了搖頭：「我熟悉這裡的每一條路，而且有朱朱陪我，不用擔心。」

幾個人商量了一下，便起身出去向柳湘公告辭，老人已經在下廚準備飯菜了，一見三人要走，急忙熱情挽留，但見他們執意要下山，也只好作罷。徐沫影看著老人在爐灶前忙碌的樣子，忽然覺得這個前輩宗師比自己的父親更像一個樸實的農民。三十年的光陰，已經把老人當年的風采消磨殆盡。

三個小孩進森林遊玩未歸，柳微雲想稍晚再帶小蝶一起下山。父女倆把徐沫影三人一直送到了大門外。

見三個人已經走遠，一轉身，柳微雲便向父親問道：「爸，當年您讓我下山去找沫影，到底是因為什麼？」

老人大概沒料到女兒問得如此心急，猝不及防地一愣，隨即笑著問道：「我女兒這麼聰明，怎麼會不知道？」

「我知道，我很早就想到，是因為我們兩個有姻緣你才讓我去找他。」在父親面前，柳微雲毫不掩飾自己的情緒，有些激動地說道，「可是我最近發現，也許根本就不是這樣子。我覺得自己不喜歡他，而且，這真的很像一個圈套，是為他設計的感情圈套，而我也是這圈套的一部分！爸，您告訴我，是不是這樣的？」

老人的笑容收斂起來，看著自己的女兒，嚴肅地說道：「這是不是圈套我不知道，但這一切都跟我無關，妳應該相信爸爸。就算這真的是一個圈套，我聰明的女兒也不會成為其中的一部分，我相信妳不會給他帶來任何傷害和阻礙。其實，每個人的命運都是圈套啊，無論如何妳總得鑽進去。」

說完，老人歎了一口氣。

柳微雲微蹙著眉頭看著柳湘公，忽然說道：「爸，我對命運很反感。」

「呵呵，只要不是命運的控制者，誰都對命運沒有好感，再好的命運都不如自由掌控的好，就好像再舒適的鳥籠子都比不過自由自在的森林。我年輕的時候做過很多設想，可是現在，我什麼都不想啦，人這一輩子，有什麼好不知足的？」

柳湘公說著，便繞過女兒，逕自沿著院子裡的小路往屋裡走去。走了幾步，忽然停下來轉過身繼續說道：「妳不要以為自己不喜歡他，其實妳多多少少是喜歡他的，對不對？可惜他周圍女孩子太多，他心中念念不忘的女孩並不是妳，跟他卿卿我我的女孩也不是妳，你只能默默地站在他的視線之外幫助他。唉，妳跟妳媽媽一樣，又高傲又倔強。不過放心吧，老天爺不會虧待妳的。」

說完，老人搖了搖頭，轉過身繼續往屋裡走去。

柳微雲怔怔地在原地站了一會兒，便緊走幾步跟上去，十分冷靜地說道：「爸，我想改命。」

老人疑惑地停下腳步，慢慢回過頭來看著自己的女兒，說道：「改命可是個複雜的事情，畢竟靈體能決定人的各個方面，牽一髮而動全身，可不要為了解脫自己心中的一點苦惱而去刻意尋求命運的改變啊。」

「那您告訴我，我命裡有姻緣的是不是只有他一個人？」

老人微微點了點頭：「苦苦追求未必就能得到，默默守候或許終有回報。」

柳微雲低下頭，靜靜思索了一會兒，這才抬起頭輕輕說道：「我沒有想過要得到，也許一個人的日子最適合我，我不喜歡他。如果真要嫁，那我嫁給一個平凡人也好，不要才華，不要能力，不要這麼多紛紛擾擾。媽媽她倒是嫁給了一個出眾的丈夫，但她得到幸福了嗎？」

聽了女兒的話，老人臉上透出一絲傷感和愧疚，歎了一口氣，轉身走進屋裡去了。

徐沫影幾個人趕在天黑前下了山，在山腳下找了一處旅館，要了幾個房間住下來。吃完晚飯，他們一起在附近蹓達了一會兒，就各自回了屋。奔波了一天，山上山下的來回跑動，這幾個人都有些累了，想要儘早休息，只是柳微雲和小蝶遲遲沒有回來，徐沫影無論如何也睡不著。連日來，新的發現不斷刺激著他的大腦，感情和詛咒交錯糾纏，讓他漸漸失去了睡眠的欲望。

隔壁就是藍靈的房間。安靜的夜色中，徐沫影似乎能聽到她在床上翻來覆去的聲音。這樣的夜，他知道，她也一樣睡不著。是在想那些傷心的事吧？想她死去的爺爺，想她不幸的家庭，還是在想他所帶給她的那些刻骨銘心的痛？

往事一幕幕在腦海中浮現，他心裡一陣騷動不安。黑暗中，他靜靜躺在床上，聽著藍靈在牆壁另一側輾轉難眠，忽然很希望她能到自己房間裡來。他有點渴望跟她聊一聊，渴望聽到某些話，但又有點畏懼，他不知道自己會不會繼續給她帶來傷害。

跟淺月在一起，那麼長時間，他一直為自己渺茫的理想埋頭奮鬥，甚至抽不出時間去陪她。直到她在自己懷中死去，仍然沒有能夠帶給她任何快樂，哪怕是一句空泛承諾。

愛上少雪的時候，他也一直以為自己可以給她幸福，但他其實什麼都沒給，整個愛情就像天邊劃過的流星，以悲傷和痛苦迅速結尾。

他開始懷疑自己是否有能力給女孩子帶來幸福。一個給不了愛人幸福的男人，又有什麼理由擁有愛情？

徐沫影輕輕地歎了一口氣。淺月死了，直到死都沒得到自己任何愛的回報；少雪走了，走的時候只帶著沉甸甸的悲傷；藍靈還在這裡，但她也被自己深深地傷害過了，也許終有一天，她也會義無反顧地離開自己吧！微雲說得對，他實在不應該再讓藍靈傷心離去了。當人去樓空，後悔和愧疚將於事無補。

做了兩次傻事的他，不應該再讓同樣的事情發生第三次。

徐沫影一面胡思亂想，一面傾聽著隔壁的動靜。如果是以前，藍靈睡不著的時候早就推開他的房門走進來了。可是現在不同了，她寧可在床上折騰自己也不讓他去陪她，這讓徐沫影心裡多少有些失望。畢竟，他傷害過她，兩個人的關係或許再也回不到從前了。

也不知道過了多久，就在徐沫影在藍靈翻來覆去的聲音中將要沉沉睡去的時候，那聲音卻忽然消失了。周圍的安靜讓徐沫影反而一下子清醒過來，為什麼她突然沒了動靜？會不會出了什麼事？他莫名其妙的擔心忽然湧上心頭，一個翻身從床上坐起來。

三秒鐘之後，他打開了靈覺，當感知點穿出房門進入走道，他清清楚楚地發現自己門前站著藍靈。她穿一身雪白的睡裙，蒼白的臉色中透出些許的紅暈，微蹙著眉頭站在門外，抬起的手臂在觸及門板之前竟忽然停住，她猶豫著，等待著。

這個發現對徐沫影來說無疑是一個驚喜。靈覺收起，然後他輕輕地下了床，赤著腳躡手躡腳地走到門邊，緩緩伸出手去。

他想，這樣慢慢地打開門，一定能給藍靈一個驚喜，然後他就把藍靈請進來聊天，慢慢地把心裡的想法對她講出來。過了今晚，一切就能恢復從前的樣子。

手指已經觸摸到了門鎖，他現在只需要輕輕的一擰，兩個人的隔閡就會消失。門內門外，一片安靜，他似乎能聽到藍靈輕柔的呼吸，心裡也不禁有些緊張。上帝保佑吧，他希望這扇門不再是潘朵拉的盒子，打開後永遠都是苦惱和傷害。

他咬了咬牙，手指微微用力。

然後，寂靜中忽然響起一陣鈴聲。徐沫影一怔，詫異地轉過頭，發現自己床頭上的手機螢幕正。

會是誰在這個時間打來電話？

他抓住門鎖的手霍然放下，趕緊奔到床邊拿起電話。與此同時，他注意到，門外也響起了一陣急促的腳步聲，由近而遠。他禁不住苦笑了一下。

閃爍著來電號碼顯示竟是柯少雪。徐沫影不禁一陣驚喜，趕忙按下接聽鍵，把手機放在自己耳邊，但莫名其妙的是，對方竟然不發一語。

等了半分鐘，把手機拿到眼前，這才發現對方早已掛掉，只有簡訊箱裡一條寥寥幾個字的簡訊：「我不知道該怎麼說，小天已經跟我在一起了。」

這麼快。

徐沫影心裡一痛。他從來沒想過少雪會重新回到自己身邊，但他更沒想到才這麼兩天的時間，兩個人就已經走到了一起。他一直以為，改變靈體容易，改變魂體困難，卻不料忘記一個人竟是如此簡單。

不過，這樣也好，可以減輕少雪的痛苦，也減輕些他的心理負擔。他覺得失落之外，自己的心一下子輕鬆了很多，有些東西，終於可以放下了。

安靜地坐上床頭，在黑暗中沉默，他再次聽到了隔壁藍靈在床上翻來覆去的聲響。

他看了看錶，晚上十一點鐘了，微雲和小蝶怎麼還不回來？反正也睡不著，不如叫藍靈一起出去蹓一蹓，或許可以到山路上迎接一下微雲。

想到這，他站起身來，邁步走向門邊。

這時候，窗子下面突然響起一陣歌聲，女人的歌聲！他不禁一愣，停下來靜靜聆聽，只聽那歌聲唱道：

不見了活著的朋友，
只剩下死去的新娘。
往事在地獄裡流傳，
樓門在哭泣中開放。
……。

這聲音他聽過，這歌詞也很熟悉，他知道唱歌的女人是誰。她來了，她竟然又來了！

徐沫影的心撲通撲通直跳，他轉過身一個箭步奔到門邊，伸手正要開門，卻聽到另一側的房門「砰」的發出一聲巨響。

聽聲音他知道，那是林子紅的房間。

徐沫影立刻打開門跳出去，探頭看了看林子紅的房間。他猜測，剛才那一聲門響，一定是林子紅推門跑了出去。

樓下迷濛的夜色裡，女人的歌聲還在繼續：

黑雲下雷鳴電閃的村莊，
匍匐著那單腿的野狼。
黑衣人在白天打盹，

白衣人在黑夜裡歌唱……

沒錯，這古怪的歌詞跟徐沫影上次離開羅浮山之前那一晚一樣。那白衣女人此刻就在樓下，他猛地掉過頭，快跑幾步衝到了樓梯口。

這時候，藍靈也從房間裡開門出來，一眼看見徐沫影，便向他喊道：「沫影，你等一下，我跟你一起去！」

「快一點，老林已經下去了，晚了怕他會出事！」

徐沫影一面說著，一面急匆匆地往樓下跑，藍靈只得在後面緊追。兩人一前一後下樓到了旅館大廳，服務台前值夜班的小姐驚奇而關切地問道：「先生，出了什麼事嗎？哎，小姐，您別急，有什麼我們可以幫忙的嗎？」

「沒事，散散步！」藍靈匆匆地向小姐點了點頭，急急忙忙追出了大廳。

抬頭望去，四下裡朦朦朧朧，只有黑糊糊的山石和樹林，還有幾家已經關門打烊的餐廳，夜幕下點綴著幾點有氣無力的路燈。女人的歌聲還在繼續：

僵硬的屍體在山頭搖晃，
幽靈的腳步沙沙作響。
乾枯的手指掐死了月亮，
雪白的頭顱掛在天上。

在這忽遠忽近的歌聲裡，藍靈禁不住打了一個寒顫，她有點後悔沒把在房間裡睡覺的喵喵喚醒。眼前沒有白衣女人的影子，沒有林子紅的影子，連沫影也跑得無影無蹤。她有些不知所措，站在原地喊了一聲：「沫影，你在哪裡？」

安靜。女人的歌聲也驀然消失。

藍靈見沒有回應，心馬上就懸了起來。她當然知道這女人是誰，她不會是別人，就是那個冷酷的殺人不眨眼的女魔頭，是那個很可能殺死自己爺爺的人。沫影這樣跑過去找她，他會被殺死的！女人現在不唱歌了，一定是去殺人了吧？沫影一點都不回答自己，是不是他已經死了？

「沫影，你在哪啊？快回答我！」

由於擔驚受怕，藍靈第二次喊出來的聲音已經帶了哭腔。喊完話，她向前跑了幾步，停下來轉了個身，不知道該往哪走，只好又喊了一聲：「沫影！你千萬別出事啊！」

隨著這一聲呼喊，她的眼淚一下子從眼眶中滾滾而出，順著白玉般的臉頰流下來。她咬了咬牙，回想剛才女人聲音傳來的方向，邁開步子跑下去，一面跑一面喊著徐沫影的名字。

群山連綿間，什麼都沒有，只剩下一片清冷的夜，還有腳下冷硬的石頭。藍靈的聲聲呼喚在夜色中傳出很遠，她彷彿重溫了徐沫影十天劫難最終的那一夜，只是這一次是在山上，她一面哭一面跑，被山石絆倒了一次又一次。

沒有回應，無論喊多少次，還是沒有回應，就好像他真的死了一樣。藍靈也不知道奔出了多遠，直到再也跑不動，才在一片小樹林邊停下來。嗓子啞了，她喊不出聲了，無力地坐在地上。

夜風吹拂，林木蕭蕭。她這才發現自己已經辨不清方向，沒有找到人，回去的路竟也找不到了。荒山野嶺，抬頭看四下黑糊糊一片，她陷入一片悲涼和恐懼，眼淚剛剛伸手擦掉，馬上又湧了出來。

沫影，你在哪？

彷彿是在作一場噩夢，又好像是一場美夢在這半山腰甦醒，好在還沒有能夠確定沫影的死活，這讓她多少感到一絲欣慰。她定了一下心神，從地上爬起來，按照現在的時間起了一卦。這種起卦方式基本不會受到心情的影響，只是準確度卻未必能夠保證。但是現在她只有信任它了。

卦象指向了東南方。藍靈抬頭找了一下北極星，看看四周確認了一下方向，咬了咬牙，邁開腳步再一次追了下去。

沒有找到沫影，她不允許自己放棄。

不要出事，你千萬不要出事，藍靈在心裡默默祈禱著。她嗓子發不出聲音，只能在心裡默念著他的名字。每走一步都要向四面仔細查看，聆聽周圍的動靜，尋找徐沫影的蹤跡。腳下看不清楚，她從一面斜坡上滑了下去，擦傷了腿，她忍住痛爬上了那面斜坡。從一面小樹林裡穿過的時候，樹枝割壞了她的睡裙，撕去了一片裙擺。聽過一陣鳥兒撲啦啦慌亂起飛的聲響之後，她狼狽不堪地從樹林裡鑽出去，披頭散髮。

她別無選擇。

除了往算出的方向和地點搜尋，她想不出更好的主意。當想到徐沫影會死，她的大腦根本就已經喪失了思考的能力。大約追出了幾千公尺遠的距離之後，她終於氣喘吁吁地停下來。

這裡有一處淙淙的山泉，如果算得沒錯，沫影就應該在這裡。

她先仔細聆聽了一下周圍的動靜，只有流水在響。借著昏暗的星光，她小心翼翼地走到山泉邊上，向幽光閃爍的水中仔細地查看了一遍。一條魚突然躍出水面，嚇得她打了一個寒顫。

她意識到自己算錯了，這裡什麼都沒有，或許，她根本是往相反的方向追。她一下子坐倒在水邊，嗚嗚咽咽地哭起來。

這時候她開始悔恨自己學占卜不用功，如果不是花那麼多時間學習讀心術，憑藉她的聰明和靈性一定可以學得更好，至少絕不會在今天追錯了方向。事實上，她缺乏必要的沉穩和臨危不亂的心理素質，無論如何都不會有太高的占卜水準。

迷路，恐懼，加上對徐沫影的生命安全極度擔心，她徹底地失去了思考能力。她束手無策地坐在水邊，在泉水的嗚咽聲裡低聲哭泣。

這時她想，自己終究還是個小女人，不幸的家庭也好，孤獨的成長也好，無論把肩膀借給爸爸多少次，她的本性還是柔弱的。她堅強不起來，她需要一個強大的依靠。可是命運好像在跟她開玩笑，她找不到，似乎永遠都找不到。

傷害，她經受了；希望，才是剛剛萌芽。當沫影身邊的女孩都紛紛離去，她原以為自己的固守可以帶來一絲絲的回報，可是剛有一點春天的跡象，沫影卻又陷入了前所未有的危機，即使沒有今夜，她也意識到他時刻都有生命危險。

假如，他死了她該怎麼辦？

她不敢想像，腦子亂得一塌糊塗，只剩下輕聲的啜泣。

這時天色變得更加暗淡，烏雲翻滾著爬上了天空，遮住了若明若暗的星光。山風莫名其妙地猛然刮起，吹得她身體一陣發抖。

她身上只罩了一件單薄的睡裙，而且被撕扯得七零八落，感覺到些微的寒意，她縮緊了身體。忽然，她感覺一個溫暖而熟悉的身體從背後緊緊地擁住了自己。

那一刻，她的心差點停止了跳動。

第十七章　婚約

當絕望慢慢包裹住藍靈的心，幸福卻意外地悄悄降臨。

徐沫影沒死，而且現在他就在她身後，他正緊緊地擁抱著她。

這樣的時刻她盡可以再次哭泣。她轉過頭，像從前一樣，把頭埋在他寬厚的胸膛裡，肆意地放縱著自己的眼淚。只是她哭啞的嗓子無法言語，她伸出手緊緊地摟著他的脖子，另一隻手撫著他的頭髮及臉，在黑暗中感受著他的輪廓與呼吸，彷彿害怕他下一刻就會突然消失。

徐沫影習慣性地輕柔撫摸她的後背，說道：「別怕，我在這裡，我沒事，別哭了。」

由於天空中雲霧瀰漫，天色已經是漆黑一團，什麼都分辨不清。徐沫影只能感覺到藍靈的兩肩一聳一聳，抽噎不停。他歎了一口氣，繼續說道：「我出了旅館，順著歌聲追過去，果然看到了那個白色的影子，她一閃身就鑽進了林子。我沒見到老林，我猜想他已經追了過去，我怕他會有什麼閃失，所以也跟著追上去。結果追來追去，把那女人給追丟了，也沒有能夠找到老林。」

藍靈抬起頭來看著他，一面啜泣，一面啞著嗓子低聲說道：「我還以為……再也見不到你了。」

「我不會有事的，唉，又讓妳擔心了。」徐沫影安慰著她，抬頭朝天上望瞭望，「我們快點回去吧，要下雨了。不知道老林他會不會出事，只能先回旅館再說。」

藍靈似有若無地輕輕「嗯」了一聲，卻仍然不肯放開摟住徐沫影脖子的胳臂，好像放手一秒鐘他就會展翅飛走。徐沫影只好橫著將她輕輕抱起來。她的身體很軟很輕，薄薄的睡衣緊貼在肌膚上，給徐沫影溫柔的觸感。藍靈並沒有掙扎，而是更加貼緊他的身體，她實在太累了，累得幾乎虛脫。

他緩緩站起身。又一陣山風撲面吹來，帶著森然的寒意，腳下是叮咚作響的水聲。當然，周圍漆黑如墨，他什麼都看不見。

計算了一下回去的方向，徐沫影抱著藍靈，沿著山路輕鬆走下去。藍靈乖乖伏在他的懷裡，像一隻溫馴的小貓。

此時的她，是快樂而滿足的，剛才就是一場噩夢，而徐沫影正抱著她從噩夢中走出來。她靜靜體會著在他懷抱中的感覺，一絲絲甜蜜從心底裡滲出，纏繞住她全身上下每一個細胞。

兩個人都不說話，只聽見山林間的樹葉不斷地在風中嘩嘩作響。忽然徐沫影輕輕地「咦」了一聲，細細的雨滴便攜帶著絲絲涼意襲上了肌膚。他不禁一愣，把藍靈抱得更緊，腳下也走得更快。

「你累嗎？放下我吧！」藍靈關切地問，聲音依然沙啞。

徐沫影搖了搖頭：「沒事。妳的身體這麼輕，妳看我走得跟飛一樣快！」

藍靈笑了笑，其實她也不捨得離開徐沫影的懷抱。她覺得這輩子從未如此幸福，她緊緊地摟著他，呼吸著他身體散發出來的氣息。她一點也不冷，哪怕雨滴變成豆大，小雨轉成大雨，她也毫不在乎。她把頭深深埋在他的胸前，禁不住想起了兩人第一次在雨中擁抱的情景，北京街頭的每一幕歷歷在眼前浮現。

「沫影，我想，問你個問題。」

藍靈覺得這是個最好的機會，她應該抓住它問出在自己心底忍了很久的話。她輕輕地、斷斷續續地說出來，覺得自己的心都在隨著每一個字的出口而劇烈跳動。

「嗯，什麼事，問吧！」

「我……，」藍靈有些猶豫，但隨即她便想到，她已經錯過了很多機會，這一次絕不能再錯過。即使被拒絕，說了也比不說要好上一萬倍。她張開嘴，緩慢但清晰地問道，「我想知道，你到底愛不愛我？」

徐沫影沒有答話。他沉默地抱著她繼續往山下走，雨滴一顆一顆打在他的臉上。

等待著，藍靈的心一點一點沉下去。她淒涼地想，他終於還是不愛自己嗎？她羞赧，傷心，覺得無地自容，她真想立刻從他的懷裡掙脫開，跳下地去。但她還是忍住沒動，畢竟，他什麼都沒回答。她抱著最後一點希望又輕輕地補充道：「一點也行，哪怕一點，你都沒愛過我嗎？」

說完最後一個字，她剛剛止住的眼淚便再一次應聲而落，這一次她恨自己，恨自己的眼淚竟如此的不爭氣。

徐沫影依然沒有回答。他就像突然變成了啞巴，或者變成了一個只會在黑暗中奔跑的木頭人。

藍靈的心，似乎快要絕望地碎裂掉。

當你抱著我，當你溫暖著我，當你為我遮風擋雨驅趕黑夜，你卻為何如此絕情？

一等再等，她終於忍不住說道：「放我下去！」

徐沫影還是沒有放開，他沉默不發一語，緊緊地抱著她，快步在山路上行走。

「你快放我下去，我不需要你可憐我！」

如果不是愛，那一定是可憐她了。是啊，她多可憐啊，愛得那麼痛那麼苦，為人擔心落淚，不顧退路，只是可憐巴巴地等他回心轉意。他一定在心裡可憐她才對她這麼好，現在是這樣，以前也是這樣。

她掙扎，她叫喊，她捶打著他的胸膛，她已經沒有希望了，徹底沒有了。她不能再賴著他的懷抱不能再依偎著他的溫暖，她真希望他立刻把她扔下，扔在漆黑的山路上，被雨水痛痛快快地淋一夜，就算被山上的野獸叼走也好，好過他不聲不響地抱著自己。她無法接受他的憐憫，她只要愛。

她搞不懂他在想什麼。山路顛簸，或許他在專心地趕路，什麼都沒想，或許他根本就沒意識到自己在說什麼，還是說，他根本對自己的話毫不在意？

她越來越猜不透他，這個男人，這個懦弱的、花心的、庸俗的卻被自己愛得死去活來的男人，他為什麼要這麼折磨她？

一路想著，傷心著，折騰著，終於，山路走到了盡頭。徐沫影抱著她走進旅館大廳，那一瞬間，他背後電閃雷鳴。緊跟著，磅礡大雨便從天而降。

聽到門外的雨聲淹沒了周圍一切的聲音，藍靈禁不住一愣，停止了掙扎。接著，借著大廳裡明亮而孤獨的燈光，她看到自己咒罵了無數遍的男人向她俯下身，迅速而霸道地佔領了她的雙唇。

她的眼神裡儘是驚訝、不解、迷惘，她臉上淚痕斑斑梨花帶雨，卻不得不在一浪浪瘋狂而溫柔的衝擊中淹沒。

服務台內，值班的女服務員清晰地目睹了這一幕，並禁不住從椅子上站了起來，眼睛一眨不眨地盯著他們。

半晌，唇分。

藍靈氣喘吁吁地靠在徐沫影懷裡，正想問他到底怎麼回事，耳邊卻忽然響起他低沉卻堅定的聲音，竟是她想也不敢想盼也盼不來的那句話：「靈兒，嫁給我吧！」

藍靈懷疑自己出現了幻聽，呆呆地望著徐沫影的眼睛，好久才喃喃地問道：「你說什麼？」

「嫁給我吧！」

徐沫影這次的聲音高了很多。說完，他抱著藍靈一步步緩慢地走向樓梯。

「你……說真的？」

燈光下，藍靈睜大了水汪汪有些紅腫的眼睛，再一次向徐沫影請求確認。她經歷了太多的悲傷和失落，而且就在剛才，她的心沉浸在絕望中差點窒息，現在突然聽到這樣的話，她不敢相信，唯恐這只是一個夢，轉身就醒來。

「真的。」徐沫影淡淡地堅定地說道，「我想了一路，想通了，我才認真地向妳求婚，相信我！」

藍靈任由他抱著，望向他的眼睛逐漸散發出幸福的光彩，這光彩從瞳孔裡一點點擴散，擴散到她臉上、身上的每一個細胞。長長的睫毛閃動，她閉上了眼睛，晶瑩的淚珠再一次從她光滑瑩潤的臉上滑落下來。她把頭緊緊靠在他的胸前，摟著他脖子的手臂突然抓緊，彷彿用盡了全身的力氣。儘管已經盡力控制自己的情緒，但她的聲音仍然激動得哽咽：「我相信你，也答應你！」

旅館門外，雨聲淹沒了整個山林。這縱情奔放的雨，這壓抑了一個夏天的雨，好像要把季節沖走。風陣陣吹起，垂放的門簾微微晃動，發出輕微的聲響。大廳裡的燈光安靜柔和。服務小姐愣愣地站在那兒，驚羨地看著燈光下的那對情侶，聽著他們和風細雨般的呢喃，看徐沫影抱著藍靈緩緩踏上樓梯一步步向上走去，忽然，她好像想起了什麼，大聲地問道：「哎，你們是不是徐先生和藍小姐?有個姓柳的小姐找你們，已經上樓去了。」

徐沫影站在樓梯間，頭也不回地應了一聲，繼續抱著她往樓上走，一步一步，緩慢的，平和的，彷彿跑了這麼久的山路，已經用盡了他的力氣。

「你聽，今天的雨下得格外大。」藍靈輕輕地說道，「我一直以為，只要我們倆單獨出門，就會下雨，這是老天爺在哭。可是現在我不這麼想了，笑的時候，天也會流淚。」

「下雨很好，」徐沫影淡淡地說道，「老天知道我們都喜歡雨。」

藍靈不再說話，只在他懷裡無聲地笑。她情不自禁地想起了當初跟他一起淋雨的日子，在北京的街頭，在鄉下的河畔。一起走過的時光，分分合合，在此刻看來卻都成了快樂。只是，當她想到柯少雪，還是忍不住開口問道：「那個女人，她會不會再來找你？」

徐沫影當然知道她說的是誰，笑了笑說道：「不會的，她已經跟別人在一起了。」

藍靈臉上的笑容突然僵住，緊張兮兮地問道：「那你向我求婚，是不是因為她離開了你？」

「傻丫頭，當然不是。」

徐沫影輕輕地笑著，搖了搖頭，並俯下身來再一次吻上她的唇。她警惕的神經便不自覺地鬆懈下去，開始熱烈地回應他。她愛他，她緊緊地摟著他，生澀而勇敢地回吻著他，她要用自己的溫柔讓他感覺到，她是多麼愛他。

事實上，徐沫影心裡早已了然。

他抱著她走到樓梯的盡頭，進入走道，並排的三間屋子依然亮著燈。他們走得倉促，門都沒有關上。他抬頭打量了一下，抱著她走向她的房間，用腳輕輕地打開門走進去，然後，他頗感意外地看到柳微雲正坐在藍靈的床邊上。

柳微雲也一樣，看到徐沫影抱著衣衫不整、渾身是傷的藍靈走進來，頗感意外。她微皺了一下眉頭，站起來問道：「出了什麼事？」

藍靈的注意力原本都在徐沫影一個人身上，猛然聽到柳微雲的聲音，趕緊轉過頭去叫了一聲：「微雲！」

徐沫影答道：「白衣女人又出現了。我們三個都出去追，可是沒追到。」說著，他走過去把藍靈輕輕放在床上，「靈兒找了我一路，她實在太累了。妳見過老林了嗎？」

柳微雲搖了搖頭：「一個小時前我進旅館，誰都沒看到，我覺得你們應該不會出事，所以就在這等。」

「老林不在嗎？」

徐沫影一怔，風一樣地轉身出了房門，推門走進林子紅的房間。房間裡空空如也，一切都還跟他離開之前一樣。他預感到事情有些不妙，轉過身，卻見柳微雲也走了進來。

「老林還沒回來？」微雲詫異地問道。

「沒有。我懷疑他出了什麼事。」

「下午在山上，我爸爸說老林近兩天有災難，是不是就指的今晚？」

徐沫影點頭表示同意：「他出去得最早。那白衣女人一開口唱歌，我就聽到他房門響了一聲，再出來人就不見了，我怕他一個人下去會出事，所以才趕緊追下去，結果，一直沒看到他的影子。不過，妳爸好像說他不會有生命危險……」

說到這，他忽然停下來，臉色一下子變得蒼白沒有血色。

柳微雲注意到他神情異樣，知道他想到了什麼，趕緊問道：「怎麼了？發現了什麼？」

「我想到女人唱的歌。」

「她唱的什麼？」柳微雲從沒聽到過女人的歌聲。

「我聽到過兩次，兩次歌詞都一樣，很古怪，我以前還想不明白是什麼意思，現在突然覺得，那似乎是一連串的預言。歌詞的第一句是，『不見了活著的朋友』。」

柳微雲想了想問道：「這句似乎指的就是林子紅的失蹤。那下面幾句都是什麼，你還記得嗎？」

徐沫影點了點頭，一面仔細回想一面把歌詞一句句念出來：「不見了活著的朋友……只剩下死去的新娘……往事在地獄裡流傳……樓門在哭泣中開放……」

「停一下，你再念一下第二句，是什麼？」

柳微雲的臉色忽然變得很嚴肅。

徐沫影有些猶豫，終於還是蒼白著臉把那句話重新念了一遍，一字一頓：「只剩下死去的新娘。」

第十八章 生死謎題

只剩下死去的新娘？

徐沫影的心在打顫。如果這真的是預言，那麼這接下來的一步必然會著落到自己的婚姻上面，而自己又剛剛向藍靈求過婚，那麼死去的新娘，難道是指的藍靈？

柳微雲用雪亮的犀利眼神看著他，問道：「你是不是向靈兒求過婚了？」

徐沫影訥訥地點了點頭：「我求婚之前根本不知道老林失蹤，更沒想過這白衣女人的歌會是預言。那歌詞聽起來雜亂無章，還有些僵屍鬼魂之類的句子，我原以為只是隨便唱唱。如果知道那是預言，我怎麼會向她求婚呢？」

柳微雲沒有說話，只是靜靜地看著他。

徐沫影見她不聲不響，只好繼續解釋道：「我想告訴妳，這次我下了很大決心，我覺得我必須補償靈兒，我必須愛上她，無論如何我不能再傷害她。因此我才向她求婚。如果我意識到有這種恐怖的預言怎麼會求婚呢，難道我故意要把災難帶給她嗎？」

柳微雲依然靜靜地望著他不說話。

「好吧，我去跟靈兒把事情說明白！」說著，徐沫影轉身就想出門。

「等等！」柳微雲突然低聲叫了一聲，走過去攔在徐沫影面前，看了他一眼，然後轉身關上了房門。

徐沫影不明白她的意思，疑惑地問道：「怎麼？」

柳微雲轉過身面對著他，仰起臉認真地說道：「跟我結婚吧！」

徐沫影無論如何也想不到柳微雲考慮了半天竟會問出這樣一句話，他怔怔地問道：「為什麼？」

「你還記得淳風墓中的推背圖外篇嗎？」柳微雲淡淡地問道。

「記得。」

「你應該明白，第二篇推背圖說的就是你。一千多年來這麼多術數高人，能記錄上去的只有屍靈子這種宗師中的宗師，連我爸爸這種人都會被忽略掉，為什麼偏偏為你單獨做了一次預言？這其中的緣故恐怕只有一個——因為你能解開千年詛咒。推背圖中有一句『三三驚醒千年夢』，我想，這個夢指的就是詛咒。」

徐沫影不得不再一次佩服柳微雲聰明過人，他點了點頭：「對，這些我也想到了。」

「白衣女人天媛，她的身分很可能就是詛咒的執行者。她找上你，並煞費苦心牽引你進入一個感情的局，也證明了你跟詛咒有莫大的關係。說不定之前你幾次遇難，也都是她設下的陷阱。她想殺掉你，但是幾次三番都殺不掉，只好抓住你的弱點弄亂你的感情，目的就是讓你失去鬥志。」

微雲的分析絲絲入扣，十分合理。徐沫影聽著不禁頻頻點頭，他隱約覺得沒錯，就是這樣。

「天媛沒理由把預言洩露給你，除非這也是感情陷阱中的一部分。」

徐沫影詫異地問道：「為什麼？」

「這預言第一句已經是事實，那麼剩下的幾句無論真假，無疑會具有十分強大的威懾作用，會讓你每走一步都戰戰兢兢。我覺得，它不可能全是真的，很可能真真假假都包含在裡面，也許，除了第一句根本就全是假的。」

柳微雲分析到這裡，徐沫影也恍然明白過來，說道：「對，我們已經識破了她的感情陷阱，結婚就是一步破解的棋，所以她會來妨礙我結婚，想用預言嚇住我。」

柳微雲看著她，輕輕地點了點頭。

「那既然是這樣，我們就不必害怕了，我跟藍靈結婚也沒什麼，那妳……剛才為什麼又說那句話？」

徐沫影指的是柳微雲提出要跟他結婚的那句話。雖然他每每面對感情便頭腦發昏，但他知道柳微雲這個女孩絕對可以信賴，她幾乎在任何情況下都保持著清醒的頭腦，每一個判斷都有自己的根據。

柳微雲答道：「因為這句預言，說它是假的它就是假的，說它是真的它就是真的。」

徐沫影一怔，搖了搖頭，但是似乎馬上又明白過來，趕緊點了點頭說道：「我知道了。萬一我真的結婚，她就很可能過來殺人，把假的預言也變成真的。」

他想明白了這一節，剛剛放鬆的心馬上便又變得緊張。一瞬間，他腦子裡出現了無數個想法。不結婚？這顯然是要繼續在她的圈套中遊蕩，不知道自己會被感情折磨成什麼樣子，而且萬一預言是真的，這一步步很可能導向一個結果，那個結果說不定就跟詛咒有關，不結婚的話，就永遠看不到預言的終點是什麼。結婚？無論跟誰結婚，都很可能會發生一個類似血濺洞房的悲劇，會犧牲一個女孩。那麼改命？改誰的命？每個女孩都不是短命的命局，而且就算是把壽命改到一百歲，天媛想要誰死她還是會死。

思前想後，徐沫影不知道如何是好。

柳微雲淡淡地說道：「所以，讓我嫁給你吧，我不能讓藍靈去死。」

徐沫影拼命地搖頭：「難道我會讓妳你去死嗎？」

柳微雲的臉色一如既往的平靜，她輕歎了一聲，說道：「我們不能讓詛咒再延續下去，更不能讓天媛再次得逞。我爸爸媽媽已經因為詛咒付出了一輩子，而且天媛又殺了這麼多人。再這樣下去，占卜永遠得不到推廣，也不知道會因此死掉多少人。依推背圖來看，你可能是唯一有希望解開詛咒的人，你要知道，做大事，總是會有犧牲。」

「不行！」徐沫影斬釘截鐵地說道，「詛咒就算沒辦法解了，我也不能讓妳死！」

柳微雲微微地一怔，靜靜地看著他，問道：「為什麼？占卜界的希望在你身上，你可以為那麼多人報仇，你可以建造自己理想的占卜世界，怎麼能說不解就不解？」

「無論如何，我不能讓妳死。」

「那你能讓靈兒死嗎？」

「她也不能死。」

「那你想怎麼辦？」

徐沫影咬了咬牙，堅定地說道：「我也去隱居。我不是天媛的對手，何況背後很可能還有袁天罡，我放棄了。」

柳微雲的臉色突然變得一片冰冷，眼睛裡微微地燃起了怒意，抬起右手結結實實地打了徐沫影一個耳光，伴隨著「啪」的一聲脆響，柳微雲唇間清晰地吐出了兩個字：

「懦夫！」

徐沫影沒想到柳微雲竟然動手打了他一個響亮的耳光，他往後退了一步，怔怔地看著她。

懦夫？他承認。他從來都在猶豫，思前想後，從來都不夠勇敢，他拿得起卻放不下。很多東西他不能放棄，更不能犧牲。但只有他自己明白，理想這空洞的兩個字，曾讓他失去過什麼，而又讓他得到了什麼。他害怕因為這兩個字再失去些別的。

在這冰冷的柳微雲面前，他只能繼續告訴她：「不管妳怎麼說，我也不能這麼做。如果命中注定，不結婚就得不到詛咒的線索，那我只能放棄詛咒。」

柳微雲靜靜地看著他，冰冷的神色慢慢平復，回復到平時的淡定和自然，淡淡地說道：「聽到隱居這樣的字眼從你嘴裡說出來，我很失望。男人是不是都一樣，沒有進退，不知取捨？我爸他隱居了半輩子，讓我媽媽失望，你事業才剛剛開始竟然也想去隱居？當年他是被人用親人的性命來威脅，可是你呢，一句預言就嚇破了膽子？」

柳微雲說到這，眼眶竟莫名其妙地紅了，她低下頭背過身去。

徐沫影有些昏頭，總覺得柳微雲今天說話的語氣很不對勁，卻又想不出怎麼不對勁，於是他訥訥地問道：「現在這樣預言跟你父親那種面對面的威脅又能差到哪去？」

柳微雲轉過身說道：「這一切都是我們的猜測，天媛未必真會這麼做，純粹只是嚇唬我們也說不定。再說，當年爸爸曾經跟她約定過，只要他去隱居，天媛就不能傷害我們。所以如果我跟你結婚，危險性就要小很多。」

徐沫影怔了怔，說道：「就算是這樣，我們結婚的理由在哪呢？我們之間有愛情嗎？」

柳微雲也不由得呆了一下，臉色由白轉紅，輕輕地說道：「我不知道，或許以後有可能……，」她猶豫了一下，最後幾個字輕得幾乎她自己都聽不見：「愛上你。」

看慣了柳微雲或泰然自若或冷若冰霜的樣子，她今天流露出一點嬌羞的小女兒姿態，徐沫影見了未免有幾分心馳神盪。

只聽柳微雲抬高了聲音繼續說道：「總之不能讓靈兒冒險嫁給你，儘管她可能會很難過，但總比丟掉性命的好。如果將來詛咒破了，我也可以……跟你離婚，再讓她回到你身邊。」

聽到這裡，徐沫影禁不住想要苦笑，他突然想到了柯少雪和祝小天。他張嘴剛想說點什麼，卻見柳微雲背後的門吱呀一聲打開，藍靈衣著整齊地閃身進來。她輕輕說道：「不必了，要嫁的人是我，沫影要娶的人也是我，任何危險我都不怕。」

柳微雲吃驚地回過頭，看見藍靈，禁不住失聲叫道：「靈兒！」

「嗯。」藍靈應了一聲，上前拉著柳微雲的手，「我都聽到了。白衣女人的歌詞我都知道，危險我也很清楚，但就算真的會死，我也會嫁給沫影。哪怕沒有這個預言，只要那女人還活著，詛咒還存在，嫁給他就時時刻刻存在著危險。答應他之前我就考慮過了，我不怕。」

「可是……」

柳微雲還想說什麼，藍靈卻根本不等她把話說完便繼續說道：「妳永遠都是我的好姊妹，但是愛沫影的是我，就算要做出一點犧牲，也該由我來做。何況我爺爺死於詛咒，我也對那個女人恨之入骨，比妳想破掉詛咒的心還迫切。另外，有你們保護我，我有什麼好怕的？」

相處了這麼久，柳微雲和徐沫影都知道藍靈執拗的性格，她認定了的事情，恐怕八匹馬都拉不回來。徐沫影再一次因為藍靈為他所做的犧牲而深深地感動，再一次在心裡告訴自己要一心一意地愛她。

藍靈放開柳微雲的手，緩緩走過來，輕輕投入徐沫影的懷抱。柳微雲靜靜地在後面看著他們兩個，一動也不動。

三個人各懷心事，都不說話。半晌，柳微雲才開口說道：「你們選好日子定下來，我明天上山一次，求我爸爸到時候去參加婚禮。」

她的意思大家都明白。不管怎麼說，最有資格跟天媛鬥的人還是柳湘公，天媛對老人的能力還是比較忌憚的；如果婚禮上有柳湘公坐鎮，天媛可能就不會輕易採取行動。

徐沫影點了點頭。能請柳湘公下山最好不過，如果請不動他，他也要叫卓遠煙過來，畢竟她有功夫在身。柳微雲的火靈鳥不知道能不能幫忙，喵喵的本事在淳風墓中便已經見識過了，屍靈子曾經說它是冰雪之靈，有牠在，安全係數也會有所提高。

這樣盤算著，己方的實力倒不會比天媛差多少，只是不知道她背後究竟還有沒有隱藏著其他的勢力。只不過這個女人擁有製造幻象的能力，這一點也比較棘手。

徐柳兩人各自做著周密的計畫，而此刻的藍靈，完全是一個沉醉在幸福中的小女人。對她來說，得到便沒有遺憾，哪怕生命有再大的危險，她都要無條件信任自己的男人。她不需要考慮那麼多，她只要信任他、依賴他。

沒有意外的話，天媛的預言應該是按照時間順序排列的，如果內容是真的，那麼不出現第二條就絕不會出現第三條。婚禮之後，通向破解詛咒的道路很可能豁然開朗。如果是假的，他們更不能讓天媛嚇住，進一步說，能吸引天媛現身，冒一點危險倒也是值得的。至少，所有的線索現在都集中在那個神秘的白衣女人身上，只要她肯出現，背後的冰山就會慢慢浮出水面。

「我想早點結婚。」

幸福的女主角或許是害怕夜長夢多，只想儘快把自己的白馬王子綁起來關進婚姻的牢籠。

她的想法跟徐沫影的想法恰恰不謀而合。既然早晚都要揭開預言的面紗，為什麼不趁早？他只怕時間拖得越久，危險就會越大。他抬頭看了看柳微雲，柳微雲正一動不動地望著他，等他敲定時間。她的眼神清澈寧靜，像春天下午細雨過後的田野。不管在土地的下面隱藏著什麼，她只是一如既往的嫩綠鮮紅。

徐沫影粗略算計了一下，開口說道：「兩個星期之後吧！」

第十九章 婚變

兩天之後，眾人離開了羅浮山。

林子紅一直未能找到，好在預言中說他還活著，徐沫影略略放了一點心。小蝶跟柳蒙、柳渙玩得熟悉了，竟然捨不得走，因此留在了山上。柳微雲懇求柳湘公去參加婚禮，老人卻無論如何也不肯答應，說自己承諾在先，今生今世都不會離開羅浮山一步，年輕一輩的事情他決不再干預。沒辦法，三個人只好回了北京。

這兩週裡，徐沫影的心平靜了很多。每天還是上班做命理諮詢，但現在名氣大了，卜王的牌子掛出去，生意比之前不知好了多少倍，只是常常有客人向他詢問有關他與柯少雪的戀情，每當這時候，藍靈便搶過話說那都是謠傳，兩個人根本沒有任何關係。徐沫影只是笑著不說話。

回北京沒幾天，易協的邀請便也來到了，請徐沫影去做賀六陽的副手。徐沫影一口拒絕。藍靈雖然勸說了一番，但並沒多加干涉，若他公務纏身，便會失去很多陪伴自己的機會。藍靈知道自己最在乎的是什麼。

兩人上班下班，幾乎形影不離。徐沫影不再提及淺月碧凝少雪其中任何一個名字，經常跟兩個女孩子一起下廚做飯。晚飯之後，三個人讀書聊天，討論一些與占卜有關的事情。表面看起來，每個人的心態都日趨平靜，實際上，除了藍靈沉浸在自己編織的幸福和夢想之中，徐柳兩人時時在為即將到來的婚禮擔憂。

好日子漸漸臨近。通知家長、拍婚紗照、發放請帖，婚禮進入緊鑼密鼓的籌備之中。徐沫影的父母接到兒子要結婚的消息，自然興高采烈，藍靈的雙親聞知女兒要閃電結婚，驚愕之下也只好接受，只是起碼先要見見未來的女婿。見面之後，藍靈的母親見徐沫影彬彬有禮也就沒什麼異議，那位劉大師雖然看徐沫影很不順眼，但在妻子女兒的雙重壓力之下只好憤憤然放棄了抵抗。

似乎一切順利。

當徐沫影問及藍靈是要舉行中式還是西式婚禮的時候，藍靈禁不住想起自己作過的那場噩夢，一口咬定要進行中式婚禮，絕不進教堂一步。徐沫影表示同意，兩個人都不信基督教，實在沒必要去打擾神父，找個餐廳宴請一下賓客也就可以了。

藍靈精挑細選，預訂了一家比較高級的酒店。宴請的客人很少，都是兩家來往較多的親朋好友，占卜界的人只有藍靈的師父和幾個師兄，此外就是柳微雲和卓遠煙。徐沫影考慮著邀請祝小天，但一想到柯少雪，他開始猶豫不決，最後還是藍靈拿過客人名單，寫上了祝小天的名字。她一生最幸福的時刻，絕不謝絕任何人的參觀。

柳微雲說什麼都不肯做伴娘，這讓新郎新娘都頗感意外，臨近婚禮，她不辭辛苦地忙前忙後，幫他們做各種精細的準備工作。火靈鳥朱朱也不再到處遊逛，整天立在微雲肩頭，警惕地注視著周圍的情況。不過，牠看起來有點害怕喵喵，似乎對長松山的那場打鬥記憶猶新。喵喵卻好像什麼都不記得，正眼都不瞧朱朱一眼，每天吃得飽飽的，要麼挺著鼓鼓的肚子在房間裡走來走去，要麼就蜷縮在床頭舒舒服服地睡覺。

這期間，徐沫影注意到自己的對門一直緊鎖房門，不知道柯少雪是巡迴演出未歸還是已經搬走了。每一次深夜回到家，打開自己房門之前，他都要回過頭向那扇冰冷的鐵門望一眼。這個習慣一直保持到婚禮前夜。那晚他踏上三層樓的時候，恍惚以為自己又聽到了那熟悉的鋼琴聲，他愕然停下腳步，卻仍然只看見那扇鐵門和鐵門內的一片黑暗。

這一夜，他應該徹底地忘記了。無論自己做錯了什麼，無論自己傷害了誰，有些人永遠都是自己一生中匆匆的過客。甦醒或沉睡的靈魂，悲傷啜泣或縱情歡笑，他們都將定格在自己視線之外。轉身之間，萬花紛謝，他從今以後眼裡便只剩下一個人，心裡也應該只剩下這一個。他一遍遍提醒自己，倘若之前心裡還殘存著一些往事，那麼從今夜開始，他要學會忘記。

這晚他休息得很早，第二天五點半準時起床，開始進行婚禮當天一系列繁冗的流程，一切都有條不紊地進行。徐沫影站在哄鬧的人群中間，心底卻忽然升起一種強烈的罪惡感。他感覺自己在做著一件巨大的錯事，但他想不清楚這種感覺的來源是什麼。

當兩人坐在禮車裡前往酒店的時候，藍靈察覺到徐沫影神情有些緊張，悄悄地問道：「怎麼了?不舒服?」

徐沫影搖了搖頭，笑道：「沒事。大喜的日子，難免緊張。」

「別太擔心，我不會有事的。」

「嗯。」

禮車到達酒店，兩人下了車，立刻被更加濃郁的喜慶氣氛包圍。徐沫影機械地應付著一切，兩隻眼睛始終在警惕地觀察周圍有沒有奇怪的面孔出現。他必須防備天媛用幻術易容混進客人當中。柳微雲也一樣，酒店裡洋溢的歡樂氣氛似乎與她毫不相干，她遠遠地站在人群之外，用清冷的目光觀察著面前的一切。那隻火靈鳥乖乖地立在她的肩頭上，一會兒側頭看看主人，一會兒向人群深處張望幾眼。

徐沫影和藍靈站在酒店門口迎接賓客，宴請的親朋好友陸續到齊，藍靈的師父和師兄們卻推說事情太忙脫不開身，一個都沒有來。意外的是，賀六陽、吳琪不請自到，每人還帶來一份厚禮。徐藍兩人十分高興，把兩人請進酒店坐下。

隨後，卓遠煙開著車逃難一般急匆匆地趕過來，嘻嘻哈哈跟徐沫影和藍靈說笑一陣，便大大咧咧地背著寶劍坐進了客席，引起客人們一陣騷動。

最後，祝小天也趕在婚禮儀式舉行之前姍姍來到，一進門便大著嗓門祝賀兩人新婚之喜，質疑地在藍靈臉上掃了幾眼之後，便一頭鑽進了人群中間。

他是一個人來的。徐沫影很想向他打聽一下有關柯少雪的事，但是藍靈就在身邊，他不好問話。

客人都已到齊。門外禮炮聲響起，主持人開始講話，邀請一對新人上臺。在眾人熱烈的掌聲裡，徐沫影和藍靈轉身向主席臺前緩緩走去，那一刻，徐沫影的心裡竟忽然一痛。

他下意識地抬起頭望向上方，卻見無數細碎的五彩花瓣正飄飄灑灑從天而降。

驚詫。時間彷彿在他抬頭的那一瞬間定格。花瓣在他驚異的眼中緩慢而淒美地飄舞、零落，美得動人心魄，恍如蝴蝶彩翼下那一場斑斕夢幻。世界變得遙遠，只有這花香最近，它撲面而來，隨風而去。

徐沫影下意識地抬起手臂，將一朵紫色花瓣接在手掌中心，然後他停下腳步，緩緩轉過頭，驚叫了一聲：「碧凝！」

潮水般熱烈的掌聲淹沒了他的聲音。客人們都被這美麗的花瓣雨吸引，情不自禁地歡呼叫好，誰也沒有注意到那一回首間新郎臉上的驚訝神色。

他並沒看到碧凝，只意外地碰觸到柳微雲霜雪似的目光。柳微雲坐在最後面的桌子旁邊，一雙美目一眨不眨地望著他，看不出喜怒哀樂的表情。

見花瓣在周身飄落，藍靈也不禁一呆，她聽到徐沫影嘴裡吐出那個熟悉的名字，心不禁微微一顫，可是接著，婚禮主持人的話打消了她的疑慮：

「這是本酒店精心設計的婚禮助興節目『天女散花』，怎麼樣？是不是非常漂亮、非常浪漫？好了，下面我們掌聲再熱烈一點，趕快請新郎新娘上臺！」

說完，主持人滿臉堆笑地帶頭開始鼓掌，於是客人們的掌聲便一浪高過一浪地湧過來。

徐沫影微微怔了怔，這才鬆了一口氣，趕緊回過頭去，繼續邁步走向婚禮舞臺。他偷眼看了一下藍靈，發現藍靈也在偷偷看他，眼神中稍有幾分責怪的意思。他不禁覺得有些愧疚。

「不許再想著別的女人！」

藍靈低低地說了一句，聲音雖然很小，但徐沫影聽得十分真切。他也低聲回了一句：

「沒有，我懷疑天媛會派碧凝來搗亂。」

「搗亂我不怕，只要你不跟著她跑掉就行。」

徐沫影一怔：「別說這種話。」

「不知道為什麼，我心裡很不安。」

「別亂想。」

接下來一切按部就班。主婚人致辭完畢，證婚人宣讀完結婚證詞，雙方父母便喜氣洋洋地邁步上臺。整個過程，徐沫影心神不寧，眼光不斷地在客席上掃來掃去，他屢次碰觸到柳微雲的目光。他看到卓遠煙嬉笑著，向臺上的他遠遠地舉起手做出一個勝利的手勢。這時候，耳邊忽然想起主持人的聲音：「剛才證婚人已經說過，准許他們兩位結婚，那麼現在，請新郎新娘互換戒指。」

徐沫影轉過身，與藍靈面對面，輕輕抓起她的左手，準備將婚戒戴在她纖細修長的無名指上，這個時候，他的心臟忽然開始劇烈地跳動，手禁不住輕輕一抖，差點將戒指丟落在地上。藍靈正微笑著等待幸福的最終降臨，見他突然失態，不禁責怪地看了他一眼。

耳邊音樂在響，主持人還在一旁不住口地說話：「結婚戒指呢，代表了永恆的愛情，在這裡我們也祝願這一對新人一生恩愛，白頭偕老，擁有永恆的愛情……。」

徐沫影穩了穩心神，左手輕輕抓住藍靈的手腕，右手拿著戒指緩緩套向她的指尖。那一瞬間，他忽然覺得這場婚禮進行得未免過於倉促，他幾乎全沒體會到做新郎的感覺，而這顆婚戒即將送出，自己的一生也即將套牢在藍靈的手指之間。

他別無選擇，愛藍靈，用一生守護藍靈。他在心裡默念著，緩緩地將戒指套上去。

突然，他聽到門口方向傳來一個女孩聲嘶力竭地呼喊：「慢著！」與此同時，一條綠色的藤蔓像蛇一樣飛過來，重重撞在他的手腕上，他手臂一麻，手中的戒指不由自主地掉落在地上，發出「叮」的一聲輕響。

徐沫影和藍靈都低低地驚呼了一聲，齊齊地轉過頭望向聲音傳來的方向。整個廳堂裡的人們也全都齊刷刷地把驚異的目光投向門口。

門口站著一個年輕的女孩，她上身穿一件淺綠色的衫子，頭上如雲的秀髮間鑲嵌著美麗的五色花瓣，風一吹便帶著馨香從頭上紛紜落下。她精緻的五官透出一股俏皮和一股天然的嫵媚風流，只是臉色蒼白，或許是由於匆匆趕來，頭髮有些散亂，額頭上還掛著細細的汗珠。她氣喘吁吁地站在那，一手拿著綠色的藤鞭，一手緊緊地撫著自己的胸口。

「碧凝？」徐沫影不禁一愣。

卓遠煙也在下面歡叫了一聲：「嗨，碧凝！妳也來了！」說完，她邁步離座，向碧凝快步跑過去。

與此同時，柳微雲卻猛地起身離座，火靈鳥立刻化作一道橘紅色的火焰從她肩上射出，閃電般直奔碧凝的眼睛。

倉促間碧凝右手腕一翻，綠色的藤鞭倏然揚起，跟那道火焰撞擊在一處，只聽見「哧」的一聲，藤鞭立刻斷為兩截，裂口處被燒成一片焦炭。

藤鞭落地，那橘紅色火焰在廳堂上空劃了一條弧線，再一次毫不留情地凌空射下！碧凝一愣神，眼看已經躲閃不及，眼前卻忽然閃過一道金色的劍光，隨著「錚」的一聲輕響，那火焰便又倒飛出去，一個轉折，重新落回柳微雲的肩頭，化作那隻乖巧伶俐的火靈鳥。

「微雲，妳想幹什麼？」

卓遠煙吃驚地喝問了一聲，手執寶劍，攔在碧凝身前。

這幾下迅雷般的變化，把在場所有人都驚呆了。眾人不知道究竟發生了什麼，不知道為什麼這幾個女孩會突然動手，只看見火焰在飛，綠藤蔓突然斷裂，那背劍的女孩突然就氣勢洶洶亮出了寶劍。眼看婚禮就要變成戰場，大家瞠目結舌，幾個膽小的人已經有了逃跑的念頭。酒店的服務小姐尖叫了一聲，便轉身跑出去喊人。警衛站在門口，看見卓遠煙手中寒光閃閃的寶劍，一時間竟然不敢上前。

柳微雲冷冷地看著卓遠煙和碧凝。在她身旁的桌子上，喵喵那小東西後腿直立在盤子上，嘴裡叼著半個小蘋果，兩隻眼睛在柳微雲、藍靈和碧凝身上掃來掃去，一副不知所措的樣子。

徐沫影見勢不妙，趕緊搶步下臺，一面走向碧凝一面大聲說道：「都別動手！」又對碧凝問道：「碧凝，來到這裡妳就是客人，我和靈兒都歡迎妳來參加我們的婚禮，但我不希望妳是受你師父指使來拆散我們。天嬡在哪裡？」

卓遠煙也有些猶豫了，舉起的寶劍放下來，轉身向碧凝問道：「對呀，這是人家的婚禮，妳為什麼……」

碧凝的目光中透出痛苦和不解，對徐沫影搖了搖頭說道：「我不知道你在說什麼，我來這跟我師父無關，我只知道自己很心痛。我的心突然痛得厲害，直覺告訴我不能讓你跟藍靈結婚。但我不知道為什麼，我來這很想問問你，這是為什麼？」

「沫影，別聽她的！她一定是她師父派來的！」

身背後傳來藍靈憤怒的聲音。此刻，她已經從地上撿起來那枚掉落的戒指，鐵青著臉快步從臺上走下來。

好好的一場婚禮，突然被中途打斷，還弄得劍拔弩張雞飛狗跳，新娘子怎麼能善罷甘休？

喵喵看到藍靈駭人的臉色，彷彿明白了什麼，突然「唧唧」地叫了一聲，接著後腿用力一蹬，「嘩啦」一聲踢飛了腳下的盤子，毛茸茸的身體從桌上滾下來，在桌椅之間幾個縱躍跳到碧凝身前，接著便疾躍而起，閃電般向碧凝撲去。

碧凝趕緊後撤閃身，勉強躲過了喵喵的撲擊，左臂袖子卻被小東西鋒利的爪子抓住，「哧啦」一聲扯掉了一大塊。喵喵一撲落空，身體落地之後馬上轉過身，舉起兩隻前爪準備進行第二次攻擊，卓遠煙卻已經上前一步，金光一閃寶劍便從喵喵頭頂掠過，不多不少正好削下來一片藍毛。喵喵嚇了一跳，慌忙「哧溜」一聲溜到了藍靈身後，探頭看著卓遠煙，一時間不敢再有分毫的囂張。

兩隻小東西分別對碧凝進行了一次凶悍的攻擊，在場的人們都看得呆住了。卓遠煙橫劍攔在碧凝身前，轉身望向徐沫影，怒氣衝衝地問道：「就算碧凝有什麼錯，你們也不該這麼不留情面吧？怎麼說大家也是朋友一場，別忘了在長松山是誰救了我們的命！」

徐沫影也覺得柳微雲和藍靈有些過分，聽卓遠煙這麼一說，臉上立刻現出慚愧的神色，剛要開口答話，卻聽身旁的藍靈說道：「遠煙妳還不知道，碧凝的師父就是占卜詛咒的執行者，手上至少有十幾條人命，就是她師父派她接近沫影接近我們，根本就是沒安好心！沒錯，在長松山是她解了我們的圍，但我們的繩子應該也是她割斷的，除了她，還有誰知道我們到淳風墓的事？在羅浮山她也救過我和沫影一次，當時我們還很感謝她，可是現在回想起來，那根本就是她先找人去殺我們，再假裝跳出去救我們，不然又怎麼會出現得那麼剛好？」

藍靈的分析未嘗沒有道理，但是事實上，在長松山割斷繩子的也有可能是那隻怪獸，而在羅浮山買兇殺人想置徐藍兩人於死地的多半是石家父子，徐沫影對這一點非常清楚。但是碧凝的現身確實太巧，再加上她跟天媛的特殊關係，讓人想不懷疑她都不可能。

廳堂裡一片安靜，人們的目光都集中在徐沫影和幾個女孩身上。雖然沒人能聽懂藍靈在說什麼，但大致上也明白了這起事故的起因，只是到底誰對誰錯，卻沒有人能分得清。但無論如何，這個叫碧凝的女孩闖進來打斷婚禮都是無禮的行為。

聽完藍靈的話，卓遠煙不禁又是一愣，回頭遲疑地向碧凝問道：「她說的都是真的？」

「不！她血口噴人！」碧凝柳眉倒豎，顯然也被藍靈這番話激怒了，「我從沒覺得自己有多麼偉大，但好歹總好過東郭先生，他救的是中山狼，而我救的卻是好端端的幾個人。但是今天我才發現我錯了，我不想你們多感激我，但請不要污蔑我！污蔑我也可以，但請不要污蔑我師父，她從來都是無辜的，什麼詛咒不詛咒的完全跟她沒有關係！我甚至根本不知道你們在說什麼！」

說著，她轉過臉向徐沫影望去，目光裡儘是痛苦和迷惘，說話的語氣也緩和了很多：「原諒我打擾了你們的喜事，可是我真的不是故意的。我並沒聽說你結婚的消息，只是突然覺得心裡很痛，才鬼使神差地闖進這裡來。本來我已經打算不再見你了，今天的事我自己也搞不清楚為什麼。原諒我的冒失，如果你知道原因請你告訴我，我馬上就會離開，不會多耽誤你們一分一秒。」

那一刻，徐沫影像是被傳染了一樣，突然也變得迷惘起來。他曾經懷疑碧凝就是復活的淺月，後來又放棄了自己的想法，現在碧凝重新出現在面前，用這種表情對他說話，讓他恍惚又重新拾起了當初的念頭。他很想告訴她，其實在走上婚禮舞臺的那一刻他也曾感到不安和陣陣心痛，但一想到天媛和詛咒，一看到藍靈那怒不可遏的神色，他的腦子馬上又清醒了過來。

他早該斷絕自己的妄念，第二次去淺月的村子，一切便都已經查得水落石出，到天媛的身分揭曉，他更應該相信這一切都是迷惑他感情的騙局。現在的碧凝，只不過是這騙局的一部分，他心裡比任何人都清楚。但是一看到她那張蒼白如紙的臉，看到她那可憐的痛苦的眼神，便又覺得碧凝的話未必是假的。那麼這突然的心痛，這強烈的心靈感應，到底該怎麼解釋？

徐沫影思前想後，猶豫遲疑，不知道如何回答。

這時候，四周圍一片安靜，站在客席上的柳微雲突然說道：「沫影，別忘了天媛的預言。」

這聲音雖輕，語氣雖平淡，但對此時的徐沫影來說卻起到了振聾發聵的作用。他趕緊一伸胳臂，把藍靈護在身後，望向碧凝的目光立刻便多了幾分警惕。

「對不起，我無法相信妳的話。」徐沫影冷冷地說道，「妳走吧，不要再干擾我們的婚禮了，另外，我希望妳能告訴我林子紅到底在哪裡。」

碧凝左手緊緊撫住胸口，抓住半截藤蔓的手有些微微發顫，似乎正在忍受極大的痛苦。她明亮的眼睛裡隱隱有了些許閃動的淚光。她失血的嘴唇微微嚅動了兩下，似乎想說什麼卻又嚥了下去。

卓遠煙關切地扶住她的肩膀，輕輕問道：「碧凝，妳怎麼啦？」

那一刻，甚至柳微雲和藍靈的心裡都有了些許動搖，眼底都閃過一絲迷惑和憂慮。

徐藍兩人的父母一直在一旁看著，由於事情有些離奇，所以四個老人都著實愣了好一會兒。這時候，徐沫影的母親最先緩過神來，走過來往後拉了兒子一把，上前對碧凝說道：「小姐啊，剛才你們的話我多少聽明白了幾句，你們中間一定有什麼誤會。但是呢，一時半刻也解不開這心裡的解，我們這邊的婚禮可還得照常舉行。這樣吧，有什麼事情你們過後再解決，沫影他就是個混小子，辦事不牢，說話不中聽，有什麼事妳回頭跟大媽說，大媽我給妳做主。」

碧凝微微低頭，長長的眼睫毛顫動了兩下，兩顆晶瑩的淚珠便順著臉頰流下來。她勉強笑了笑，說道：「謝謝您，不過不用麻煩您了，我馬上就走。」

說著，她抬起頭又看了徐沫影一眼，眼角掛著淚花，笑笑說道：「對不起了，祝你和藍小姐百年恩愛、白頭偕老！」

說完，也不等徐沫影答話，她便轉身跑出了酒店大門。卓遠煙不解地看了徐沫影一眼，寶劍回匣之後，也跟著追了出去。

徐媽媽轉過身，大著嗓門對仍然目瞪口呆的主持人喊了一聲：「快點把儀式弄完，好讓大夥開席喝酒！」

主持人這才回過神來，對著麥克風叫了一聲：「下面，請新郎新娘重新上臺交換戒指！」

藍靈一把拉住徐沫影的手，轉過身往臺上走去。

徐沫影長舒了一口氣，雖然心中仍有幾分不安，但他只想先把這場婚禮舉行完畢。他輕輕握著藍靈細嫩的小手，跟藍靈一起邁步走上台去。

這一次，他下意識地抬起頭，頭上果然又下起了花瓣雨。他愣了愣神，在眾人的驚呼聲裡，他忽然聽到有人在他耳邊念了兩句詩：「我心清冷如楓葉，不嫁秋風不肯紅。」

這聲音似曾相識。

第二十章　往事迷離

主持人驚魂未定，卻故作鎮定地繼續說道：「剛才發生了一點小插曲，也算對新郎新娘的一次小考驗，我們的新人承受住了這樣的考驗，更加預示了他們今後婚姻生活的完美，現在請重新回到儀式上來，忘掉剛才那場小小的不愉快。」

徐沫影皺著眉頭，臉色沉鬱，不知道在想些什麼，似乎耳邊的音樂與歡呼聲已經毫無意義，似乎這一場婚禮對他來說已經失去了價值。他機械地跟著藍靈走向婚慶舞臺，但在上臺之前他卻突然停住不走。

「怎麼了？」沉浸在幸福中的藍靈突然覺察到愛人的異樣。

音樂戛然而止，在場的人們不知又發生了什麼事情，都停止了鼓掌，愕然地望著這一對新人

徐沫影伸出兩隻手握住藍靈的手，轉身面對著她，嘴唇動了幾次，終於十分為難地說道：「靈兒，我想把婚禮延後一會兒，可以嗎？」

「為什麼？」藍靈不解地問道，「都到了這個時候你為什麼又突然要延後？」

「我……我覺得心裡很不安，想出去看看。」徐沫影緩緩地說道，說完頓了一下，又補充了一句，「我很快就會回來！」

藍靈沉默了，望著他靜靜地不說話，眼神中充滿複雜的神色，有失望，有悽楚，有痛

恨，有說不出口的尷尬。半晌她搖了搖頭，輕輕地說了聲：「不！」

搗亂的女孩已經走了，誰也沒想到新郎官的心竟也離開了這場婚禮。人們驚訝地聽著徐沫影和藍靈的對話，交頭接耳議論紛紛。藍靈的父親首先忍不住霍地站起來大聲地喝斥道：「姓徐的小子，你是不是反悔了？不想娶我女兒了？嗯？這樣就對了，正合我意，我還真不想把寶貝女兒嫁給你！你趕快滾，趕快給我滾！」

他這樣一鬧，婚慶的場面便徹徹底底的搞砸了。主持人這次真的是無話可說了，拎著麥克風站在臺上，無奈地看著眼前的一切。徐沫影的父母對他的突然變卦也很是氣憤，走到兩人面前斥責徐沫影說道：「你這是怎麼了？腦子壞了嗎？怎麼突然說出這種話？」

徐沫影搖了搖頭：「你們不知道。有件事情我必須去弄清楚，不然我的心沒辦法定下來，沒辦法把婚禮進行下去。」

「我們沒有必要知道！你給我聽著，不管什麼事，都要把婚禮進行完再說！」

「我只需要幾分鐘，幾分鐘就回來！」

徐沫影十分固執地說道，然後他滿懷歉疚地看了藍靈一眼，又對她說道：「靈兒原諒我，等我幾分鐘，我很快就回來！」

說完他轉過身在場上環視一圈，抬高了聲音向客人們喊道：「請大家稍坐一下，我幾分鐘後馬上回來。」

然後，在眾目睽睽之下，他不顧父母的阻攔，大踏步地走向酒店門口。

沒有人再攔他，雖然這件事情有點匪夷所思，但新郎既然這麼說，應該還不至於取消婚禮，幾分鐘而已，客人們並不在乎多等這點時間。藍靈的母親也一把拉住她的父親，禁止他再出聲咆哮。他只好惡狠狠地坐下來，無奈地捶了兩下桌子。

徐沫影的父母瞠目結舌地看著兒子急匆匆地走遠，見攔不住他，只好轉過頭來安慰兒媳婦。而藍靈，這時候再也忍受不住心裡的委屈，望著徐沫影的背影，眼淚撲簌簌地流下來，一頭撲到母親的懷裡，痛哭失聲。

徐沫影就這麼走出去了，在驚訝、疑惑、憤恨的目光下離開。現在他腦子裡只是迴盪著那兩句詩，他覺得自己應該親口向碧凝問清楚，最後一次問清楚碧凝的身分，一想到她剛才傷心欲絕的表情他心裡就越發不安，那不是可以隨便裝出來的。為了尋求內心的踏實他必須找她問一個明白。直覺告訴他，這一次他一定沒錯，即使，即使真的錯了，他想藍靈也可以原諒他，她都等了他這麼久，又怎麼會在乎多等上幾分鐘？

邁步出門的那一刻，他回過頭來向酒店裡看了一眼，他刻意地尋找了一下柳微雲的目光。柳微雲果然在望著他，那一向自信的眼睛裡竟出現了幾分悔悟，似乎覺得自己做錯了什麼。她望向自己的目光沒有絲毫的責備，這對他無疑是一個鼓勵，他轉過頭，大踏步地走出了酒店。

午後灼熱的陽光撲上來，像要榨乾他身上的每一滴水分，熱氣蒸騰的大街上車來車往人聲喧雜，將他內心的焦灼拉扯到極限。他眯著眼睛向左右張望了一番，終於看到幾百公尺外的十字路口站著那兩個女孩。驚喜之下，他拔開腿以最快的速度衝過去。

被紅燈阻在街道的這一邊，卓遠煙拉著碧凝的手似乎在勸說著她。酒店裡發生的事情讓卓遠煙十分不解，她搞不懂徐沫影他們對碧凝為什麼會充滿敵意，而碧凝的表現又是出人意料的傷心。但她無論如何盤問，碧凝只是流淚不說，碧凝不斷地回過頭向酒店方向張望，似乎有些戀戀不捨。終於等來了綠燈，卓遠煙拉著她的手準備過馬路，她卻突然感覺到什麼似的猛地轉過身去。

那一個轉身之際，她腦子裡閃現出一幅極其陌生又熟悉的畫面。她彷彿看到自己在馬路的中央急速奔跑，穿越人流奔向一個男孩，而同時，那個男孩也一樣在奔向她。可是那畫面一閃而過，她看不清他的樣子。

但她看到了徐沫影。遠遠地，她看到對方一面奔跑一面向她招手，不知道為什麼，她心裡忽然升起一種奇異的感覺，想要掙脫一切投入他的懷裡。她不由自主地掙脫了卓遠煙拉住她的手。

她怔怔地望著跑向她的男孩，腦海中畫面連閃。飛逝的人流、叫罵的司機，以及柏油路上刺眼的陽光，她不自覺地朝他走了兩步。她覺得他的身影如此熟悉，他飛奔而來的姿勢簡直跟自己記憶中細碎的影子完全吻合，她好像被什麼力量控制著一樣，終於也放開腳步向他迎上去。

腦海中不斷搖晃的馬路，擁擠嘈雜，讓她的記憶震顫不已。

兩個人之間的距離飛速地消逝，很快，徐沫影便跑到了碧凝面前。直到對方停下腳步，碧凝這才恍然覺察到自己的失態，也趕緊停了下來。她不知道自己這是怎麼了，腦子裡一下子會想起那麼多。倘若不是徐沫影先停下，那她說不定已經撲到了對方懷裡。

那些一定是前世的記憶吧。那一刻她在想，她帶了這麼多記憶轉生，這究竟是幸福還是悲哀？

卓遠煙在碧凝身後不遠處看著兩個人，心中更加迷惑不解。注意到徐沫影胸前還別著一朵殷紅的玫瑰花，她禁不住皺了皺眉。

徐沫影和碧凝面對面站著，互相凝視著對方，彷彿要從對方的眼睛裡挖出些什麼，愣了一下，徐沫影忽然問道：「碧凝，我追出來是想問妳一件事，我希望妳能老實告訴我。」

碧凝黯然問道：「跟我師父有關吧？不好意思，我無可奉告。」

說完，她便轉過身，做出要走的姿勢。她心裡無比的失落，真希望對方能問一點別的什麼，而不是一遍遍譭謗自己的師父。這時候，她清晰地聽到徐沫影說道：「不是，跟妳有關，跟一句詩有關。」

「詩？」碧凝疑惑地回過頭。

徐沫影點了點頭：「一句詩，如果妳聽到過請妳一定要告訴我。」

碧凝聽出對方的話語有些匆忙，立刻想到他是要趕著回去繼續婚禮，不禁又有幾分失落，隨即說道：「你說吧。」

「我心清冷如楓葉，不嫁秋風不肯紅。這兩句詩妳聽到過嗎？」

碧凝愣了一下，她覺得這詩句很熟悉，甚至比之前在長松山聽到的柯少雪的歌詞還要熟悉，但她想不起究竟在哪裡見過。她微微抿了抿嘴唇，面對徐沫影期待的眼神她不得不遲疑地搖了搖頭。

看得出來，徐沫影很失望，他淡淡地「哦」了一聲，便轉身緩緩走回去。抬頭看陽光刺眼，彷彿又看見那飄落周身的五彩花瓣，彷彿又聽到那時耳畔響起的溫柔低語。他怔了怔，便繼續邁步走回去。

「不嫁秋風不肯紅？」碧凝低低地念了一聲，只念了一聲，這詩句便勾起了自己內心深藏的某種渴望，那股渴望不可抑制地破繭而出，想要在陽光下展翅飛翔。她忽然明白了自己心痛的來源。

「不嫁秋風不肯紅。」再念一遍，彷彿想起自己曾置身於某間緊鎖的房門之外，似乎在等待誰的歸來，她感覺自己正靠在一面陰暗潮濕的牆壁上，拿出一支筆在寫著什麼。她看見徐沫影的身影在走遠，一步步走遠。

「不嫁秋風不肯紅……。」她何時也曾這樣念起這句詩，心裡懷著同樣的渴望和心痛，懷著同樣的矛盾和執著。她忽然覺得頭痛欲裂，眼前好像有一張紙在晃動，紙上是密密麻麻的小字，可是小字跳來跳去她怎麼也看不清。終於，終於她看到一個畫動的筆尖，筆尖下正流出這樣的四句詩。那筆尖畫完最後一句，竟然再也畫不出一個句號。

「沫影，等一下！」她的淚水再一次奪眶而出。

徐沫影停下腳步，猛地回過頭來，怔怔地看著她。碧凝的深情模樣讓他情不自禁怦然心動，碧凝接下來的話，更是一下子便將他的心擊碎了。他聽到她說：

「我想起來了，那句詩是我寫的。」

很長一段時間裡，他再也聽不到任何其他的聲音，而周圍的行人車輛也都彷彿定格在那一瞬。像是夢境。

他反覆分析反覆尋找碧凝就是淺月的證據，然後又反覆推翻自己的結論，在他最後一次徹底放棄的時候終於聽到碧凝嘴裡輕輕吐出的聲音：「那句詩是我寫的。」他怔怔地站在那兒，抬起手不自覺地搔了一下頭髮，緩緩地問道：「妳沒騙我？」

那張一向掛滿俏麗笑容的臉，如今卻在陽光下掛滿珍珠般閃耀的淚水。碧凝搖了搖頭，哽咽著說道：「我沒騙你，那是我寫的，我在一間緊鎖的房門外面寫的！」

徐沫影的表情突然凍結在這個陽光燦爛的下午。

幾秒鐘之後，他兩腳發力不顧一切地向碧凝奔過去，伸出雙臂，用盡全身所有力氣把她緊緊摟在懷裡。碧凝也伸出胳臂緊緊環在了他的腰間，她頭上的花瓣一片片飄落下來，落在兩人的腳下。

徐沫影心裡已然明白所有的一切，而碧凝卻始終糊塗，但她覺得這身體是那麼熟悉，熟悉得好像他們曾經一起生活過一輩子。在擁抱的那一瞬間她好像又想起了一些什麼，但她被他抱得太緊，以至於差點喘不過氣來。兩人無聲地擁抱了良久，她才抬起頭看他，她詫異地看到對方臉上竟有兩道淺淺的淚痕。

「我問你，我們上輩子是不是相愛過？」她輕輕地問。

「沒有上輩子，只有這輩子！」徐沫影回答，他的聲音有些激動，「妳不叫碧凝，妳叫淺月，蘇淺月！」

碧凝覺得莫名其妙，仰起臉望著他。

「妳只是失憶了，所以腦子裡只剩下一些零碎的記憶。」

「可是……」

「相信我！我可以幫妳把記憶找回來！」

碧凝看著他溫柔而誠懇的眼神，終於懵懵懂懂地點了點頭。曾經，她對他心存芥蒂，認定他是一個遊戲花叢的浪子，可是現在，她覺得自己應該相信他，至少，她應該再相信他這一次，看他會給自己一個怎樣的答案。

卓遠煙靜靜地看完這一幕幕的悲喜劇，禁不住自言自語地說了句什麼，然後便走過來在徐沫影的背後重重地拍了一下，問道：「我真不明白了，一會兒柯少雪一會兒藍靈，現在又纏上碧凝，你這到底算是什麼回事？你婚禮舉行了一半跑出來跟別的女孩摟摟抱抱，怎麼跟藍靈交代？你可別忘了當初對我的承諾！戲耍柯少雪拋棄藍靈，我都還可以勉強原諒你，但你要是玩弄碧凝的感情，相不相信我立刻就給你兩劍？」

柳微雲坐在桌子旁邊，安靜地看著藍靈。可憐的新娘子被新郎拋下，正紅著眼睛偎在母親懷裡，她那暴躁的父親正在一邊不住地咒罵著徐沫影這個混小子。徐沫影的父母一臉尷尬，在旁邊一遍遍道歉並安慰著藍靈。藍靈的媽媽擺了擺手，說道：「沒什麼，我們等他一會兒就行了，再說這也不怪你們。」然後她抬起頭，對著自己的老公斥責了兩聲：「別吵了，安靜地等一會兒行不行？還嫌鬧得笑話不夠嗎？」

柳微雲低頭看了看錶，徐沫影已經出去十幾分鐘了。她歎了一口氣，知道這場婚禮已經結束了，意識到自己和徐沫影又徹底地輸了一步棋。

碧凝就是淺月。他們雖然意識到天媛布下的感情陷阱，卻在碧凝的身分上發生了嚴重的誤判，以至於面對今天婚禮上的混亂局面無計可施。天媛的預言很大程度上是一個誘餌，誘使他們轉移思考的重心，然後讓碧凝的出現把他們打得措手不及。

雖然不忍看著藍靈傷心，但柳微雲一樣的無奈。她無法阻擋徐沫影回到老情人身邊，既然淺月還活著，任何人都沒道理拆散他們。但是同時，她心裡也出現了迷惘，她懷疑父親為自己算錯了姻緣。這一次，她不知道徐沫影究竟還會在自己生命中刻下怎樣的烙印。

客人們百無聊賴，議論紛紛。旁邊的一個帥氣的年輕人借機會走過來跟柳微雲搭訕，自以為風流倜儻地問了一聲：「請問小姐貴姓？可不可以交個朋友？」

柳微雲冷冷地瞥了他一眼，便轉過頭不再看他，帥男孩討了個沒趣，只好摸摸鼻子走開。

這時候，感覺到手機的振動，柳微雲打開手機，發現是徐沫影發過來的一條簡訊，上面寫道：「碧凝就是淺月，我無法繼續婚禮，甚至我都不敢再回酒店。請妳轉告靈兒，別等我了。我對此很難過，但我只能向她說一聲對不起。另外，千萬要照顧好她。」

意料之中，柳微雲看完簡訊不禁苦笑了一下。徐沫影終究還是懦弱的，他不敢面對藍靈，也不敢面對自己的父母與親人。她收起手機，緩緩地從座位上站起來，抬高了聲音說道：「大家都別等了。」

酒店裡嘈雜的人聲一下子靜下來，大家都抬起頭看著清麗脫俗的柳微雲。藍靈也睜大眼睛看著她，不知道她這話是什麼意思。

「我收到新郎的簡訊，他不會回來參加婚禮了。」

人群一下子便炸開了。婚禮舉行了一半，新郎找藉口跑出去把大家晾在一邊也就算了，竟然就這樣結束了？

「為什麼？」藍靈猛地從椅子上站起來，不顧父母的阻攔衝向柳微雲，「他簡訊寫了什麼？他為什麼不親自回來說清楚？」

柳微雲看著藍靈蒼白如紙的臉色，忍不住輕歎了一聲，把手機遞到她手裡：「妳自己看吧，只是，別太為他傷心了。」

藍靈一把搶過手機，把那條簡訊仔細看了一遍，一下子面如死灰，手一抖，手機便從她手心裡滑落，「啪嗒」一聲摔在地板上。

「不可能！我不信！我要去找他問清楚！他不能這麼對我！」

藍靈撕心裂肺地哭喊著跑出了酒店。

藍靈的父親趕緊喊道：「快去攔住她，攔住她啊！」

於是客人們紛紛跑出去追藍靈。柳微雲面色悽楚，怔怔地發了一會兒呆，彎腰把手機從地上撿起來，這才也跟著走出了酒店。

好好的一場婚禮，就這樣不歡而散。

眾人並沒有追到藍靈，也許是因為她是新娘，十字路口的紅綠燈給她行了一個方便，只放她一個人跑了過去，那些在他身後緊緊追趕的客人們，被緊密不斷的車流一股腦地擋在了馬路的這一側，只能遠遠地望著她的背影消失在人海之中。

藍靈不知道應該跑向哪裡，哪裡都沒有意義，她只想發足奔跑，好讓身體的痛苦大過心靈的哀傷。她穿著新娘子的禮服狂奔在這個夏日的大街上，引得行人紛紛側目。人們一定在猜測這淚眼模糊的美麗新娘背後，到底隱藏著怎樣的故事，怎樣的故事才適合這個悲傷欲絕的女孩子，適合這個不平凡的夏日午後？

跑累了，她停下來，漫無目的地向前走，從黃昏一直走到夜色深沉。北京城的燈火照亮了她的美麗哀傷，但她卻什麼都看不見。一切都在她看到簡訊的那一刻失去了意義，一條簡訊，帶走了她鮮活生動的世界。

她忽然想到自己前不久作過的那場噩夢，恍然覺得一切都跟那個夢一樣。夢中那女人的聲音猶然在耳邊響起，「是妳死了還是這人世死了」。那時她不明白這話是什麼意思，可是現在她忽然明白了。其實她死不死已經無所謂，因為她眼中的人世已經不復存在，這世界死了，也就是她死了。

或許她應該選擇去自殺，但是她想到同樣在這個城市裡，另一個女孩子正跟徐沫影依偎在一起。如果自己死了，他們甚至都不會掉一滴眼淚，當自己的身體化為灰燼在這世上永遠消失，他們都還在快樂地擁抱、接吻、一起生活。呵，她的死會成全他們，讓他們高枕無憂，讓他們慢慢忘記她，連一絲遺憾悔恨都不會留。這世界上怎麼會有這種好事？

藍靈在一座天橋邊上坐下來，慢慢回想自己和徐沫影相遇後發生的所有事情。這些日子以來她一直都在愛著他，或急躁或舒緩，或平淡或熱烈，她從未停止過一刻，但她得到的只有傷心，是的，傷心。她曾經指望對方可以慢慢接受自己，但是現在，這種指望徹底地落空了。她不再抱任何希望。

可是她究竟哪點不好，她到底做錯了什麼？

她漂亮、體貼、大方、伶俐，究竟哪裡比不上別的女孩子？

想著想著，她感覺到從未有過的委屈，眼淚再一次奪眶而出。她兩手捂住臉，埋頭在膝間嗚嗚咽咽地哭泣，突然間，她彷彿又聽到了夢裡教堂的鐘聲。

她怔了怔，抬起頭來抹了一把眼淚，她向四周圍打量了一下，借著路燈的光亮她發現這地方跟她夢裡到過的地方一樣。一點都沒錯，路牌上的字跡是一樣的，路邊小店的招牌也一般無二，這個發現讓她大為驚奇。她緩緩站起來，按照夢中行走的方向繼續往前走。沒多久，她看到了一個半人多高的垃圾桶，在夢裡，這個垃圾桶是倒著的，而現在它完好。

她剛剛起了這個念頭，便看見從旁邊酒店裡晃晃悠悠地出來一個中年漢子，大概是喝了不少酒，想找個地方吐一吐，腦袋搖晃了幾下便奔著那個垃圾桶走過來。走到近前，他兩手撐在垃圾桶上想吐，哪知道身體往前一趴，整個人竟全部僕倒在上面。垃圾桶倒了，臭烘烘的垃圾撒了一地。

藍靈面無表情地看完這一切，便緩緩地從醉鬼身旁繞過去，繼續孤孤單單地往前走。

沒多久，她來到了夢中教堂的所在地，但是很可惜，這裡不是教堂，只是一座普通的住宅。她抬頭看了看，這樓並不高，只有六層，樓上有幾家窗子裡還亮著燈光。

為什麼自己的夢會指向這裡？藍靈望著那黑洞洞的樓門皺了皺眉。是進去，還是離開？

她正猶豫不決，忽然聽到兩聲「啾啾」的鳥鳴，抬起頭，一隻火紅色的鳥兒正從頭上飛過。她知道，一定是微雲在尋找自己，她不再猶豫，低頭便闖進了那黑暗的走道。

第二十一章　別人的故事

「這裡就是我們的學校。」徐沫影牽著碧凝的手進了學校大門，伸手指向迎面的小花園，「看到那雕像了嗎？妳剛入校的時候特別喜歡在那下面晨讀，我們倆就是在那認識的。」

「哦。」也不知碧凝記起沒有，她輕輕地點了點頭，「你也喜歡在那兒晨讀？」

「呵呵，不，我不喜歡。不過有一次我上早課從那經過看到妳，覺得對妳特別有感覺，於是就開始去那裝模作樣地看書了。沒多久，彼此熟悉了再搭訕，之後做朋友，發展成戀人，一切順理成章。」

「再然後呢？」

「再然後，我畢業，妳讀大四。」徐沫影回想到那段日子，不禁皺了皺眉，「那時候我沒工作，一心想要搞文學創作，寫小說寫詩，在那整整一年裡，我寫了上百萬字的文章，可是那全部不值一分錢。」

「怎麼會呢？我可是覺得你很有才華的！」碧凝很認真地看著他，說道。

徐沫影笑了笑：「妳一直覺得我很有才華，一直很愛我，對我不離不棄。我寫作沒有進展，不敢跟家裡要生活費，都是妳節省了錢給我用，妳捨不得買零食也捨不得買新衣服，把那些錢給我交房租，給我買飯吃。到了冬天妳買保暖的衣服送給我穿，給我買鞋襪，把家裡寄給妳的羊毛被也塞給我，就怕我會凍著。手頭太緊的時候，我們每餐就去餐廳買一份最便宜的飯菜，但總是高高興興地把它吃完。」

說著說著，徐沫影忽然歎了口氣，想起那段辛酸的日子，淺月實在為他承受了太多太多。他有些不忍心去想，他轉過頭看著碧凝美麗的臉，雖然這張臉變了，但她的心還是那顆心，那就是什麼都沒變，她還是淺月，那個時而調皮可愛時而溫婉大方的女孩子。

夜幕下的校園小路上，情侶們說說笑笑地走過，一對對，顯得那麼親密。

徐沫影拉著碧凝的手坐在長椅上，指了指對面的核桃樹，以及核桃樹下的蘑菇狀的小亭子：「那是我們約會的地方，幾乎每次都去那兒。我們總是在那裡聊天，一聊就聊很多。妳辛辛苦苦找了近一年工作，卻一直沒有下文，心情苦悶的時候我就在那安慰妳。我寫小說遇到瓶，妳也在那幫我分析幫我尋找靈感。我們還經常在那寫詩，擬一個同樣的題目，每人寫一首，妳總是要花比我多一倍的時間才能寫好，但妳每次寫完都對我的詩大貶特貶，最後讓我不得不承認妳寫得比我好。」

說到這，徐沫影微笑著對碧凝問道：「想起來了嗎？」

碧凝不聲不響地看著他，搖了搖頭，遲疑地問道：「妳說的這個女孩真好，可是她真的是我嗎？」

「是妳。妳仔細看看這校園，不覺得這裡很熟悉嗎？」

碧凝站起身來，在原地轉了一圈，看見了小花園中的花草樹木，不遠處高大的雕像，以及對面高高矗立的教學樓。然後她愣了愣神，似乎想起了什麼，轉過頭向徐沫影說道：「是的，很熟悉，好像我真的在這裡生活過很久，可我……還是什麼都想不起來。」

徐沫影站起來把碧凝輕輕擁在懷裡，柔聲說道：「沒關係，我帶妳在學校裡轉繞一圈，也許會想起點什麼。」

實際上，碧凝的記憶已經隨著魂體的消散而丟失掉了，能剩下的極為有限，但徐沫影還是希望她能回憶起更多有關兩人的事情。他帶她去了操場，又帶她在教學樓裡轉了一圈，然後牽著她的手進了學生餐廳。整個過程，碧凝乖乖的就像一個孩子，她始終傾聽著徐沫影的溫柔低語並努力回想，希望能想起點什麼，但是所有的努力都是徒然的。唯一值得慶幸的是，她覺得校園裡的一切都很熟悉。

餐廳裡很熱鬧，晚飯時間之後一直到晚上十點，餐廳裡都會坐著很多聊天的學生。碧凝跟著徐沫影在一張空桌子前面坐下來，輕輕地向他問道：「淺月的故事，還有嗎？」

她把徐沫影所說的一切都當成了別人的故事。

徐沫影愣了一下，不禁苦笑著搖了搖頭：「淺月的故事沒有了，但是妳的故事還有。」

碧凝也不好意思地笑了笑：「那就繼續講我的故事。」

「好。後來有一天妳突然打電話給我，說妳有重要的事情要跟我說。見面以後聽到妳的訴說，我才知道這一年以來妳承受的壓力實在超乎我的想像。妳家裡一直在幫妳找對象，後來找到對方家庭條件很好，也是北京讀書的大學生，因為我的緣故，妳一直拒絕著不接受。拖延的時間太久，以至於家裡跟妳翻了臉。但妳怕會帶給我壓力，所以什麼都沒跟我說過。可是那天妳父母來學校，非要叫妳回去相親。妳瞞不過，只好對我吐露實情，那天妳哭得很厲害，以為我們必然分手不可。」

「後來呢？」

「後來，也就是第二天。妳來找我，想要帶我回家，但是我出門去了，於是妳坐在我門前等……」

碧凝聽到這，忍不住打斷了徐沫影的話：「我知道了，那就是我想起來的那段事情，我留了紙條給你，還在上面寫了那四句詩。」

「對！」徐沫影興奮地點了點頭。

「那再後來呢？」

徐沫影張嘴剛要說，想了想卻忽然停下來，轉而說道：「這個，明天我們再說吧！現在天有點晚了，妳要不要回家？我可以送妳回去。」

「我可以晚一點回去，因為今天師父不在，她去了四川。」

「四川？」徐沫影一驚，趕忙追問道，「她去四川幹什麼？」

碧凝搖了搖頭：「我不清楚，每隔一週她都會去一次四川西部，我覺得師父她人很好，我保證她不會做什麼壞事，更不會跟詛咒扯上關係。」

徐沫影想了想，突然從座位上站起來問道：「能不能帶我去妳家裡看看？」

「好，我家離這裡不遠，帶你去看看也沒關係。」碧凝若有所思地說道，「不過你可不要想著查什麼詛咒的線索，我師父身上沒那麼多亂七八糟的事。」

徐沫影淡淡地笑了笑。

兩人出了學校，招了計程車，在碧凝的指引下穿街繞巷，直奔碧凝和她師父的住處。路程很近，幾分鐘之後就到了。

面前是一幢半新不舊的住宅，大概是因為時間很晚了，已經沒有幾戶裡還亮著燈。樓下的光線很黯淡，碧凝輕輕地拉著徐沫影的手便走進了樓門。走道裡漆黑一片，徐沫影習慣性地跺了跺腳，卻依然沒有燈光將黑暗驅走。

碧凝笑道：「這房子比較老，裝的是普通開關，不是聲控燈。」

徐沫影借機會問道：「那你們為什麼要搬到這裡來？在阜成門那邊不是住得很好嗎？」

碧凝答道：「師父她不喜歡熱鬧，而阜成門那片未免太繁華了一點，搬到這裡來，就是圖個清靜。小心點，照明燈的開關在那邊。」

兩個人摸黑一步步小心翼翼地往前走，想要過去打開電燈，哪知道幾步之後，碧凝突然低聲驚叫了一聲，拉著徐沫影往後退了兩步說道：「地上有什麼東西！」

「什麼？」徐沫影詫異地問道。

「好像是個人，我們繞過去。」

徐沫影想不明白為什麼會有人不聲不響地坐在走道裡，他俯下身體伸手往地上摸了摸，果然摸到了一條胳臂，觸感柔滑，顯然是個年輕女孩。他不禁一愣。

這時候，碧凝已經伸手打開了電燈，把黑暗的走道照得亮如白晝。兩人齊齊地往地上一看，禁不住全都呆住了。

一個漂亮的年輕女孩坐在牆角裡，緊緊蜷縮著身體，兩眼緊閉，頭側向一邊，似乎在熟睡中。她穿著一身白色的婚紗，光潔如玉的臉蛋在燈光照耀下顯出斑斑淚痕。她一隻手扶在地板上，另一隻手搭在胸前，手心裡似乎緊緊地握著什麼東西。

是藍靈。

徐沫影先是一呆，之後便是發自內心的苦笑。他現在最怕見到的人就是她，哪知道不是冤家不聚頭，藍靈竟會突然出現在這裡。不過想想也是，被他殘忍地在婚禮中拋棄，藍靈一定承受不住，所以穿著婚紗跑出來。但她哪裡不去，偏偏就跑到這裡來，這未免太巧了一點兒。

兩人的舉動並沒驚醒藍靈，她在熟睡，可能是太累了，雖然臉上淚痕斑斑，但她嘴角掛著一絲倔強的笑容。徐沫影看著看著，心裡禁不住一陣難過。如果碧凝沒有出現，她現在就是全天下最快樂的新娘，但她現在卻躺在陰暗無人的走道裡。可憐的藍靈現在也只能在夢裡尋找一點快樂了。

「把她抱到我房間去吧！」碧凝抬起頭，對徐沫影輕輕地說道。她眼神中有歉疚，也有疑慮。

徐沫影搖了搖頭：「不用了，去妳房間不方便，我還是把她送回家去吧。」

「那，妳不來我家了？」

徐沫影猶豫了一下，抬起頭往樓上看了一眼。好不容易找到機會可以進到天媛的房間仔細探查詛咒的線索，現在卻不得不在門口止步。他歎了一口氣，說道：「明天我再來。」

碧凝沉默，靜靜地看著徐沫影俯身抱起藍靈，然後跟在他背後出了樓門，又跟著他走到大街上，忽然開口說道：「我想跟你一起去。」

徐沫影並沒有覺得意外，只是會意地點了點頭。

「我不放心你跟她在一起。」碧凝補充說道。一看到藍靈，她心裡就惴惴不安，這一次她內心的反應尤其強烈。雖然她的記憶還沒恢復，但她已經相信了大部分徐沫影所說的話。至少，一次次的心靈感應告訴她，這個男人所說的都是事實。如果沒有深沉的愛，她絕不會在記憶損失殆盡之後還保存著這麼強烈的感應，時時刻刻感知他的危險。

因為藍靈的存在，兩人都沒了話，碧凝伸出手，緊緊抓住徐沫影的手腕，彷彿害怕他會突然消失。兩個人站在冷冷清清的大街上等車，已經是午夜，行人稀少。

一輛計程車開過來，似乎是司機看到碧凝在遠遠地招手，趕緊停在了他們面前。兩人正要走過去，卻見車門打開，柳微雲從車裡鑽了出來。她輕輕地揮了揮手，臂上的火靈鳥便展開翅膀撲啦啦地飛遠。

徐沫影和碧凝不自覺地對望了一眼。

「快上車吧。」柳微雲看了兩人一眼，什麼都沒問，淡淡地說道。

徐沫影自然知道她是怎麼找過來的，除了預測手段，她還有那隻伶俐的火靈鳥。他點了點頭，便默默地抱著藍靈上了車。不是他不想說話，而是他不知道該說點什麼。

碧凝輕輕地叫了一聲：「微雲。」

白天在酒店裡，火靈鳥氣勢洶洶的襲擊她不會忘記，雖然她不計較，但至少她還記得柳微雲那時候強烈的敵意和殺氣。

柳微雲淡淡地應了一聲，明亮的目光在她臉上凌厲地劃過，冷冰冰地說了一句：「上車吧。」說完，便轉過身逕自坐回車裡。

碧凝怔了一下，便低頭鑽進車子，緊挨著徐沫影坐下來。

計程車向前安靜地行駛。藍靈一直在熟睡，其餘三人都不說話，空氣好像凝結了一樣，氣氛無比壓抑。碧凝只是緊緊地抓住徐沫影的手臂不放，慢慢地，她靠在他身上睡了過去。折騰了這麼久，她也累了。

車子在社區門外停下來，徐沫影輕輕喚醒了碧凝，剛想把藍靈抱下車去，卻聽柳微雲說道：「你們倆下車，把靈兒留在車上。她家的親戚都在那邊，準備等你出現把你打一頓，你們不能過去，我會叫人過來背靈兒上樓。」

徐沫影心下黯然。他確實沒有勇氣面對藍靈的父母與親人，只好按照柳微雲的吩咐，把藍靈留在車上，然後開門下了車。

「那，這邊的事情就交給妳了。」徐沫影訥訥地說道，「我送碧凝回去。」

「等一下，我有些話想對碧凝說。」柳微雲也推開門從車裡出來，站在碧凝面前，「碧凝妳現在也清楚自己的身分了，妳是沫影的女朋友，這一點沒人再懷疑，我想妳也已經接受了。可是妳想沒想過，自己為什麼會死而復生，為什麼會突然有這樣一個師父？時間很緊迫，我希望在妳找回記憶的同時能夠清楚地認識到，妳不過是天媛的一個棋子，妳的死妳的生都是妳師父計畫中的一部分！」

這段話具有很強的打擊力道。如果碧凝準備接受徐沫影灌輸給自己的那些記憶，那她就必須認真考慮柳微雲所提出的問題。短短一個多月的時間，死而復生，失憶卻不被告知，這其中種種的確匪夷所思，但是她從心理上又無法接受師父是詛咒執行者的說法。面對柳微雲的提問，她只好將信將疑地點了點頭：「我會考慮的。」

徐沫影也說道：「妳好好照顧藍靈吧，我會說服碧凝的。」

柳微雲這才轉身快步進了社區，去找人來把藍靈背進去。徐沫影看著她的背影歎了一口氣，趕緊拉了碧凝的手，穿過馬路到對面去坐車。

「藍靈好可憐，我是不是做錯了？」碧凝輕輕地問，話語裡帶著些許的自責。

徐沫影沉默。沒有誰是錯的，今天的局面不能怪他們任何一人，碧凝自然也沒有錯，一個生死都不能自主的人才最可憐。

「淺月死了，她變成了碧凝。」碧凝的語氣輕柔舒緩，似乎在自言自語，「師父她真的在設計一個陰謀嗎？」

徐沫影忽然停下來，兩隻手拉住她的手，怔怔地看了她一會兒，而後一聲不吭地把她摟在懷裡。碧凝也順從地把頭伏在他的胸前，手臂緩緩從他背後繞過，摟上了他的脖子。良久，她聽到他在耳邊溫柔地說道：「月，明天我會讓妳找回記憶。」

月？這個稱呼很親切，很舒服。她重重地點了點頭，摟著他的胳臂情不自禁地收緊了一些。

計程車剛到，徐沫影腰間的手機便發出一串喧鬧的鈴聲。他一面牽著碧凝的手上車一面掏出手機按下了接聽鍵，出乎意料地，他立刻聽到了柯少雪甜美而緊張的聲音：「沫影你在哪裡？你可千萬不要回家來，很多人守在你的家門口！」

徐沫影愣了一下。從手機裡面他能聽到劇烈的敲門聲、砰砰的砸牆聲，還有男人們嘈雜的叫罵聲。可以想見自己的房門前是多麼熱鬧的情景，藍靈的親友們未免鬧得過分了點，這哪裡是守株待兔，分明就是在抄家。

可是，柯少雪什麼時候回來了？

「我知道了。」徐沫影應了一聲，問道：「妳演出結束了？」

「結束了。我今天特意趕回來的，因為……」她說了一半，欲言又止，「總之你不要回家來，這邊鬧得很凶！沒什麼事，我就先掛了。」

「好的。」

徐沫影掛斷了電話，吩咐司機開車。碧凝好奇地問道：「怎麼了？是誰來的電話？」

「柯少雪。她說我家門被圍困了，回不去了。」

不用問，是因為今天中途停止的婚禮。碧凝低下頭，輕輕地說道：「都怪我。」

「不怪妳，要怪只能怪妳的師父。她故意撞死妳又讓你復活，隱瞞著不讓我們相認，這才導致今天的局面。」

碧凝怔怔地看了他一眼，低下頭不再說話，似乎在考慮自己師父的問題。

車停在碧凝家樓下，兩人付帳下了車，牽著手走向樓門。碧凝忽然說道：「其實我也覺得，師父她很神秘，不喜歡說話，也沒見她笑過。這次她離開之前還非常古怪地瞧了我一會兒，問了我一個莫名其妙的問題。」

徐沫影連忙問道：「什麼問題？」

「她問我，怕不怕打雷。」

「打雷？」

徐沫影一聽，立刻便想起了天媛的歌謠。歌謠的第二段有這樣的詞句：「在那個雷鳴電閃的村莊……匍匐著單腿的野狼……。」只怕天媛這個問題，與她在歌裡所提到的村莊密切相關，難道是在暗示他們要去那個村莊？

碧凝住在四樓，兩人上了樓，開門進屋，徐沫影開始仔細打量房中的一切。

兩房一廳的格局，雖然舊了點，但是經過粉刷也不比新房子差多少。客廳裡放著茶几沙發，只此兩件傢俱，空空蕩蕩也看不出有什麼不同尋常之處。徐沫影看過幾眼之後便把目光對準了其中一間臥室，因為他似乎嗅到臥室裡飄出一陣奇怪的氣息。他伸手向臥室方向指了指問道：「那個房間是妳師父的？」

碧凝點了點頭：「對，那是師父的臥室。」

「我進去看看。」

碧凝知道徐沫影來這的主要目的就是想查到詛咒的線索，如果進不去師父的房間，他絕對不會善罷甘休，只好輕輕地應了一聲，走過去推開了那間臥室的房門。在門打開的那一瞬間，徐沫影聞到一股濃烈的檀香味，他禁不住一愣。

掀開門簾走進屋子，看清楚房間裡的布置，他更是大吃一驚，嘴巴張得大大的再也合不攏。

房間不過幾坪大，除了一張單人床之外竟然擺了兩個香案，迎門的香案上擺著一尊觀音菩薩的木質雕像，雕像前的香爐裡全是厚厚的香灰。對著窗子的香案上擺的是釋迦牟尼的雕像，同樣在像前放著一個香爐，爐旁還有幾根未曾點過的香燭。

小床上被褥疊得整整齊齊，乾乾淨淨沒有多餘的東西，只是在床頭上掛了一把黑色的六弦琴。床邊的小櫃子上面，放著一個水杯，杯子裡還有半杯喝剩下的清水。除了這些，便再沒有別的東西。

「妳師父信佛？」徐沫影不解地問道。

「嗯，她一直供奉佛像，早晚上香。」

徐沫影沒想到天媛竟然會信奉佛教。一個因為詛咒殺過十幾個人的女人，怎麼會在家裡燒香拜佛？他有點懷疑眼前的一切都是幻象。他走到香案面前，伸手摸了摸那尊菩薩像，發現手感並沒有絲毫異常之處，頓了一下，他又伸手去摸那香爐，忽然，他猛地轉過頭，神色肅然地向碧凝問道：「妳經常替你師父上香嗎？」

碧凝答道：「不，師父根本不讓我碰她的香案。」

「這麼說，妳是在騙我？」

「騙你？」碧凝一愣，「為什麼這麼說？」

「妳師父根本就沒走，不信妳摸摸這香爐，灰還是熱的！」

第二十二章　自己的故事

劍在鳴叫。

這種感覺不是第一次了。常常在午夜睡夢中，卓遠煙忽然醒過來，都會聽到黑漆漆的屋子裡於靜謐中傳出陣陣嗡嗡聲響，響聲很低，甚至似有若無，像是一聲聲遙遠的呼喚。今天也是這樣，她突然從夢中驚醒，睜開眼睛，天色正慢慢變亮，壁上透出一片金黃色的劍光。

她翻身下床，像狸貓一樣敏捷地竄到牆壁下面，伸手摘下寶劍，睜大眼睛仔細地察看。記不清從哪天起，這把劍的劍光不再是青色，而轉成燦爛的金黃色。好多天未曾出鞘，昨天在酒店裡幫碧凝抵擋火靈鳥和藍貓的時候，竟覺得那劍變得格外輕盈靈動，似乎有劍人合一的感受。

這種感覺，是不是說明自己的劍術又進了一步？如果真是這樣，那父親可就不是自己的對手了，也就是說，他可以放自己一個月的假期不用修練。想到這，她摸著那把心愛的寶劍，禁不住笑出聲來。

拿起手機看看時間，卻意外地發現一條新簡訊，是徐沫影發過來的。點開一看，大意是要她早上開車去車站，說有緊要的事情請她幫忙。去車站做什麼？會不會跟碧凝有關？不管怎麼說，朋友要自己幫忙，自己也找不到推辭的理由。現在的時間不到五點，父母還沒有起床，正好可以溜出去。

她拿定主意，換好了衣服，背上寶劍，輕輕地推開房門，躡手躡腳地走出去。出門之後，她便一口氣跑下了樓，打開車門一頭鑽了進去。

她開車急匆匆地出了社區大門，又一次興奮地對自己宣佈逃亡成功。這意味著自己又可以逍遙一整天，不必再聽老媽的嘮叨老爸的訓斥。世界突然就變得光明而開闊，她一面開車一面哼起了剛剛學會的流行歌曲。

沒多久便開到了跟徐沫影約定的地點，車站的大門外。才清晨五點，行人寥寥無幾，她遠遠地便看見一個穿休閒褲的男孩和穿淺綠裙子的女孩，牽著手在車站門前的大街上蹓達，眯著眼睛瞧了一陣，確定那就是徐沫影跟碧凝。這兩個人怎麼會這麼早就起來了？該不會是昨晚一直在一起吧？

她逕自把汽車開到兩人面前這才停下，把右手伸出窗外對徐沫影揮了揮手，笑道：「兩位久等！有什麼吩咐？」

徐沫影一見是卓遠煙，立刻驚訝地問了一聲：「這麼早？」

「哈哈，越早越好脫身嘛！不過你們倆可比我早多了。到底有什麼事要我幫忙？」

「確實是越早越好，趁著大街上車輛行人正少，我們行動起來也方便一些。」徐沫影往不遠處望了一眼，暗暗算計了一下，又低頭看了一下手錶，湊近了她低聲說道，「妳把車開到兩千公尺外，五分鐘後再開過來，車速要快，全力往我身上撞。」

「什麼？」卓遠煙懷疑自己聽錯了，詫異地問道，「為什麼要撞你？」

徐沫影把頭靠近車窗，小聲說道：「我想重現當初淺月車禍的場景，幫她找回記憶。」

「那也沒必要開那麼快啊！」

「必須要快，危險性大刺激性才大，才能真實地模擬當初的情景。」徐沫影說完，轉過身去拉碧凝的手，「就這麼說定了，快去！」

卓遠煙猶豫了一下，看到徐沫影堅定的眼神，只好應了一聲，腳下一踩油門，那車便飛速地駛離了徐沫影兩人。

見她汽車開走，碧凝禁不住向徐沫影問道：「你們剛才說了什麼？遠煙怎麼走了？」

「沒什麼，她很快就回來。」

徐沫影拉著碧凝的手，慢慢走到街道的中心，停下來，微笑著問道：「妳對這裡有印象嗎？」

碧凝一定地點了點頭：「有印象，非常熟悉，我記得自己曾在這條街上奔跑過。」

徐沫影輕歎了一聲：「昨晚在學校妳問到淺月的故事，那故事的結局就在這裡，就在我們腳下站的這個地方。」

碧凝自然聽明白了他的意思，微蹙著眉頭問道：「你是說，我復活之前就是在這裡死的？」

徐沫影雙臂合圍，緊緊將碧凝整個摟在懷裡，緩緩低下頭，吻著她的頭髮，聲音輕得不能再輕：「嗯，是這裡。那天這街上人很多，車也很多。妳從長途客車上跳下來，穿過人群跑向我，妳一面跑一面喊著我的名字。我也是一樣，手裡拎著一個箱子，一面揮舞著一面跑向妳。那時候我的眼裡只有妳飄舞的長髮，那天我覺得妳好美好美。最後，我們緊緊擁抱在一起，就在這兒，我們現在站的地方。」

碧凝看著他，聽他訴說著，認真地體會當初的情景和心情，不由自主地也將徐沫影緊緊抱住。她腦子裡那些斷斷續續的畫面又開始閃爍不斷。

「我……是不是有很多話要對你說？」碧凝喃喃地問。

「嗯，我也有很多話要對妳說。」徐沫影的聲音輕柔滑過她的耳邊。

「我那天，是不是說錯了什麼話？為什麼……我覺得心裡好愧疚，好難過？」

「沒有。妳沒錯，你說的話都對，是我一直只顧追求自己不著邊際的理想，一點也不顧妳的感受，讓妳傷心，讓妳難過，讓妳承受那麼大的壓力，都是我不好。」徐沫影說得動了情，輕輕地撫摸著她的頭髮，回想著那一天的情景，禁不住想要落淚。

那一天，他本來是想對淺月說這些話的，幾句道歉與安慰的話，他早該講卻從未講出口。但他那天並沒等到這樣的機會，今天，在經歷了許多磨難之後，這機會終於有了。他從昨晚一直盤算著，今天要來這裡幫碧凝尋找記憶，而在他心裡，比找回她記憶更重要的事情也是在同樣的地方、同樣的情境下自己沒有能夠說出口的話。

即使碧凝的記憶再也找不回來，他也將沒有遺憾。

「這是你要說的話嗎？我好高興。」碧凝抬起頭望著他，眼睛裡閃動著淚光，「可是，可是我又好難過，為什麼我想不起自己要說什麼？」

「沒關係。想不起就先不想了，等哪天想起來妳再對我說。」

冷清的街道，兩三個行人從一旁經過，看了他們兩眼便繼續匆匆趕路，把這兩個人留在屬於他們自己的國度。可是沒多久，汽車引擎的嘶吼聲打破了他們小小的世界。徐沫影清晰地聽到身後不遠處車輪在滾動，而且那聲音正離他越來越近，越來越近。卓遠煙生怕他不知道車已經到了，故意在他身後鳴響了兩聲汽車喇叭。但徐沫影不但不躲不閃，反而將碧凝摟抱得更緊。

他期待這場危險的實驗給他一個理想的結果，哪怕是生命的代價。

在這段冷清的街道上，車輛稀少，碧凝絕對料想不到會有車子直直地撞向他們，但是不可思議的事情還是發生了。越過徐沫影的肩膀，她清晰地看到一輛車正向兩人疾馳而來，而當她意識到那車子是在無所趨避地撞向他們，卻已經躲避不及。

那一瞬間，她彷彿看到了馬路上慘白的陽光。

那個下午，就在她陶醉在戀人懷抱中的時候，她看到了陽光下青黑色的柏油路，以及柏油路上飛馳而來的汽車。

那個下午，她心裡的千言萬語只化作嘴上的一句「小心」，她所有與戀人雙宿雙飛的憧憬只變成一個倉促的旋轉。

她想起了，終於想起來了！但是為什麼，為什麼又是這樣一輛車，又讓她來不及說出一句話？那一刻她心裡發出絕望的呼喊。

徐沫影聽到了她心底的呼喊，那是一句簡單的「我愛你」。同時他感覺到碧凝的身體竭盡全力地向右旋轉，緊跟著他看到了即將觸及碧凝身體的車頭。

他知道她想起來了，重來一次，她仍然選擇犧牲自己，保護心愛的人。

他的心發出幸福的顫抖，他知道自己再也沒有遺憾。咬了咬牙，借著碧凝旋轉的力量，他繼續向右擺動著身體，在車撞倒兩人之前完成了三百六十度的旋轉。

碧凝驚訝地看到自己的戀人重新面對著汽車的衝擊，但已經沒有多餘的時間攔阻。她不禁一呆，剎那間，徐沫影低頭吻上了她的唇，同時，卓遠煙的車也撞上了徐沫影的背脊。只是徐沫影的吻很深，汽車的撞卻很輕。

那看似雷霆萬鈞的一撞，卻僅僅是剛好觸及身體而已。卓遠煙在最後時刻拼命地踩下了剎車，時間拿捏得剛剛好，車子在那千鈞一髮的瞬間及時地停了下來。

這個任務還真是驚險，如果不是自己技術不錯，恐怕這時候徐沫影已經橫屍車下了。為了找回記憶而已，何必要做這麼危險的事情？卓遠煙想不通也懶得去想。她長舒了一口氣，伸手抹了一把額上的汗水，身體往座背上一靠，一聲不吭地看著車窗外的兩個人。

這一對戀人正在馬路中央熱吻。

這一刻，徐沫影可以拼命索取，因為碧凝終於不再是碧凝，他找回了從前的淺月。這一刻，淺月也熱烈地回應，當戀人安然無恙，當記憶的火光重新照亮自己的視野，她情不自禁，激動得身體在微微戰慄，一面流淚一面拼命回應著他的親吻。

碧凝終於徹底地相信，這一切都是自己的故事。那天她穿過人群奔向他，只為挽救自己一時的失言和任性。那一天她忽然明白，她所渴望的生活其實很簡單，而生活剛剛在他們面前展開，有愛，有信任，就有希望無限可能。那天陽光正好，午後的柏油路擁擠乾燥。她記得戀人扔下手提箱給了她一個最幸福的擁抱。

那些想說而未能說出口的話，不妨留到今天。雖然遲到了一個多月，卻還保留著該有的溫度。

熱吻終於告一段落，兩人一動不動地對望著。淺月滿臉是淚，嘴角卻一如既往掛著明媚的笑意，她抬頭望著他，調皮地眨了眨眼睛，忽然大聲地問道：「跟我回家吧！我決定啦，我要帶你去見我爸媽！」

徐沫影一怔，進而笑容慢慢地從兩頰綻開，他再一次抱緊了可愛的淺月，讓她的臉貼近他的臉，讓她的心跳貼近他的心跳。她是他的女孩，永遠都是。

淺月咯咯地笑著，繼續問道：「你還沒回答我呢，什麼時候跟我回家？」

徐沫影答道：「還有一件重要的事，等辦完我們就一起回去，好不好？」

「好！」淺月仰起臉問道，「到底什麼事？」

徐沫影想了想，說道：「現在還不能說，我們先去找一家網咖。」

「嗯！」

這時候，徐沫影才想起身後的車裡還坐著自己的好朋友，趕緊拉了淺月的手，走過去跟卓遠煙打招呼。卓遠煙咧嘴一笑，推開車門下了車，一手扶在淺月的肩膀，一手在徐沫影肩上重重拍了兩下，說道：「我真後悔沒帶相機，錯過了一個精彩的鏡頭！你們倆終於大團圓了，恭喜你們！不過，以後可不要再把這種危險的差事交給我，你們沒事，我可是差一點沒嚇出心臟病來！」

徐沫影和淺月對視一眼，便笑著一起向卓遠煙道謝。

三個人上了車，往前開了一段路程之後，在一家網咖外面停下來，進網咖要了一台電腦。徐沫影開機上網，在「百度」（按：大陸網友最常用的搜尋引擎之一）裡面搜索了一陣之後，興奮地打開一個網頁，指著一則新聞對兩個女孩說道：「妳們看！這裡提到四川西部的一個山村，長年遭受雷電襲擊，二十五年內受雷擊有245人，平均一年大約十個。這裡自然條件十分惡劣，人煙稀少，大部分能搬走的村民都已經搬走了，留下來的也有不少受雷擊而死。」

「四川西部？雷擊？」淺月若有所思地問道，「你是說，我師父經常去的地方就是那個山村？」

「對！」徐沫影抬起頭看著她，「我們也要去那裡看看。根據天媛的預言，詛咒的線索極有可能會在那裡出現。雖然也可能是一個陷阱，但至少應該能找到一點蛛絲馬跡。」

「好地方！」卓遠煙一聽，禁不住高興叫道，「你們打算什麼時候去？我也要一起去玩，那裡一定很刺激！」

「馬上就去！」徐沫影離座而起，拉著淺月的手就去服務台結帳，「我覺得越快越好，儘早把事情解決掉，我也好跟淺月一起回家。」

「好吧，」卓遠煙無奈地聳了聳肩，「我又要準備一次大逃亡了，另外，還要時刻準備被緝拿歸案、關押禁閉。」

淺月遲疑地說道：「我不知道該怎麼面對師父，雖然這可能都是她一手所做，但畢竟她也救了我，是仇人，也是恩人。」

「她背後有那麼多條人命，我們不能放任不管。就是因為她，因為這該死的詛咒，術數才遲遲得不到正常的發展，才不能被真正的認識和肯定。不管怎樣，我們應該把詛咒破解。」

淺月不再辯解，沉默著跟著兩人下樓走出了網咖。

「我打個電話給微雲。問她去不去，我覺得叫來她會比較妥當。」看得出，徐沫影解決了懸在心底的感情難題之後，難得的意氣風發。他一面說著一面拿出手機撥了柳微雲的號碼，並沒人接聽，於是徐沫影留了言：

「微雲，我們找到了詛咒線索，淺月說天媛經常去四川西部，有可能是一個小山村。我想立刻過去一下，希望妳也能一起去，要不我和遠煙、淺月三個人先過去，妳隨後再趕過去也可以。對了，藍靈她還好嗎？好好照顧她。」

掛掉了電話，徐沫影轉頭問兩個女孩：「妳們要準備什麼嗎？」

淺月搖了搖頭。卓遠煙十分乾脆地說道：「夜長夢多，什麼都不用準備，快點帶我逃出老爸老媽的天羅地網！」

徐沫影一笑：「好，那我們就去機場！」

第二十三章　首玄山

黑雲壓城，雷鳴電閃，是這座荒涼的山背村留給徐沫影的第一印象。

初到這片山嶺，便見黑雲瀰漫一層層遮住了日頭，一團團覆蓋了山巒。山之外還是山，山與山之間都是狂湧的雲團，樹之外還是樹，樹與樹之間儘是亂舞的風沙。幸好三個人在來時的路上曾經打聽了一下這座因雷擊聞名的山村的所在地，因此很快找到了村子的大概位置，再經徐沫影略加推算，沒多久三個人便頂著黑雲乘著黑風進了村子。

或者說這不是村子，零零散散不過十來戶人家，或許不能構成一個村落。除了這些人家，便都是些廢棄和倒塌的房子，一座座到處都是，斷壁殘垣記錄著每一個背井離鄉之人留在這裡的最後痕跡。

此時忽然雷聲大作，閃電像蛇一般的開始在天邊躍舞。徐沫影趕緊拉著兩個女孩跑到最近的一戶人家門口，敲響了古舊的木門。

門裡傳出一個蒼老的聲音，問道：「誰啊？」

徐沫影答道：「我們是路過這裡的，碰上下雨，所以想借地方避避。」

天色昏黑，一道道電光照亮了徐沫影黝黑的臉，雷聲好像存心要淹沒他的聲音，轟隆隆一聲接著一聲，一聲比一聲更響。

淺月似乎覺得有些冷，輕輕地依偎著他的身旁。徐沫影連忙摟住她。卓遠煙皺著眉頭望著天，卻見一道電光從遠山上直直地劈下來，打在附近的一棵樹上，她不禁打了一個寒顫。呼嘯的風聲裡，她聽到一聲巨響，那是樹枝折斷的聲音。

也許下一刻，雷電就會擊在三個人的身上。卓遠煙這樣想著，心裡便禁不住開始有點害怕。這一趟運氣可真是糟糕，一來就碰到這雷電交加的鬼天氣。

半天不見門內再有任何聲響，徐沫影趕緊又敲了兩下。卻聽門內那聲音說道：「你們快走吧，我們這裡不歡迎外人。」

徐沫影一怔，詫異地問道：「我們只是避一陣雨，不會給您添麻煩的！」

那聲音答道：「就是不能避雨。放外人進門，就會放雷電進門，我這把老骨頭還想多活幾年，你們快走吧！」

三個人聽了都不禁一愣，不知道老人是什麼意思。徐沫影猜測，可能是山裡人迷信，被雷電嚇怕了才不敢放外人進門。沒辦法他們只好轉頭準備另找別家。

這時候又是一道電光閃過，照亮了整個村子。卓遠煙突然驚叫了一聲，指著三人面前十幾公尺之外的草叢說道：「那邊似乎有個人，就在草叢裡！」

「人？你看清楚了？」震耳的雷聲裡，徐沫影大聲地問道。

淺月也說道：「我好像看到了一條手臂，確實像是有個人。」

「那我們過去看看。」

天色太暗，離遠了根本看不清什麼，三個人只好走過去，想看個究竟。徐沫影一馬當先，一隻腳剛剛往草叢裡一站，便感覺腳踝被什麼東西纏緊了。

他嚇了一跳，趕緊往旁邊跳了一步，剛剛站穩，當頭便是雷霆霹靂。電光之下他看到一條黝黑的胳臂伸出草叢，草叢裡露出一張因痛苦而扭曲變形的臉。兩個女孩也同時看清了那張猙獰的臉，禁不住驚叫了一聲，卓遠煙立刻伸手按住了劍柄。隨後，他們聽見那人嘴裡喊出一聲：「救我！」

「誰？」徐沫影反射性的問了一聲。

「我被雷劈中了腿！」那人微弱地呻吟道。

三個人膽子都不小，慢慢地圍攏過去觀看，才發現那地上趴著的是一個中年農民。那人的左腿一片焦黑，粗布褲子也只剩下一條褲腿，可能被閃電擊中，因而燒焦了一條腿。奇怪的是，意識很清楚也沒有暈過去。

徐沫影蹲下身，端詳了一下他那張猙獰的臉，忽然想到了狼，想到了天媛歌謠裡所唱的「單腿的野狼」，或許這真的可以看做一隻野狼。他不禁覺得從心底透出一股寒意。

「我家……在前面不遠處，你們能不能……背我回去？」

徐沫影還沒說話，遠煙便一口應道：「好，來我背你！」

徐沫影趕緊伸手攔住她，說道：「我背吧！」

說完他俯下身，在兩個女孩的幫助下把這人背起，按照他的指引迎著激蕩的山風往村裡一步步走去。

沒多久，三個人進了一間破舊的小屋，把那人放在床上。見那人呻吟不止，淺月關切地問道：「要不要我們去幫你叫醫生？」

「不用。」那人有氣無力地擺了擺手，「我們這種鬼地方……哪有醫生？醫生早就跑光啦！」

「那你怎麼辦？」

「沒事。」那人勉強笑了笑，面容更加扭曲難看，「我算是……撿了一條命。雷神爺只拿走我一條腿，我知足了。你們是……從這路過的吧？一般路過的都避開這兒，太危險……我勸你們好好在屋裡待著，天氣放晴之前……不要想著趕路。」

徐沫影點頭說道：「是啊，我們是路過的，不知道為什麼，這山裡這麼多雷電。」

「呵，誰也不知道這是怎麼回事，老人們都說，這山裡埋著雷神像，挖出來建個廟祭拜祭拜就好，可誰也找不出……這雷神像在哪裡。」

「雷神像？」徐沫影一怔。

「是啊，這說法已經流傳很久了。老人們說，李世民當朝的年代，山裡來了個……老神仙，要大家都搬走，說繼續住在這裡會打擾祂修行，雷神就會發火。」

徐沫影一聽，大概便知道怎麼回事了。唐朝初年來到這裡的那個「老神仙」，很可能就是袁天罡，他一定在這裡動了什麼手腳，使這一帶風水惡劣，雷電猖獗，又編了個謠言讓大家搬離此地。如果真是這樣，能在這裡找到詛咒線索的可能性便大大增加了。

他拿出手機，本想給柳微雲打個電話聯繫一下，卻不料根本接收不到任何信號。他只好把手機收起來，暗暗在心裡占了一卦。他斷定柳微雲已經到達了四川西部，正在趕往這片山地的途中，同時卦象裡顯示，正在匆忙趕來這裡的，絕不是一個人，也不只兩個。

他忽然想起夢中出現過的六爻，這是不是意味著，一切馬上就會真相大白？

徐沫影心中的疑雲更重。他們能找到這裡，都是因為天媛在歌謠中透露的線索，而淺月能跟自己相認，也多半是因為天媛放手的緣故。假如沒有淺月沒有那首歌，他們要找到這裡恐怕不知何年何月。這樣看來，似乎是天媛有意要他們找過來一樣，他想不通這是為什麼。第一個感覺這應該是圈套，但偏偏又不像。不過這地方實在詭異得很，極度惡劣的風水背後一定隱藏著什麼。

淺月對受傷的屋主稍加照料，那人便昏昏地睡過去了。

三人坐在黑糊糊的小屋裡，聽窗外的風聲和雷聲，恍恍惚惚產生了進入另一個世界的錯覺，這山村跟城市的差異實在太大了。徐沫影四下觀察了一下粗糙的土牆，他懷疑一會兒會不會漏雨。但是沒多久他便發現，自己的擔心是多餘的。

雷鳴電閃這麼久，卻根本沒掉下一個雨滴。

三個人乖乖地等待雷停風止，其間淺月一直坐在徐沫影身邊，緊緊地偎依著他，卓遠煙背著寶劍在屋子裡走來走去，一刻也沒停過。徐沫影凝眉細思，想到袁天罡，忽然記起遠煙曾說過袁天罡信佛，便問道：「遠煙妳怎麼得知袁天罡信佛的？」

卓遠煙停下來說道：「寺裡一位大師說的，他說資料上有記載。你不是不信的嗎？怎麼突然問起這個？」

徐沫影看了看身邊的淺月，見淺月也正心有靈犀地看著他。他說道：「淺月的師父也信佛，我懷疑她跟袁天罡有關。」

卓遠煙把頭搖得像撥浪鼓一樣：「不可能！你不是說她師父殺了很多人嗎？信佛怎麼會隨便殺人呢？」

「我也想不透這一點。」

淺月忽然輕聲問道：「沫影，要破詛咒，是不是就要殺了我師父？」

徐沫影輕輕摟著她的肩，看了看她：「我不知道。我現在甚至不明白詛咒以何種形式存在，也不知道妳師父現在的態度，我希望她能告訴我為什麼要殺人。」

窗外，風吼雷鳴，電光時不時地映滿幽幽的暗室，映上三個人的臉，讓每個人的臉色看起來都蒼白如紙。

沉默中，徐沫影忽然站起來說道：「微雲來了。」與此同時，窗外雷聲中間隱隱夾雜著兩聲清脆的鳥鳴。

「是嗎？我去看看！」卓遠煙搶先走過去打開了門，風馬上無孔不入地灌進來，吹起她的衣襟，吹亂了她的頭髮。天地間一片昏黑，借著一道跳躍的電光，她看到十幾公尺外兩個女孩正邁步走向這間小屋，衣裙在風中獵獵飄動，火紅色的鳥兒在她們頭上盤旋鳴叫。她不禁叫道：「微雲，藍靈，快過來！我們在這兒！」

火靈鳥落回柳微雲的肩上，兩個女孩急跑幾步來到小屋門前，卓遠煙趕緊閃身讓他們進來。徐沫影也挽著淺月的手走過去說道：「微雲，靈兒，妳們來啦！」

藍靈一見他們兩人，怔了一下，便轉過臉望著窗外不再看他們，逕自整理自己被風吹亂的衣服。喵喵「唧唧」歡叫著從她懷裡鑽出來跳到地上，本想撲到徐沫影身上親熱一下，那知見了卓遠煙竟又縮回到藍靈身後。

柳微雲一面輕輕拍掉身上的塵土一面說道：「這山村環境怎麼會如此惡劣？要不是卦象顯示你們就在這裡，我真懷疑我們走錯了地方。」

「正因為環境惡劣，才更有可能埋藏著重大秘密。」徐沫影分析道，「我想是袁天罡在這裡做了什麼手腳。」

柳微雲問道：「看到天媛了嗎？」

徐沫影搖了搖頭：「我們剛到這裡，就被雷電趕到這屋子裡來了。天氣一直這樣，根本不敢出門。」

「那只好等一等了。」柳微雲淡淡地說道，然後轉過身，一眼瞧見躺在床上的男子，驚訝地問道：「他是這房子的主人？」

徐沫影看了那男子一眼，見他還在昏睡，歎了一口氣說道：「是啊，被雷電打掉了一條腿。據說在這村子，人被雷電擊傷是常事。」

柳微雲不禁皺了皺眉。

藍靈在一旁悶聲不語，甚至正眼都不瞧徐沫影一眼。淺月看了她兩眼，有心過去說話卻又不知道該說什麼，雖然沫影本就屬於自己，但人畢竟是她從婚禮上搶走的，這中間有許多話，還真的說不出口。

柳微雲靜靜地看了淺月一眼，便在床邊上坐下來，右手撐在腮邊，眼睛望著窗外，似乎在想心事。可是沒過多久，她的眼睛便微微閉合，睡意沉沉。想一想也知道，昨晚為了照顧藍靈，她一定沒有睡好，甚至整夜沒睡。

屋子裡很安靜，安靜得有些詭異。只有聽見風不停地呼嘯著。

卓遠煙倚在門口無聊地發了一會兒呆，禁不住出聲問道：「我們還是聊點什麼吧，怎麼都跟悶葫蘆似的？」

柳微雲一下子驚醒過來，抬頭看了她一眼，又看了看徐沫影，便又恢復了先前的姿態，靜坐不語。

淺月緊緊地偎著徐沫影，也微閉著眼睛。

徐沫影倒是很想問問為什麼只有藍靈和柳微雲過來，但為了避免誤會，他終於還是忍住沒問，只在心裡暗暗地占了一卦。

卓遠煙見大家沒有人回應她的提議，歎了一口氣，只好倚在門口枯坐著。

起初喵喵還在屋子裡嗅來嗅去地亂跳，時間長了也就安靜下來，蜷縮在牆角裡開始大睡。藍靈便俯身把小東西抱起來。

火靈鳥始終不離柳微雲的肩膀一步，兩隻小眼睛也始終在卓遠煙身上轉來轉去，想必是對婚禮上的一戰耿耿於懷。卓遠煙向牠做了一個鬼臉，乾脆伸手從背後解下寶劍，慢慢地擦拭，再偷眼一看，那鳥兒眼睛瞪得圓圓的，已經有了些許的怯意。

門外漸漸安靜的時候，夜色也已經罩了下來，電光漸漸少了，最後終於消失，屋子裡暗得一塌糊塗。淺月在床頭找了一根蠟燭過來點著了，才給屋子裡增添了幾許光明。外面的風雷徹底平靜的時候，一片皎潔的月光也從小窗裡透進來。卓遠煙迫不及待地推門跳出去，抬頭看了看天，歡叫著原地打了一個轉，然後便向屋子裡喊道：「快出來吧！天氣完全放晴了！」

徐沫影站起來，牽著淺月的手出了門，身上馬上罩上一層朦朧的月光，這才記起今夜好像是農曆十五。抬頭遠望，果然是雲散天青，深藍色的天空閃耀著無數顆寶石般的星星，心裡不禁讚嘆這山間的清朗夜色格外動人。

「微雲，靈兒，妳們出來吧！」

徐沫影心情舒暢，一面叫著屋裡的兩個女孩，一面轉頭望向月亮，但一望之下，目光便突然僵住。

他見到一個奇異的景象。

他從未見過那樣一座山，山峰突兀尖細，刺入天空，峰頂上又奇形怪狀分出些枝杈，使那山峰遠遠看起來像極了一棵枯乾的老樹。而那輪圓月就高高懸掛在山頭，輕雲飄過，遮住那月亮少許的一部分，使它看起來微有瑕疵，倒像懸掛在一株老樹枝頭的骷髏頭骨。光禿禿的老樹枝，閃閃發光的骷髏頭。實在是太像了，這讓徐沫影著實一驚。或許在別處看到這種景象他不會過於在意，但在這裡則不同，每一處細微的異樣都會引發他的聯想。

藍靈和柳微雲從屋子裡走出來，見他望著遠天的月亮發呆，便都順著他的目光望過去，每個人都是一驚。

這時屋子裡傳來那男子微弱的聲音：「水，水……。」

徐沫影和淺月趕緊走回屋子，藍靈和柳微雲也轉回身跟了進來。淺月倒了一碗水給床上的男子端過去，小心翼翼地餵給他喝。那人睡醒之後，氣色稍有好轉，喝完水，抬頭看了看床前的幾個人，說了聲「謝謝」，又說道：「另一間屋子裡放著米，你們可以自己煮飯吃。」

柳微雲忽然問道：「請問你是本地住民嗎？在這裡住了多少年？」

「是啊，我是這裡土生土長的人，三十多年都沒離開過這座山。出了山我誰也不認識，又不認識路，要不，我也早就搬出去啦！」

「那你知不知道東邊那座山叫什麼名字？」

她問的就是剛才看到的那座形似老樹的山。

「東邊？」那人自言自語地念叨了一句，看了看窗戶，一片月光正透過窗子照進來，「今天月亮又圓了吧？你們看到的應該是首懸山。」

聽到首懸山三個字，徐沫影的身體禁不住一顫，藍靈也是一驚，轉過頭看了徐沫影一眼，目光裡除了驚詫便是幽怨。

柳微雲更進一步問道：「為什麼叫首懸山？」

「怎麼？看你們的表情好像聽說過。你們剛才也一定看到了，這山上掛著月亮，就像樹上掛個人頭，自然就叫首懸山啦。首懸山，山懸首啊。」

幾個人不禁面面相覷。原來這山名應該是「首懸山」而不是「首玄山」，徐沫影的爺爺或許是覺得懸字不好寫因此故意寫作「玄」，致使他們找了這麼久也沒有找到，沒想到今天機緣巧合之下竟發現「首玄山」原來就在這裡。照這樣看，徐爺爺很有可能也是從這裡遷出去的，他也是這山背村的人！

徐沫影走上前去問道：「首懸山有人住嗎？」

那人搖了搖頭：「沒有，這附近只有我們這一個村子。」

爺爺果然是這村子的原住民，猜想之所以搬出去住也是因為雷電肆虐。他繼續問道：「那首懸山是不是有個山洞？」

「對，山腰上確實有個山洞，洞裡畫了不少奇怪的畫，還有一些奇形怪狀的符號。我小時候經常偷偷過去玩，可是老人們都說那是鬼畫符，看了就會受詛咒，這麼多年了，已經沒人敢去了。」

徐沫影聽完不禁大喜，說了聲「謝謝」便轉過頭，只見柳微雲平靜的臉上也掠過幾分激動的神色。

首懸山，山洞，都找到了！即使這些跟詛咒無關，徐沫影也算了卻了自己的一樁心願。何況聽這人的講述，那山洞多半跟詛咒有著莫大的聯繫。

三個女孩全都把目光投向徐沫影，卓遠煙這時也一腳踏進門來問道：「怎麼啦？發現什麼啦？」

徐沫影興奮地點了點頭：「我們知道該去什麼地方了！如果大家都沒意見，我們就連夜趕往首懸山！」

藍靈淡淡地說道：「我沒什麼意見，留在這裡也沒辦法過夜」

柳微雲也說道：「我覺得，還是早點查清楚早點離開比較好。」

淺月輕輕說道：「我對這村子也沒什麼好感，就去首懸山那邊吧！」

卓遠煙丈二金剛摸不著頭緒，愣了愣神問道：「首懸山是哪裡？」

一行人辭別那男子出了村子，向東一直往首懸山方向走去。走在路上，徐沫影禁不住想起了長松山。當初在長松山上也是這五個人，只不過當初的碧凝變成了今天的淺月。他知道今晚要來的還有一個人，如果她不來，那六爻便不算齊備，解掉詛咒便會遇到麻煩。但他想不明白，他已經為那柯少雪改了命，她為什麼還會來幫自己？

他想起柳湘公的話，大概人命真的比不過天命吧。也許在柯少雪的天命上面已經寫著，她注定將會被人改命，她注定要來首懸山幫助自己。他不禁有些迷惑了：如果真是這樣的話，改命還有什麼意義？

他正胡思亂想，忽然便聽到前面不遠處傳來一陣歌聲，聲音甜美，是個年輕女孩。這裡是荒山野嶺，前不著村後不著店，這歌聲突然從山背後轉出，讓女孩們全都吃了一驚。柳微雲立刻停下腳步問道：「是天媛？」

藍靈側耳細聽，然後搖了搖頭：「聲音不像。」

只有徐沫影心裡最清楚，這聲音他聽過無數遍，他知道聲音的主人是誰。但他想不通的是，柯少雪一個人半夜跑來山上也就罷了，竟然還敢大聲唱歌？他淡淡地笑了笑，對大家說道：「不用緊張，是柯少雪。」

四個女孩也都是驚訝不已，循著歌聲向遠處山路上張望。果然，月光下現出一個柯少雪窈窕的身影，她穿一身白裙子，背著一個小包，一面走一面東張西望，似乎在尋找著什麼。

在她身後，緊跟著一隻蹿上跳下的小黃狗，偶爾也清脆地叫上兩聲。

唱了兩句歌之後，柯少雪終於有些畏怯了，停下腳步，望瞭望月光下安靜的樹木和山巒，俯身將自己的小黃狗從地上抱起來，一面撫摸著牠光滑的背毛一面語氣輕柔地問道：

「仔仔，我唱歌他也聽不到，你說這麼大的山，我們該去哪裡找他？」

小黃狗舒服地哼哼了兩聲，像是回答她的問話。

四個女孩都把目光齊齊地投向了徐沫影，有驚訝，有質疑，也有責怪。

第二十四章　卦之心

徐沫影向柯少雪喊了一聲：「少雪，我在這兒！」

柯少雪聽到之後，抬頭向這邊望了一眼，臉上立刻露出驚喜的神色，再一看周圍女孩，笑容便變得羞澀靦腆。她俯身把小黃狗放下，站在原地又向徐沫影五人看了幾眼，這才緩緩走過來。

徐沫影快步迎上去，雖然這次見面有些難堪，但他知道無法迴避。卓遠煙瞅了瞅淺月和藍靈，也邁步跟上。柳微雲和藍靈面無表情，淺月淡淡地笑了笑，各自跟在後面。

徐沫影故作鎮靜地問道：「少雪，妳怎麼來了？」

月光下，柯少雪一襲白裙彷彿出塵仙子，數日不見似乎更加嫵媚動人。聽到徐沫影的問題，她愣了一下，表情驚訝地問道：「沫影你怎麼了？不是你叫我來的嗎？」

徐沫影也愣住了：「我？我沒有啊！」

柯少雪一怔，低頭若有所思地輕聲說道：「昨天夜裡你回家，因為家門有人守著進不去，就蒙上臉偷偷進了我的房間，跟我說了很多話……要我今天晚上務必來這裡找你。你，你都不記得了嗎？」

徐沫影愕然半晌，不禁苦笑一聲。不用說，這是天媛用幻術裝扮成他的樣子去找柯少雪了。儘管柯少雪被改了命，但她很難在這麼短時間內徹底忘記他，先不說她跟祝小天在一起是不是真的事，只要自己要她來首懸山，她也多半是不會推辭的，而且說不定天媛還在她耳朵邊說了別的什麼。現在，她一個纖弱女孩，就這樣孤孤單單乘著夜色來尋找自己，他不禁覺得對她的歉疚越來越深了。

「一起走吧。」徐沫影想說那根本不是他，但他放棄了。他昨晚一直跟淺月在一起，只要淺月心裡明白就好。

「去破解詛咒嗎？」少雪問道，「我不知道自己能不能幫上忙，既然你要我來，希望我不會給你添麻煩。」

徐沫影點了點頭。沒想到天媛把這種話也對她說了，他恍然覺得自己好像上了一個大當，現在，六個人已經全是天媛魚鉤上的魚，下一刻應該就要被送到砧板上去被剁爛切碎。但是走到這一步了，眼看已經找到了首懸山和山洞，怎麼能兩手空空地回去？就算是龍潭虎穴，他們也不得不去闖一闖。

當六個人攀上首懸山的半山腰，找到那個山洞，已經是後半夜。站在洞口向洞內一望，只看見一片幽深。徐沫影三人來得匆忙，都沒做什麼準備，柳微雲卻變戲法一樣拿出兩支手電筒，把其中一支遞給徐沫影。眾人不得不在心裡佩服她心思細密。

兩個人先用手電筒往洞裡照了照，發現這山洞很深照不到盡頭，兩側洞壁上果然有些各色的圖案花紋，只是離得太遠看不清楚。洞中地面陰濕，滿布青苔。打量了幾眼之後，徐沫影在前，卓遠煙斷後，六個人便依次進了山洞。

除了少雪和淺月，其餘幾個人都有探淳風墓的經驗，相比之下，這山洞遠不如李淳風墓恐怖危險，因此倒也沒人害怕。淺月也經歷過不少危險，少雪則是看慣了鬼魂，因此這兩個女孩也都談不上恐懼。

手電筒照在石壁上，那些圖案花紋一目了然。雖然圖案斑駁，但還是很快被徐沫影幾個人認了出來。這是推背圖，沒錯，洞壁左側從第一幅開始，洞壁右側從第三十一幅開始，跟李淳風墓中所繪製的一模一樣。想來這山洞出自袁天罡之手多半沒錯。

因為這些推背圖他們之前曾經看過，因此沒有多做停留，只是走馬看花，接著又一步步走向山洞深處。

地上冷不防地出現一具白花花的人骨，柯少雪這才覺得恐怖，捂住嘴差點沒叫出聲音，下意識地抱緊了懷中的小狗。卓遠煙一見，也覺察到了危險，回手抽出了寶劍。

如果這時候站在洞口往洞裡看，就會看到一片黑暗中透出一丁點光亮，若明若暗地照出幾張臉幾個人影，活像一個個幽靈。

眾人放慢了腳步，越發小心翼翼。徐沫影把手電筒往前面的地面上一照，意外地發現竟然橫七豎八地躺倒著十幾具骷髏。人人都覺得毛骨悚然。

這只是來去自由的山洞，而不是什麼有進無出的墓穴，這些人死在這裡明顯被人所殺。顯然，這裡潛在的危險性似乎要比淳風墓大很多。

淺月手腕一翻，便從掌心裡化出一條花藤，緊緊跟在徐沫影身後。

柳微雲用手電筒在一具骷髏旁邊仔細照了照，然後俯身撿起一個尖銳的如同錐子樣的東西，好像是打磨石頭用的工具，但年代久遠，已經鏽跡斑斑。下意識地往牆壁上照了照，赫然發現兩幅推背圖之間寫著幾個血淋淋的大字：盜圖者死！

那字跡殷紅如血，突然躍入眾人眼底，不禁讓每個人都覺得心底一顫。柯少雪不由自主地驚呼了一聲。卓遠煙輕輕地說道：「別怕！有我們在呢！」

人多當然是好事，如果不是一行六個人一起進來，柯少雪一定打死也不會來這種鬼地方。只是地上躺著十幾具骷髏，說明人就算再多，一起變成屍體的可能性還是很大的，好在石壁上寫的是盜圖者死，沒有說入洞者死，這讓她心裡安慰了少許。事實上她根本想像不到，他們今天要做的事情可是比盜圖要嚴重得多。

「這些人沒死多久，應該在最近三十年內。」柳微雲淡淡地說道。

徐沫影同意她的看法。山背村那個漢子小時候常常來玩，卻不曾見過這骷髏和牆上的字樣，說明那時候這些人還沒死。後來這些人前來盜取山洞中的推背圖，結果全部被殺死，在牆上刻下字跡以儆效尤。

徐沫影轉過頭看了看淺月，說道：「殺害這些人的人，就是妳的師父。」

淺月盯著那字跡看了半晌，抿了抿嘴唇，說道：「這字確實像我師父寫的。」

眾人面面相覷。柯少雪突然問道：「妳師父怎麼能這麼做呢？這樣她會判死刑的！」

徐沫影勉強笑了笑：「少雪妳不瞭解，她師父不是一般人，沒人能抓得住。」

這時，柳微雲已經一個人拿著手電筒悄悄走到前面去了，徐沫影怕她出危險，趕緊招呼大家都跟上。沒想到再往前走不多步，竟然就到了山洞盡頭，前面已經沒有去路。柳微雲打著手電筒一動不動地盯著迎面的石壁，眾人也趕緊都湊過去觀看，卻見那上面用朱砂畫了一個巨大的卦形，整個由上到下有一人多高，十分醒目，卦頭上寫著幾個小字：

山地剝。

這樣的一卦，無疑給徐沫影帶來無窮的疑慮。那曾經做過的第六爻的夢，再一次浮現在自己腦中。他原以為終於闖過情關可以一試身手解開詛咒，到頭來竟還是剝字蓋頭！他一直堅定的信念禁不住有些動搖。

自己一個人失敗還好，怕就怕連累這麼多女孩，大好青春卻葬身山洞有來無回。

柳微雲看出他臉色有異卻沒說什麼，手電筒光柱往旁邊移動，發現卦象旁邊竟然還附了一幅畫。眼睛湊近了仔細去看，才發現畫的竟像極了李淳風墓中所見的推背外篇第二幅，一枝桃花五朵，一朵凋落一朵反常，地面上有巨大的鷹的影子，只是李淳風墓中圖上是個小孩，這裡卻是個白衣少女，抓住小孩雙足的小鬼變成站在少女背後的一個老人。

經歷了這麼多事，徐沫影一見那圖，再與屍靈子和李淳風墓中的圖相互對照，立刻便明白了許多。

原本那圖上的小孩和這少女本是一個身分，指的就是天媛。小孩，也就是童，是說天媛化身為童天遠。但受預測能力所限，屍靈子和李淳風並未測出童天遠的真實身分，因此只畫了小孩而未畫少女。至於李淳風所畫的小鬼，正是暗示天媛背後的指使者，也就是死去的袁天罡。眼前這幅圖很可能是袁天罡本人所畫，當然不會把自己畫成一個鬼。而憑藉屍靈子的預測能力，卻未能預測出袁天罡的存在，因此小孩腳下和背後都是空空如也。

由此可見，唐初李袁兩位大師的占卜水準必然遠在屍靈子之上！這意味著，自古而今，最為神奇靈驗的預測術幾乎已經全部被大師們帶入了地下。

想明白這一節，徐沫影心裡更是無比惋惜。他想不通，大師們為什麼不肯把所學流傳後世造福人間，甚至還想方設法限制術數的發展？

徐沫影思忖片刻，用手電筒往畫的下方照去，果然，那裡不多不少刻著四句讖語：劍本非劍，靈亦非靈，雪月煙雲，終成沫影。

前面三句都有些隱晦，但看到最後一句，每個人臉色都不禁為之一變。他們在李淳風墓中看到的讖語第四句是被抹掉的，現在看來，是因為這句話實在過於明顯。沫影兩字，恰恰是徐沫影的名字，再笨的人也能瞧出這幅圖必然跟徐沫影有關。再折回去看前面，「雪月煙雲」四字，一字一個人名，四個人也都在一行人當中，而「靈亦非靈」的靈，雖然具體含義不明，卻顯然跟藍靈有關。這樣一看，六個人全被這四句讖語言中。至於劍本非劍，很容易讓人聯想到卓遠煙的劍，可這究竟是什麼意思呢？難道，那根本不是劍？

徐沫影向卓遠煙伸出手去，問道：「能不能把妳的劍拿給我看看？」

卓遠煙也在納悶這句讖語，聽沫影一問，立刻把劍遞給了他。徐沫影一手拿劍一手用手電筒照著觀察了一會兒，驚奇地問道：「妳的劍換了？我記得之前劍刃是青白色的，怎麼現在是金黃色？」

卓遠煙搖了搖頭：「沒換啊，忽然就變成這樣，我也覺得很奇怪。」

柳微雲突然說道：「我有個想法。」

眾人都把眼光投向她，徐沫影問道：「怎麼？」

「我懷疑劍身上附了純靈。天書上講，五行純靈有時候會隨著身體的死亡轉移寄託在同屬性的物體身上，火靈附於火，水靈附於水，而金靈附於金屬。在長松山，出李淳風墓之前，遠煙曾經殺死一個怪獸，那隻怪獸有可能是純金靈，獸死之後，靈體便寄生於劍。」

遠煙聽罷立刻說道：「我明白了！我的劍遺落在墓裡，後來又自己插回劍鞘裡面，是不是跟你說的這個有關？」

柳微雲淡淡地答道：「我只是猜測，既然說劍不是劍，那它只能是靈，跟我的火靈鳥一樣。」

這句話點醒了徐沫影，他眼光在五個女孩身上掃了一遍，忽然說道：「如果真是這樣，我們六個人現在就是五靈齊備了！遠煙的劍是金靈，喵喵是水靈，朱朱是火靈，少雪的狗是土靈，而淺月本身是木靈。」

五個女孩不禁面面相覷。五靈齊備，這應該不僅僅是巧合吧？但是現在他們還瞧不出這其中有什麼文章。

柳微雲又說道：「這麼說，靈亦非靈就好解釋了。前一個『靈』字是指靈兒的名字，整句話是講，靈兒名字叫靈而實際卻不是靈。」

「對，應該就是這樣。」女孩們紛紛附和，只有藍靈，自始至終都抱著喵喵站在最後面，一言不發。

讖語的後面兩句，「雪月煙雲，終成沫影」，卻沒人能斷準是什麼意思。按字面解釋，這應該是在預測四個女孩最終的結局，但若將沫影理解成徐沫影的名字，這句話又好像是說四個人幫助了徐沫影。根據畫中桃花來看，後一種解釋的可能性比較大，這應該是個不錯的預言。

柯少雪在一旁靜靜聽眾人議論，有些靦腆地說道：「如果我真的能幫沫影就好了，可惜我什麼都不懂。」

徐沫影笑了笑：「沒事，妳跟著我們走就行了！」

現在看到這預言，他的信心又重新拾起來幾分。再抬頭去看那卦象，倒也並不覺得是個凶象，剝卦雖有陰盛陽衰之象，卻也有陰極陽生的意思。這樣一想，頗像是在預示著破除詛咒，迎來的光明。

他在心裡給自己打了打氣，堅定了信念然後走到石壁近前，抬起右手在最上邊的陽爻上面摸了摸。他感覺到自己的手指在微微發熱，登時便明白了怎麼回事。這個機關，跟淳風墓中的機關很像，都是透過感受特定人的靈體來開啟。於是他轉過頭向女孩們說道：「妳們都過來，分別把自己右手按在五個陰爻上，看看會不會出現什麼密道。」

「好！」卓遠煙答應得最爽快，一步跳過來，伸右手搭在最下面的陰爻上。

淺月離沫影最近，伸手便搭上了二爻。

藍靈、柯少雪也走過來分別把右手搭在三爻和四爻上面。

柳微雲微微猶豫了一下，好像還在考慮什麼，見五個人都已經準備好了，便也走過來，將右手搭上了第五爻。

她纖細的手指剛剛觸及那紅色的朱砂，眾人便聽到腳下傳來一陣巨大的轟鳴聲，好像石塊在隆隆滾動。她馬上意識到不妙，鬆開按在石壁上的右手，剛想提醒大家逃開，卻感覺腳下一空，整個身體陷了下去。

醒過來的時候，黑暗中透出一線光亮。徐沫影的手電筒還亮著，乖乖地躺在他胳臂下面，照亮了一條路，從這條路上，能看到青灰色的石頭地面，凹凸不平。

他右手心還緊緊握著一隻溫暖的小手，這觸感這溫度，必然是自己心愛的淺月。昏迷之前他們從上面跌落下來，現在他意識到自己應該是在山洞下面更深一層。女孩們都昏過去了吧？自己應該醒來得最早。他活動了一下酸麻的手臂，從地上撿起那支手電筒，往身旁隨意地照了照，然後他驚訝地看到黑暗中有一雙冷冷注視著自己的眼睛。

就在自己對面，藍靈靠著石壁坐在那，懷裡抱著喵喵，正睜著眼睛死死地盯著自己，那種眼神裡面，除了幽怨便是絕望，看得他禁不住打了一個哆嗦。那一瞬間他忽然明白，自己的一再遺棄帶給了藍靈怎樣的打擊。

可他不得不告訴自己，他只能愛一個人，有些情債他一輩子都無法償還，有些遺憾他一輩子都無法彌補。

「妳早就醒了？傷著沒有？」

徐沫影關切地問了一聲，而後他聽到一陣鳥兒拍打翅膀的聲音，接著火靈鳥便飛過來落在他的腿上。身後也傳來兩聲小狗的低鳴。

藍靈沒有回答，轉過頭不再看他，而是輕輕去呼喚身邊的柳微雲。徐沫影無奈，只好也去叫醒身邊的女孩。

六個人都醒過來之後，各自活動了一下身體，發現大家都沒有受傷，實在是不幸中的萬幸。徐沫影站起來，拿手電往頭上照了照，發現上面的陷阱已經重新閉合，想從原處爬上去是絕不可能了。繞一圈觀察所在的環境，這才發現這同樣是一個幽深的石洞走廊，而六人現在所在的位置，正是走廊的一頭。

不管是不是深陷絕地，只能走一步算一步，努力尋找出洞的機關。每個女孩心裡都清楚，既然已經到了這一步，便沒什麼好害怕。

淺月緊緊挽著徐沫影的胳臂，一刻也不再分開。卓遠煙知道柯少雪沒有經歷過這種生死場面，便向她伸出手去。柯少雪看了一眼徐沫影，猶豫了一下，便伸手跟卓遠煙握在一起，黑暗中看不清她的表情。藍靈抱著喵喵跟在後面，柳微雲則表情嚴肅地走到前面，一個人打著手電筒四處觀察。

走了幾步，柳微雲便發現洞壁上出現了一幅畫。畫中畫著一個書生模樣的人，拿著一卷書正躬身遞給一個女子，那女子長得很漂亮，穿著唐朝宮廷的服飾，不是宮女便是妃子之類。畫面線條簡單，應該只是拿來記事而已。

「這是李淳風。」看過一眼之後，徐沫影便指著那個書生如是說，「他手中的書應該是推背圖。」

到過李淳風墓的幾個人都聽到過李淳風和袁天罡的對話，因此一看便知道這圖是怎麼回事。這穿著宮廷服飾的女子，就是袁天罡口中所提到的女人。李淳風就是因為她，才作了推背圖獻給了皇上。

再往前面走，壁上緊跟著出現了第二幅畫，風格類似，應該出自同一人之手，畫的是兩個書生互相指著鼻子對罵，一個年紀大些，一個比較年輕，無疑畫的就是袁李二人因推背圖反目。

繼續看下去。第三幅畫的是一個身穿龍袍的人正遞給一個女人一壺酒，酒壺是紅色的，那女人看服飾和模樣跟第一幅畫中的女人是同一個。那女人跪地接酒，臉色蒼白。

第四幅畫的是袁天罡也遞給那女人一壺酒，酒壺是黃色的，女人將紅壺藏在身後，單手把黃壺接過。畫中的袁天罡一臉的悲痛神色。

第五幅，女人和李淳風對坐在桌前，黃壺擺在桌上，紅壺藏在女人身後。女人的右手探到背後去藏那紅壺，而李淳風側著身體皺著眉頭望著她的手，同時手中端起酒杯。

第六幅，跟上一幅場景一樣，李淳風手捂肚子，狠狠地瞅著對面的女人，桌上的茶杯茶壺已經翻倒在地上，而那女人卻一臉驚訝和悲痛，紅色的酒壺依然在她身後地上。

看完這六幅畫，眾人已經走到了石洞拐彎處。淺月不明白這畫中的含義，便輕輕地問道：「這些畫到底什麼意思？」

柯少雪也問道：「我也不明白這講的是什麼。」

沒進過淳風墓的人，對這些一定一無所知。徐沫影也是看過畫後才解開了心中的一系列疑惑，想了想便開口說道：「這說的是李淳風和袁天罡的故事。李跟袁是師兄弟，袁違背師父的意志將秘術偷偷傳給了李，而李卻因為一個女人，施展秘術對歷朝歷代進行預言，作成推背圖獻給皇上。這個皇上後來卻想殺死他……」

柯少雪禁不住問道：「皇上為什麼要殺他？」

這時，柳微雲說道：「推背圖歷來都是皇家禁書，皇上都害怕朝代更替的預言流傳到民間，李世民害怕李淳風再寫出類似的東西交給別人，所以才想殺他滅口。」

「對，」徐沫影點了點頭，接著說道，「李世民知道李淳風喜歡這個女人，所以把毒酒交給她，讓她去毒殺李淳風。對這個事，我也有一點不明白，他應該知道李淳風會卜卦的，自然能算出酒裡有毒，怎麼還讓她去餵他喝毒酒？」

淺月想了想，看了徐沫影一眼說道：「男人在自己喜歡的女孩子面前，恐怕是沒什麼理智，更沒什麼戒心的。我想，李世民非常清楚這一點，所以才利用那個女人。」

「但他並沒成功。」柳微雲淡淡地說道，「實際上，那壺酒中有毒已經被李淳風算到了，那個女人，對李淳風有愛慕之情，因此也沒讓李淳風去喝那壺毒酒，她給他喝的是袁天罡給的酒。兩個人都沒有料到，毒酒不止一壺，想殺李淳風的人也不止一個。」

「這麼說，李淳風是被袁天罡毒殺的？」卓遠煙吃驚地問道，「可是他們不是師兄弟嗎？」

徐沫影出面答道：「我猜，他也是怕李淳風胡亂預言，因為這些預言會給歷代百姓帶來無妄之災。」

柳微雲搖了搖頭，淡淡地說道：「這好像也不足以構成他殺自己師弟的理由。」

淺月歎了口氣，輕輕說道：「那女人真可憐，明明是愛李淳風的，卻被李淳風誤會，而且李被毒死了，解釋的機會都不留一個。」

徐沫影忽然想到墓室中的「女人當戒」。他猜測那一定是事先刻好的，中毒之後，李淳風絕對沒機會從容地將朱砂調好然後在那裡刻字做機關。他倉促之間就死了，自己竟算不到自己的壽命，能讓他這樣死亡的也只有袁天罡一個人。他那麼聰明，中毒之後一定很快就能想明白，那女人根本沒有能夠力殺他，自然也不會去刻這種字。他刻字唯一的理由就是，留給後世進入他墓地的人看，也就是，留給徐沫影。

徐沫影想到這，禁不住望了藍靈一眼。這麼長時間，藍靈一言不發，只是默默跟在眾人身後，他對藍靈在黑暗中凝望自己的眼神記憶猶新，他看不透那眼神中蘊涵的幽怨。

可是現在，他看到藍靈安安靜靜地看著他，那眼神透明得像最純淨的寶石。

他長舒了一口氣，心裡暗怪自己想多了。

六個人拐了個彎，繼續摸索前進。柳微雲的手電筒光在前面石壁上滑動了一下，便見前面也全都是些壁畫，不知道又是在說些什麼事情。正準備一幅幅觀看，卻聽卓遠煙說道：「這些畫我看不懂，還是你們在這看吧。我想去前面探探路，你們誰給我一支手電筒？」

「妳一個人？」淺月擔心地問道，「要不要我陪妳去！」

「不用不用，」卓遠煙晃了晃手中的寶劍，咧嘴笑道，「有它呢，我不怕！沫影，把你的手電筒給我好了！」

徐沫影見她如此說，只好把手電筒遞給她，叮囑道：「千萬小心，別走太遠，有情況的話就喊我們。」

「嘿，知道了！」

卓遠煙接過手電筒，轉過身一溜煙跑到前面去了。

其餘四個人便都圍在柳微雲身邊，跟她一起觀察手電筒照亮的壁畫。畫的背景是一座青山，一個和尚正在低頭施禮。畫面雖然簡單，但畫中還有一大段文字，密密麻麻的一片，看起來十分複雜。幾個人正準備仔細閱讀那段文字，忽然便聽到遠處傳來遠煙的驚呼聲：「沬影，你們快過來！」

第二十五章　五靈祭

眾人聽到遠煙的呼聲，不知道出了什麼事情，顧不得壁畫，便都向山洞深處跑過去。十幾公尺後，細窄的走廊忽然變得豁然開朗，遠煙的手電筒光亮也出現在眼前。她正用著手電筒，在洞壁上照來照去。見她沒事，眾人都長舒了一口氣。

柳微雲也拿手電筒四下照了照，這才發現眾人已置身於一座圓形的大殿之中，說是大殿，只是地形有別於剛剛那種走廊而已，並沒什麼特殊的佈置。除了剛剛來時的入口，四周圍再無其他出口，卻原來這裡又是山洞的盡頭。粗略一看，牆壁上似乎也沒什麼圖畫之類的東西。

「遠煙，發現了什麼嗎？」徐沫影走到遠煙身邊問道。

「對！你們看這是什麼？」卓遠煙用手電筒照向大殿中央，光柱盡頭立刻出現一個五角形的臺子。那臺子高有三公尺，底座很大，上沿變窄，由上而下是光滑傾斜的表面，五邊各有不同顏色，分別是青、紅、黃、白、黑，正對應了五行木、火、土、金、水。只是這臺子不知道是用什麼建成。上面五個角的位置各有五條昂首欲飛的龍，也分成五種顏色，面對五個方向。

由於大殿很空曠，柳微雲剛才一直沿著洞壁觀察，因此沒有發現殿中央這座臺子。現在乍一看到這古怪的臺子，每個人都頗感驚訝。

「這是什麼？祭壇嗎？」

徐沫影納悶地問道，邊問邊向那臺子走過去。五個女孩也跟著圍攏過來。

柳微雲摸了摸臺子表面，然後把手指湊近了鼻子輕輕嗅了嗅，轉過身對徐沫影說道：「這並不是用石頭建起來再用塗料塗上去的，好像真的是五種特殊材質的東西。書上沒有記載，我也不知道這臺子什麼用途。」

徐沫影繞著臺子轉了兩圈，觀察了一會兒，忽然站在那發怔，似乎感覺到了什麼，微微地閉上眼睛，幾秒鐘之後重新睜開，向柳微雲問道：「妳有沒有感覺到，這裡的氣場好像很怪異？」

柳微雲一怔，猛地轉過頭問道：「你說什麼？我聽不太清楚。」

徐沫影只好抬高了聲音又把話重複了一遍。柳微雲呆呆地看著他，剎那間臉色變得蒼白，木木然地說道：「我耳朵出問題了，聽不清你的聲音。」

聽了她的話，女孩們盡皆失色。柳微雲剛才還好好的，怎麼在這臺子旁邊待了一會兒就出了問題？

徐沫影愕然地張大了嘴巴，忽然叫道：「妳們都離這臺子遠一點！快，快退到緊靠石壁的地方！」

雖然不明白怎麼回事，但聽他語氣緊張，五個人趕緊跑離了臺子周邊，跑到大殿邊緣貼近石壁站著。

淺月急切地問道：「沫影，為什麼你還在那兒？你也快過來啊！」

「我不需要。」徐沫影大聲地答道，「這個臺子，應該就是詛咒的中心，可以剝奪人的五感之一。我已經被奪走了味覺，它對我沒有傷害。微雲，有沒有感覺耳力好了一些？」

柳微雲點了點頭：「嗯，好多了。」

「妳們站在那別亂動，我查查這臺子到底有什麼古怪！」

徐沫影心情激動。剛才轉了一遭，發現這裡的氣場精純而富於變化，已經覺得大有問題，加上柳微雲耳力突降，他更加相信這臺子跟詛咒有密切關係。雖然他不知道這臺子的材質和用途，但他擁有另外的探知手段：靈覺。

然而，在他打開靈覺的一剎那，卻差點因為極度驚訝而不自覺地關閉。

在靈覺之中，他看到的空間截然分為五色。以這座五行台為中心太極點，不同顏色的氣場向五個方向輻射散開，場流由細變粗，離臺子越遠便越是浩大，波浪式翻滾著向四面八方綿延伸展，直到徐沫影感覺不到的遠方。而徐沫影本人，此刻正處於一股青色的氣息中間。他清楚的知道，這是純木氣場。

他關閉了靈覺，氣喘吁吁地坐在地上，大腦再一次感到隱隱作痛。在這浩大而精純的氣場中開放靈覺，竟比平時要花費的腦力多上數十倍，儘管還不到一分鐘，他卻已經支撐不下去了。

他感覺無比的困頓和壓抑。明白了這座五行台的作用，他這才知道袁天罡的能力根本就超乎他的想像。光是探查他所製造的氣場就已經耗費了他大半腦力，若想改變些許，恐怕是癡人說夢，他沉痛地發現了自己的自不量力。

「你怎麼了沫影？」

淺月關切地問了一聲，不顧徐沫影先前的告誡，跑過來攙扶他從地上站起來。

柯少雪身體動了一下，本想跑過去，但見淺月已經去了，便停下來不動，眼神憂慮地望向黑暗中的兩人。

藍靈靠著牆壁站著，一動不動。

卓遠煙才不管三七二十一，跟在淺月後面一個箭步躥上去，幫淺月一起把徐沫影扶起來，好奇地問道：「怎麼回事？頭疼？」

柳微雲此刻正貼著圓形石壁慢慢踱著步子，一面用著手電筒細細尋找些文字或圖畫線索，剛剛發現石壁上的幾行小字，正待細看，卻聽見淺月的呼聲趕緊轉過頭望向大殿中央，輕聲問道：「怎麼了？」

徐沫影擺了擺手，勉強笑了笑說道：「沒事。」

「發現了什麼沒有？」柳微雲繼續問道。

徐沫影歎了口氣：「袁天罡的能力實在太強大了，我望塵莫及。他製造了一個巨大的氣場，氣場到底有多大我探查不到，但估計至少能覆蓋半個四川。這個五行台就是氣場的中心，它的作用很可能是固定氣場，使這個氣場穩定不發生改變。」

卓遠煙插嘴問道：「這跟詛咒有關係嗎？」

「有。」徐沫影看了遠煙一眼，又轉過頭去看柳微雲，「李淳風的《五行秘占》分天地人三篇，裡面提到，人有靈，地有脈，而地脈反過來又作用於人，也就是我們所說的風水。

這個地脈會極大地影響出生和生活在這片地域的人。袁天罡這個龐大的氣場已經局部地改變了地脈，同時致使整個地脈向畸形發展。而這，就是一千多年來詛咒的根本！」

聽徐沫影說完，五個女孩全都沉默不語。半晌，淺月忽然問道：「也就是說，我師父其實跟詛咒沒什麼關係？」

「不，很有關係。」徐沫影搖了搖頭，「妳師父是詛咒的守護者，是她守護著詛咒不被人破壞，我猜測，她就跟李淳風墓的怪獸一樣，只是個守護獸。她也說過自己不是人，不知什麼原因竟然有了人形。她的任務很可能是守護詛咒，但又不知為什麼她將詛咒擴大並妖魔化。」

「她應該知道我們來這裡了，既然守護詛咒，為什麼不見她現身呢？」

「我也想不清楚，這件事情有很多疑點。」

是天媛給了他們線索，也是天媛讓少雪趕過來，否則他們根本進不來這裡。之前他還想過這會是一個陷阱，但是五行台就在眼前，是貨真價實的詛咒之源。那麼，難道是因為天媛知道他們無力改變袁的氣場？那又何至於故意引他們進來呢？

卓遠煙插嘴說道：「管那麼多幹什麼，我們最重要的是想辦法把這個臺子拆掉！」

「拆不掉的。」徐沫影搖了搖頭，「這五行台材質特殊，堅固得很。」

「那怎麼辦？」

「唯一的辦法就是改變氣場，把袁天罡純淨的分立氣場恢復到原本的五行混合狀態，達到自然的平衡。」徐沫影神色沮喪地說道，「可惜，我沒有那個能力。」

柯少雪疑惑地問道：「那我們怎麼辦？」

怎麼辦？眾人一陣沉默，各自低頭想辦法。柳微雲轉回頭，用手電筒照在剛才的石壁上，繼續閱讀剛剛發現的字跡，讀完一句話之後，禁不住臉色大變。

「微雲，那上面寫的什麼？」徐沫影注意到柳微雲在看牆上的字，因此問道。

「沒，沒有。」一向鎮定自如的柳微雲不知為何變得慌亂失神一反常態，她猛地轉過身背靠牆壁，肩上的火靈鳥在那一瞬間振翅飛起，渾身燃起橘紅色的火焰，在大殿上空轉了一圈，這才折翅而回，收斂光焰落到微雲肩上。

不單是微雲異常，這鳥兒似乎也格外騷動不安。

其餘五個人全都把目光集中到她的身上。卓遠煙拿手電照向她身側，餘光照亮了她的臉，那張臉格外蒼白。

徐沫影皺了皺眉，徑直走過去：「微雲妳要知道，我們大家都是一起的，無論妳看到了什麼，都應該告訴我們。」

「不，什麼都沒有。」柳微雲抬起頭望著他，後背死死地倚靠在石壁上，聲音微弱而顫抖。她平日的淡定和從容已經蕩然無存，現在她就像一個無助的孩子，死守著自己下一刻就會被別人搶走的寶貝。

徐沫影從來沒見過她這種樣子，他站在她面前怔怔地看著她。其餘四個女孩也都莫名其妙地望著他們兩個。

徐沫影有種強烈不安的預感，能讓柳微雲變成這個樣子，很可能遠遠超出死亡的威脅，他冷靜地說道：「微雲妳讓開一下。」

「不，別逼我。」這聲音裡已經有了乞求的意思。

徐沫影咬了咬牙，突然伸出雙手把柳微雲摟在懷裡，然後一個轉身把她的身體從石壁下面抱開，同時奪過她的手電筒，回身一手抱著她一手往壁上照去。

他的動作很快，沒有給柳微雲掙扎和反抗的時間。朱朱在那一瞬間再次振翅起飛，柳微雲一怔，隨後便掙脫了他的懷抱。

徐沫影這時候已經無暇去理會她，當看清石壁上的字跡，他拿著手電筒的手禁不住微微顫抖。四個女孩也都圍攏過來，包括一直沉默不語的藍靈，她也很想知道微雲情緒大變的原因是什麼。

這時，卓遠煙大聲地把字念了出來：「時也，命也！六爻具，五魂齊，縛囚龍，忘生死，靈陣解，風水復。吾本逆天地而行，今當還歸於本位。——天罡。」念完，她疑惑地向徐沫影問道：「這什麼意思啊？」

「怎麼會這樣？」

不知道這算不算徐沫影的回答。他怔怔地瞧著那兩行小字，口中喃喃自語。

柳微雲眼眶發紅，轉過頭去，仰頭去呼喚自己的火靈鳥：「朱朱，快下來。」鳥兒便乖乖飛下來落在她的雙手之間。

藍靈鐵青著臉，把懷裡的喵喵抱著更緊，她一言不發，扭頭又退回到黑暗的角落。

柯少雪和蘇淺月雖然看懂了大部分文字，但對「縛囚龍」三個字卻無法理解。柯少雪對占卜絲毫不瞭解，而淺月，雖然入了師門，學的卻都是西方占星術，對東方的術數也是一無所知。於是，淺月輕輕地問道：「沫影，這些到底是什麼意思？縛囚龍三個字怎麼解釋？」

徐沫影搖了搖頭，伸手把淺月摟在懷裡，輕輕地說道：「別問了，我們回家，這詛咒我們不破了。」

「為什麼？」淺月仰起臉來問道。

「我們破不了。」

「是嗎？可是那些字的意思好像是可以破的，你告訴我縛囚龍是什麼意思？」

「別問了。」

柯少雪和卓遠煙怔怔地看著這兩個人，不知道該不該繼續問。忽然，黑暗中傳來藍靈的冷漠的聲音：「縛囚龍，是說五個純靈按照相剋關係佔據五行臺上的五個龍位。」

五行在四時五方之中，有旺、相、休、囚、死的說法，囚，是說五行處於它所剋五行旺盛的季節或方位。比如金剋木，金處於木地則為囚，再比如火剋金，火處於金地也是囚。這裡的「囚龍」就是指囚地之龍。

袁天罡的話說得很明白，五魂就是指五個純靈。他說五個純靈已經齊全了，破解靈陣還原風水的時候也就到了，而要想破解的話，就要不顧生死，讓五個純靈佔據五行臺上五條龍的位置。

徐沫影一看便知道了破解的具體方式。五個純靈按照相剋位置守住臺子上的五個方位，暫時封住氣場中心對外界的控制，這個時候氣場最弱，徐沫影可以透過化氣改變它們，將分立的五行重新混合，從而還原風水靈脈的本來面目。

但是，五靈會死。

這幾乎是毫無疑義的。可以想像身為氣場中心的五行台力量有多麼強大，根據五行反剋的原理，這幾個純靈將會遭到徹底的摧毀，根本沒有生還的可能，或許肉體能得以保存，但靈魂必然消散。

柳微雲疼惜朱朱，更重要的是朱朱也是她母親所留，因此她不會讓朱朱去死；徐沫影剛剛跟淺月相認，又怎麼能讓她去犧牲？即便沒有經過這許多生離死別，他也絕不可能願意犧牲淺月的性命。

他曾經一直想跟淺月一起回家的。

他曾經說過，等破了詛咒，我們就一起回去。

他緊緊地抱著淺月，告訴她：「我們不破詛咒了，我們馬上就回家。」

可是藍靈把「縛囚龍」的意思解釋出來了，在靜謐中，淺月聽得再清楚不過。她怔了一下，立刻掙脫開徐沫影的懷抱，往後退了兩步。

此刻，這黑暗的地下宮殿中什麼都不存在，只有靜，死一般的靜。

每個人都有自己的牽掛，每一處牽掛都讓自己心如刀割。這時候每個人心裡都在進行一場激烈的戰爭，關於生命、關於愛恨、關於命運。

淺月聽到了自己眼淚滴落在地板上的聲音，或許這輩子注定為徐沫影而死，但她並不為此難過，她多的只是對他的依戀和不舍。

卓遠煙突然把劍擲在地上，恨恨地說道：「這劍我不要了，反正它是個死東西。但是淺月她不能死！」她伸手一指徐沫影的鼻子：「我說過，你再負了淺月我饒不了你！你不要想著犧牲她去破解詛咒！她為你吃了那麼多苦，可以說已經為你死過兩次，你還想讓她為你死第三次嗎？」

「不，我沒想過！淺月她絕對不能死！」徐沫影心裡的痛，遠煙根本無法想像，「我寧願自己是純靈，讓我去死也不能讓她死！」

說完，他向前兩步伸手把淺月摟在懷裡。黑暗中，淺月把頭埋在他的胸前，在無聲無息地落淚。

「沫影，」柯少雪的聲音纖細微弱，「你不能再造別的靈嗎？」

徐沫影搖了搖頭。這氣場根本不是他能控制的，何況構造純靈需要模具，現在到哪裡去找？就算有了新的靈，沒有身體和魂體也無法上臺行使封堵氣場的作用。

柯少雪又說道：「淺月是什麼靈？你把她的靈再做一個出來就行，我……我願意把自己的仔仔給你。」頓了頓，她的聲音越發的纖弱，說到最後更是差一點哭出來：「我什麼都不懂，幫不上你別的，就把仔仔給你吧。謝謝你……救活牠，讓牠又陪我這麼久。」

徐沫影一怔，正要答話，卻聽藍靈開口說道：「我可以把喵喵給你。牠本來就是你的，你自己處置。」

徐沫影一聽，忽然想起屍靈子把喵喵送給自己的時候曾說過，終有一天它會派上用場，難不成就是這樣的用場？

徐沫影歎了口氣：「我做不出來，就算做出來也沒用。妳們都別再胡思亂想了，遠煙，撿起妳的劍！我們不破什麼詛咒了。我不會犧牲淺月，永遠都不會！」他把淺月抱得更緊，讓溫柔的話語擦過她的耳朵：「月，我們馬上去找出口，一起回家。」

這時，蘇淺月突然用力一掙，跳出了他的懷抱，又往後退了幾步。徐沫影不禁一愣：「怎麼了？」

他的心突突直跳，他害怕她會說出傻話做出傻事，他太瞭解她了，蘇淺月這個女孩她從來不想著她自己。

果然，淺月幽幽地看著他，哽咽著說道：「這麼長時間以來，我都是別人手中的棋子，讓你經受感情上的折磨，阻礙你破解詛咒。現在，我很想為你做一點能做的事。讓我上臺吧！」

其實她心裡藏著千言萬語，卻知道沒有一句話適合在這種場合說，她對他有千萬種留戀，然而每種表達都會讓他更不能捨棄自己。她剛才在他懷裡想了千遍萬遍，最後她還是決定勸他放手。

她已經妨礙他這麼多次，這一次，她不能再讓他束手束腳。而這是最關鍵的一次，這一次之後，他就能為自己的爺爺出氣，能完成自己的夢想，就能用占卜術數造福千千萬萬人。

他歷盡千辛萬苦走到這一步，她沒理由讓他功虧一簣。

於是，她不能再說她愛他，更不能說她曾多麼渴望嫁給他，她在自己所有的未來計畫中都有他的一份，她睡不著的時候想一想都覺得那麼開心。可她現在只能對他說一句：「對不起，我不能陪你走到老了。」

她還是怕他會捨不得自己，於是她又說道：「我是你的人，但同時我也是我自己，沫影，你要尊重我的選擇。」

徐沫影愣了半晌，然後搖了搖頭說道：「不，我不管這詛咒了。我們不破詛咒不也生活得很好嗎？」他一邊說著一邊靠近她，他已經有些語無倫次，「月，別講這種話，多不吉利啊，妳必須陪我走到老，我誰都不要，我只要妳，妳不能死。」

淺月實在忍耐不住，再一次張開雙臂撲到徐沫影懷裡，抱著他痛哭失聲。

才剛剛相認便又要經受這樣的考驗，徐沫影覺得，這是命運在跟自己開玩笑，可是他不知道，更大的玩笑還在後面。

女孩們都靜靜地看著他們倆，沒有人再說一句話，直到有人冷冷地說了一句：「我有個辦法。」

說話的是靠在角落裡的藍靈。她話音剛落，五個人的目光便都投向她所在的那個黑暗角落。或許她真的有什麼高招，可以破解詛咒並讓淺月活下來。她的話說出來，像是一根救命稻草，每個人都想要拼命抓住。

藍靈靜靜地說道：「淺月妳過來。」

不知道她想幹什麼，淺月愣了一下，便放開摟住徐沫影的手向藍靈緩緩走過去。

借著手電筒的光亮，每個人都看著她們。看著淺月慢慢走到藍靈面前，看著藍靈俯身放下手裡的喵喵，然後變戲法一樣從背後拿出兩張黃色的符紙。淺月剛想問她到底想幹什麼，卻見她右手一伸，已經乾淨俐落地將一張符紙貼在淺月的前心，緊跟著，她又將另一張符紙

「啪」地貼在了自己的前心。

那一瞬間，她在暗淡的光線中露出詭異的微笑。

「靈兒，那是什麼符？」柳微雲沒見過這種符，更不知道藍靈從哪裡弄到的，但直覺告訴她，這種符咒絕不同於泛泛。

藍靈沒有回答。剎那間，兩道白影在兩個女孩身體之間交互閃過，緊跟著，人們聽到了淺月的驚叫聲：「怎麼回事？我怎麼會在這兒？」

沒錯，這聲音是淺月的，但怎麼會發自於藍靈的口中？

接著，淺月的嘴裡也發出了藍靈的聲音：「這是換魂符。妳的魂體進入了我的身體，我的魂體也進入了妳的身體，這樣我就可以替妳去死了。」

藍靈的聲音很平靜，平靜得讓人心寒。

在場所有人都呆若木雞。用符咒交換兩人的魂，然後替別人去死，沒有人明白她為什麼要這麼做，除了她自己。

淺月一把抓住藍靈的胳臂，叫道：「妳不能這麼做！妳快把我換回來！」

藍靈笑著說道：「我只有一對符，只能換一次。怎麼，我替妳死不好嗎？」

徐沫影愕然半晌，突然迎上去問道：「妳為什麼要這麼做？」

藍靈轉過那張本於屬於淺月的臉，看了徐沫影一眼，收斂了笑容，恨恨地說道：「不要以為我是好心。我本來就想跟蘇淺月交換靈魂的，因為她在我婚禮上搶走了我的新郎，所以我也不能讓她好受。我們的魂體交換了，無論你要哪個，你都只能得到一半。」說著，她轉過頭看了淺月一眼：「我想妳明白我的用意，我們兩個，要得到就一起得到，要失去就一起失去！」

徐沫影從沒想到會從她嘴裡跳出這樣一番說辭，他睜大眼睛望著她，不知道該說什麼。他轉頭去看淺月，而他看到的只是藍靈的臉，在那張臉上用藍靈的表情顯示著淺月的驚訝和憤怒。他突然明白了藍靈的話，沒錯，她說得一點沒錯，如此他要嘛同時接受兩個人，要嘛同時放棄兩個人。

「你知道嗎？這世界上不止你一個人有愛情，別人也有愛情，不止你一個人會傷心，別人還會心碎！」藍靈看著呆若木雞的徐沫影，半哭半笑地說道，「我的心碎過了，也死過了，碎在長松山的會議廳，死在我新婚的禮堂上！這都是因為你！我以為自己從此可以恨你，可以放心地報復你，可是直到見到你我才知道，我還是做不到！」

藍靈說著說著，眼淚已經奪眶而出，她伸手抹了一把眼淚，轉身走向五行台，邊走邊說道：「準備動手吧，蘇淺月不會死，至少她的思想和意識還在，你也可以給她改命，改變她的相貌，改回她原來的樣子，但是你要記住，不管她變成什麼樣，那個身體都是我的！」

她回過頭，停下來無限溫柔地看了徐沫影一眼，說道：「你會永遠記得我的。」

這幾分鐘裡，徐沫影如遭天雷直擊，一道道閃電毫不留情地劈在他的心上，讓他痛徹心肺，痛得喘不過氣來。他想起推背圖的預言，想起柳湘公對藍靈名字的解說，想起藍靈昏睡在天媛家樓下的那個夜晚，一瞬間恍然明白了一切。

此時，藍靈已踏上了五行台。

山風曾拂我衣如雪，山月曾照我臂如霜。

天媛手持長笛款款在林間行走，林木蔥郁，花香醉人，陽光向林間投下斑駁的影子，將大自然的美麗映襯得層次分明。她深吸了一口清新的空氣，俯身採一朵草間的野花，抬頭望一眼連綿的青山，不禁產生了幾許留戀，對這人世間的留戀。

她輕輕掀起裙擺，踏足在青石之上，玉手輕撫橫笛，就口緩緩而吹。悠揚的旋律便忽然自唇間飛起，繞樹三匝，掠空而去。

她想，那人該會聽見的吧，雖是山遠林深，雖有鶯聲凌亂。

草樹搖曳，是山風起？是故人來？

她看見他背著一簍草藥從林間走來，抬頭望了自己一眼，忽然在十幾步外，站住。她第一次注意到他兩鬢已然斑白，是了，人生又有幾個三十年，三十年的風霜可以染數不盡的青絲成雪。三十年隱居山林，翩翩少年郎也被這山風吹老。

她不禁有幾分傷感，只是她學不會任何表情表達傷心，或是歡樂。

她開口輕輕說道：「我要走了，這一次永遠不再回來。」

他吃了一驚，怔怔地問道：「為什麼？」

「因為我要死了，明天我就去找個有花有草的地方做個墳墓。死在這個季節也挺好，至少，漫山遍野都是蔥綠緋紅。」

「妳不是活了一千多年嗎？看起來還這麼年輕，怎麼會死？」

「命數輪迴，有生有死，不管活多少年，壽命盡了就是盡了。」她輕輕地從青石上跳下來，問道，「我看起來很年輕嗎？」

他點了點頭，微皺著眉頭看著她，不再說話。

天媛也看著他，看了半晌，忽然說道：「你老了，是我讓你在這山中老了，你恨我嗎？」

他歎了口氣，幽幽地說道：「人各有命。」

「沒錯，人各有命。」天媛怔了怔，她冷豔的臉上出現了少有的思考的神色，「你一直問我為什麼會守護詛咒，我都沒告訴你，但這次我要走了，詛咒也可能會永遠消失，我想把師父對我說的話都說給你聽。」

他表情淡淡地望著她，沒有說話，似乎在等待也在傾聽。

「師父所在的那個年代，還有那個年代之前無數久遠的年代，曾經有很多大師創造出很多奇術，他們把易學思想發揮到了極致。或許你根本不會相信，易學幾乎無所不能。可是能掌握精髓的畢竟是極少數人，但如果其中有貪心有惡念的人，他可以在舉手之間葬送掉數萬人的性命。因此師父曾說易不可傳，傳必滅世，師父又說學易必先學做人，必須謙恭謹慎，低調處事。《周易》中很多篇章便講述做人的道理。

「『易』是一種信仰，但信仰易的人卻找不到強有力的道德制約，師父說這是一種對力量的信仰，也是一種危險的信仰。於是師父去道家尋求約束，可是沒有找到，後來便入了佛家。佛家勸人行善積德，而且解釋了命運的來源，又說行善可以改命，雖然這不一定對，但從信仰的角度為『易』提供了道德制約，並給對命運絕望的人帶來了生機和寄託。

「師父以為，既然有了道德約束，那『易』就可以發揚光大了。於是他廣收門徒，傳授他們最精微的預測術，並將師門秘術傳給了師弟李淳風，哪知道，這些人竟用術數去賺取錢財美色，只顧滿足自己欲望卻不顧預言後果，師父一氣之下，便決定像前輩大師們一樣，將所有秘術都焚之一炬，不與流傳後世。他又怕師弟李淳風將秘術後傳，因此設計毒殺了他。

「在那之後，師父容顏憔悴，一連幾天茶不思飯不想，推算到後世人只重金錢美色權勢欲望，更覺得易學一傳必然天下大亂，於是便設下詛咒，傳下一道戒令『天機不可洩露』，不戒精神可戒肉體，以此來限制占卜流傳和發展。不然的話，若人人學占卜，奇術迭出，以今人的道德素養，必將天下大亂塗炭生靈。

「我是師父派來守護詛咒之地的人，一千多年以來，我都清淨無事，只隱居在深山之中，但是三十年前，術數奇人橫空出世，《卜易天書》突然現身，我知道此書一旦傳世，人間必然災禍橫生。迫不得已，我才現身奪書殺人，違背了師父的遺命。」

老人緊皺著眉頭，忽然打斷了天媛的話問道：「這些內情，那幾個年輕人知道嗎？」

天媛搖了搖頭，繼續說道：

「師父預言叫做徐沫影的年輕人會破解詛咒，我不信，曾幾次試圖殺他，也試圖從他的家人下手，阻擋他們尋求破解，可是每一次都以失敗告終。我想師父也許是對的吧，我終究抗爭不過老天。但我想，我不殺死他，可以想辦法打亂他的心思，讓他失去鬥志，於是我安排了一連串感情的迷局。可惜，上天不給我再多的時間，真的是命中注定吧！

「我想如果我死了，沒有繼續守護詛咒的人，那詛咒很快就會被破掉，因此我想冒險試一試，把那幾個年輕人引進天罡洞，或許他們看到師父留下的解說之後就會放棄破解，轉而去守護詛咒。在天罡洞第二道走廊裡，有很多配以佛畫的解說，我希望他們能夠看到。」

「如果他們看不到呢？」

「如果看不到，或者看到了還不肯相信，我布下的感情局會有最後的衝擊，希望能夠瓦解他的鬥志，只要他不動五行靈陣，我想幾十年內不會有人能破。」

「如果這一切都失敗了呢？」

天媛輕輕地歎了一口氣：「這是天命。」

「妳應該對他們講明白，就像對我這樣講一樣。」

「不，不一樣。」天媛搖了搖頭，「我不是人類，也不信任人類。我從來不跟人多說話，除了師父，除了你。跟你說這麼多，只是因為你像師父。」

兩個人默默地對視，良久。

「不管怎麼樣，下次見到他們請告訴他們，想做好事卻很可能因此做了壞事。凡事都不能只往好處想，尤其是現在這個世界。」

天媛努力想對老人笑一笑，但她還是笑不出來。來到這個人世，離開這個人世，匆匆千年，卻仍然學不會表達喜怒哀樂。

她轉過身，迎著夕陽走向山外。

走了幾步，她忽然回過頭問道：「柳，你覺得我美嗎？」

《卜王之王》全書完